Antes de que Ryan Fuera Mío

La Trilogía del Recuerdo

Precuela

Por Kahlen Aymes

Kahlen Aymes Books, Inc

Diseño de portada por Kahlen Aymes Books, Inc.
Arte de la portada:
Derechos Reservados Strawberry Mood/130041314/Shutterstock.com
Publicado por Kahlen Aymes Books, Inc.
http:// www. KahlenAymes.com
ISBN (Print): 978-0-996-7344-2-4
ISBN (ePub): 978-1-311-5551-0-6
Traducido por: Karla Andrade
Formateador: E-BookBuilders

Versión: 2016.06.14

Vista el blog de la autora:

http://www.kahlen-aymes.blogspot.com

Contenido

Otros libros por Kahlen Aymes

The Remembrance Trilogy & Prequel

Prequel: Before Ryan Was Mine
The Future of Our Past (Libro 1)
Don't Forget to Remember Me (Libro 2)
A Love Like This (Libro 3)

The After Dark Series

Angel After Dark (Libro 1)
Confessions After Dark (Libro 2)
Promises After Dark (Libro 3)

The Famous Novels

Famous (Libro 1)
More Than Famous (Libro 2)
Beyond Famous (Libro 3)

Próximamante en 2016-18

One Step Closer
Covered in Raine
Soulmate
Unfinished Business
So Damn Beautiful

Stripped
Rock Star After Dark

Libros en Español – Próximamente

La Trilogía Del Recuerdo & Precuela

Antes de que Ryan Fuera Mío (Precuela)
El Futuro de Nuestro Pasado (Libro I)
No Olvides Recordarme (Libro II)
Un Amor Como Este (Libro III)

La serie de Después del Anochecer

Ángel Después del Anochecer
Confesiones Después del Anochecer
Promesas Después del Anochecer

Las Novelas Famoso

Famoso (Libro I)
Más que Famoso (Libro II)
Más allá de Famoso (Libro III)

Próximamente en 2016-18

Un Paso Más Cerca
Cubierto por Raine
Alma Gemela
Negocios Inconclusos

Después de todo el amor y adoración que han vertido sobre Ryan y Julia, he sido inundada con solicitudes pidiendo más de su historia de amor. Les agradezco por eso. Escribo para ustedes, ustedes me inspiran a escribir. Estoy humildemente agradecida con todos y cada uno de ustedes quienes toman tiempo de sus ocupadas vidas para pasar tiempo con los personajes creados por mis palabras. No puedo expresar cuánto significa para mí saber que ustedes aman tanto a estos dos. Yo también los amo profundamente, y espero que se demuestre.

Esta precuela, ha sido escrita después de que la Trilogía del Recuerdo fue completada, así que podría ser leída antes o después de la serie. Es una serie de escenas, en orden cronológico, que cuentan la historia de sus años universitarios… una mirada a cómo se conocieron y se convirtieron en "Ryan y Julia."

Si eres un nuevo lector, solo conócelos, o alguien que los conoce bien, espero que disfrutes su comienzo… Gracias, otra vez, desde el fondo de mi corazón.

—Kahlen

Dedicado únicamente a mis lectores…

Ryan Es Mío

Y de ustedes.

-1-

El Inicio

~Ryan~

El momento más grande de mi vida me encontró inesperadamente. Se arrastró suavemente, y se envolvió a mí alrededor como una cálida manta. Un leve susurro; me golpeó como un martillo. Al momento, supe que era significativo, pero no me di cuenta cómo esos pocos segundos iban a cambiarlo absolutamente todo. ¿Cómo podía una leve mirada dejar una marca tan indeleble en el resto de mi vida? Se convertiría en una contradicción; una fuerza indetenible que me haría tambalear fuera de control, agitando y triturando mis emociones, pero creando la más increíble alegría que he sentido. Alegría que me envolvería en un cálido y seguro lugar o me devastaría hasta lo más profundo dejando mi corazón en ruinas. Se convertiría en años de deseo y dolor, lujuria y amor… dolería como el más profundo infierno pero se convertiría en el más eufórico y precioso éxtasis que había conocido jamás.

Iba a destrozarme. Iba a *hacerme.*

Nunca olvidaría ese día, ese momento; esa mirada. El auditorio era inmenso, como un teatro enorme, con una multitud de cuerpos de jóvenes mezclándose tratando de encontrar asientos; rebosante de actividad. Solo, que no era el estreno de Harry Potter o una de esas malditas películas de Twilight. Era la Universidad de Stanford y

Psicología 101, materia obligatoria para prácticamente todo estudiante de pregrado.

Agh, mi cerebro protestó. Sin importar tu especialidad, si estabas en pre-medicina o planeabas un futuro en Wall Street, tenías que tomar alguna tonta forma de psicología para el requerimiento de artes liberales. Aburrido como el infierno para mí, pero como sea. Yo planeaba asistir a la escuela de medicina, y este curso era la clase más básica de psicología. Normalmente yo no tenía interés en nada que fuese básico, pero era la siguiente mejor opción a saltármela, la cual hubiese escogido si pudiera. Escuché que era súper fácil, lo que explicaba por qué tantos estudiantes se inscribieron. Psicología de la Salud de la Comunidad- hasta el nombre era vago.

Aaron la había tomado el semestre anterior y había lloriqueado todo el tiempo porque no había sido suficientemente suertudo para tomarla con el profesor preferido del departamento; Dr. Gerrity. Escuchamos que para hacer el curso tolerable, él era la única elección como instructor. La habría inscrito con mi hermano, pero la cerraron para cuando llegué a la sesión de programación. No cometí el mismo error esta vez, pero mi entusiasmo estaba más decaído que nunca, a pesar de haber logrado inscribirme en la clase de Gerrity.

Eché un vistazo buscando un asiento en la parte de atrás, cercano a la entrada principal. Ni loco querría participar, de todas formas. Solo quería asistir, firmar, hacer los exámenes, y ser un as en esa mierda. Ese era mi plan. *Ca Chin!* Eso era lo esperado; por mis padres y por mí mismo; así que eso era lo que yo hacía- ser un as en toda mierda. La escuela siempre fue fácil y, bueno o malo, saberlo me hacía ligeramente arrogante al respecto.

Esperaba completamente que los dos primeros años de pregrado fueran flojos y cargados de horas de créditos así después, cuando tuviera laboratorio, no estaría arrastrando mi trasero. Había conseguido un permiso especial del decano para poder tomar tres horas más allá del máximo de la carga de clases permitidas. Mi padre y yo lo habíamos discutido y decidimos que era mejor ir sacando cosas del camino, temprano, para luego poder tomar cursos más difíciles que aseguraran mis planes futuros –la escuela de Medicina de Harvard-

después de declarar mi especialidad en segundo año. Habíamos compartido la misma meta desde que tengo uso de razón. No logras las cosas tomando la carga mínima en nada y si papá se había asegurado de algo, fue de taladrar eso en mí; pártete el trasero trabajando y nunca esperes que te entreguen el éxito. Hasta ahora, nunca había tenido que trabajar tan duro, para ser honesto. Pero sabía que era cuestión de tiempo. Él había ido a Harvard muchos años atrás y aunque sabía que eso ayudaría, ninguno de los dos esperaba una entrada fácil. Igual, yo no lo querría así. O me ganaba cada pedazo de ello, no iba a significar una mierda.

Mis padres le ofrecieron las mismas oportunidades a mi hermano adoptivo, Aaron. Cuando teníamos diez años sus padres murieron en un accidente de tránsito, se mudó con nosotros, y crecimos juntos. Él era el mejor amigo que yo había tenido en mi vida.

Aaron luchaba y tuvo que trabajar más duro que yo; siempre lo hizo. Me sentía mal cuando se hacía más difícil para él y lo ayudaba cada vez que podía; especialmente en matemáticas. Hasta ahora solo habíamos tenido que tomar el cálculo de primer semestre, y para mí fue solo repetir el último año de secundaria. Este semestre era Trigonometría, y no era algo que yo ansiara para nada. Era la parte más aburrida de mis requerimientos, aparte de esta porquería de artes liberales, pero como sea, era necesario.

"Escuché que el Dr. Gerrity es ardiente. Vamos a sentarnos más hacia el frente para poder echar un buen vistazo," una chica de cabello corto, negro y minifalda roja se rio mientras pasaba por mi lado.

Aparentemente ella tenía sus propias razones para haber tomado esta clase. Puse los ojos en blanco. *Joder!*

Yo era un hombre común y como tal, no era inmune al sexo opuesto. La tuve fácil en esa arena sin escasez de novias o dispuestas compañeras. A veces eran demasiado dispuestas...al punto de molestas. Minifalda era bonita, pero mis ojos aterrizaron en la espalda de otra joven mujer que caminaba detrás de la que ardía por el profesor. Tenía largo y fluido cabello oscuro que se veía como un brillante rio de chocolate mientras se movía. Era liso y se veía muy suave, caía casi hasta la mitad de su espalda. Mis ojos se movieron hacia abajo en su trasero vestido en jean. Su cintura era pequeña y sus caderas salían deliciosamente para enfatizar los deslumbrantes bolsillos que yo miraba fijamente. Había una "M" bordada en un lado. Mis labios se torcieron al comienzo de una sonrisa mientras me daba cuenta; "M" de Matthews. *Tenía que ser una señal.* Tenía que hablar con esta chica o me arrepentiría. Sin importar, si significaba algo o no, eso no importaba. *Esto era una señal,* mi subconsciente discutió mientras me convencía a mí mismo de hacerlo. Sonreí porque no podía contenerme.

Tomé la mochila que había situado en el asiento cerca del pasillo y seguí a las dos mujeres hacia abajo. Por lo que sabía, ella podía ser un troll y yo debía refrenar mi entusiasmo hasta estar seguro. Qué tan jodidamente decepcionante sería eso? Un troll con un trasero estelar, quizá, pero yo no había visto su cara. Entonces habló, su voz suave, casi musical, pero firme. Supe que tenía que conocerla.

"Ellie, él es viejo, y no me quiero sentar al frente. Esta clase ya va a apestar suficiente. Y allá tendríamos que unirnos a la discusión, y bien sebes que odio esa mierda."

"Por favor?" Se lamentó la amiga.

"No! No tengo que aguantarte a ti y a las otras batiéndole las pestañas al Dr. Gerrity. Es vergonzoso!"

Aunque sus palabras podrían parecer quejumbrosas de alguna forma, no fue así. Las mismas palabras en otra persona lo hubieran sido. Pero con esta chica era más el establecimiento de un hecho: una verbal bofetada-para-zorra; al punto y sin drama. Me encantó.

Se detuvo y giró un poco y tuve el primer vistazo a su perfil. Mi corazón se saltó un latido. Era despampanante: pómulos altos, delicadas facciones con un ligero rosado en sus mejillas y labios rosado oscuro. Su piel parecía perfecta-cremosa perfección. De no ser por su casual vestimenta, la hubiese tomado por una de esas intelectuales, zorra-rica, de familia adinerada. Sus senos eran grandes, pero no exagerados para su contextura. Inhalé profundamente para poder retomar mi respiración otra vez. Sip. Definitivamente tenía que averiguar quién era ella. Que bien que yo no era del tipo tímido.

"Mira, si te quieres comer al sujeto con los ojos, adelante, pero yo me quedo aquí arriba."

Sonreí, ahogando una risa. Definitivamente no una intelectual. Yo estaba exaltado. Entró en una fila que estaba como a seis puestos delante de mí y yo busqué en los asientos que la rodeaban. Había uno vacío justo detrás de ella a su derecha. Me daría el punto perfecto para observar, sin ser visto. Había algo acerca de ella que me intrigaba. Casi podía ver su inteligencia como si estuviese escrita en una especie de señal en su camiseta. *"Tontos y sanguijuelas a la izquierda"* Maldición. No podía dejar de sonreír.

La gente me rozaba, y un tipo inmenso me empujó el hombro al pasar. Apenas y lo noté mi concentración estaba en la chica mientras se movía hacia la fila de asientos que yo tenía como objetivo.

"Lo siento, amigo." Murmuró.

"No hay problema," dije casualmente mientras me movía hacia mi objetivo.

La chica de minifalda roja se detuvo y dio un visible pisotón. "Julia!"

Su nombre voló por mi cerebro con la rapidez de un colibrí alrededor de un árbol de naranjas. Le ajustaba como una camiseta. *Hermoso,* pero sin la necesidad de recortarlo a un diminutivo menos digno; como la abuela Matthews había reducido el nombre de mi tía Elizabeth a Betty. Nunca entendí como Betty podía salir de Elizabeth, de cualquier manera.

"Qué?" La chica con el lindo nombre simplemente miró a su amiga -perpleja- y se detuvo, lanzando su bolso de libros y tomando su asiento. Palmeó la silla que estaba a su lado con una sonrisa burlona. "Tendrás bastante tiempo para meterte en los pantalones del profesor después. Solo piensa en todas las oportunidades para discutir esta mierda en su oficina. Por supuesto, puede resultar difícil convencerlo del motivo de tu pasión, ya que psicología no tiene nada que ver con tu especialidad."

"¡Uy, Julia! ¡Está bien!" su amiga cedió y se lanzó al asiento al lado de Julia, mientras yo me movía al de atrás de ellas y me senté. Dejando mi bolso entre mis pies, lo abrí y saqué un cuaderno y un bolígrafo. Después de eso estaba libre para observar a las chicas por unos pocos minutos antes de la clase.

Mi mano fue a mi boca mientras me incliné sobre mi codo para observar y escuchar.

"Solo mira a tu alrededor." Gesticuló "Hay un montón de tipos bellos que no están de geriátrico." Se encogió de hombros. "Elige." Dijo riendo un poco, sacando su cuaderno y bolígrafo. "Además, ¿qué pasó con Jason?"

"Nop. Él es *tu* novio."

"Agh," Gruñó Julia, "Lo sé. Una delicia, ese," dijo, con la lengua en la mejilla. Las dos reventaron en carcajadas, y me encontré a mí mismo preguntándome acerca de ese pobre bastardo, Jason. La risa de Julia era contagiosa. Vi cómo la gente a su alrededor la notaba, la mayoría de los hombres la miraban dos veces. Yo no me molesté en ocultar mi admiración y la observaba abiertamente. "Sería atractivo si solo pudiera mantener su boca cerrada."

Una linda rubia a mi lado me miraba con los ojos muy abiertos mientras yo escuchaba la conversación de Julia y su amiga. La miré brevemente, mortificado, cuando comenzó a hablar. "Estoy emocionada con esta clase. Tomé un curso universitario en línea en UCLA en sociología y me encantó."

Exhalé internamente, tratando de concentrarme en las palabras de Julia. "Estoy bastante seguro que sociología y psicología están en dos planetas diferentes," contesté, secamente.

"Bueno, son *ologías*." se encogió de hombros despreocupadamente. "Entonces, estoy segura que me encantará esta, también!" dijo la rubia. "Soy Rita."

Okey esta chica era demasiado entusiasta; me hacía doler el cerebro y el sonido nasal de su voz era irritante. Con gran esfuerzo evité reírme. ¿Dijo lo que creo que jodidamente dijo? ¿Son *ologías*? Mis ojos se abrieron a más no poder pero involuntariamente. *Okey.*

"Ryan," murmuré. Saqué el libró y fingí interés en él como si fuera Anatomía de Gray. Ahora, *eso* sí era interesante. De niño pasaba horas, sobre las imágenes en las páginas del libro que mi padre guardaba en el estudio, memorizando las estructuras y sistemas del cuerpo. Fue cuando supimos que la escuela de medicina estaba en mi futuro. De tal palo tal astilla.

Miré hacia Julia cuando un sujeto en al otro lado de ella le coqueteaba. Algo dentro de mí no se sintió bien, y me removí incómodo en mi silla. El tipo estaba parado ahí, sonriendo y mirándola con la boca abierta tontamente. Preguntó su nombre tartamudeando como un idiota y ella se lo dijo. Que imbécil.

Finalmente, después de un par de minutos más de charla superficial y la obvia indiferencia de Julia, él la dejó tranquila, derrotado y sin su número de teléfono, fue a tomar asiento. Julia acomodó su cabello tras su oreja, y de pronto yo trataba de ver el pulso de su cuello, preguntándome si su piel olería dulce y si la sangre fluyendo bajo la superficie la haría cálida a mi boca. Respiré profundo.

"Por qué es que estamos tomando esta clase?" Preguntó la chica llamada Ellie. Estaba sentada directamente frente a mí e inclinada hacia Julia.

"Es un requerimiento. Aunque no estoy segura para qué. Tiene muy poca relevancia para mí título en mercadeo."

No me pude controlar, y quería que ella me notara, así que me incliné hacia adelante y hablé.

"O, para cualquier otra cosa, en general." Intervine suavemente.

Los centelleantes ojos verdes se dispararon hacia los míos por primera vez, y me absorbieron instantáneamente. Había un profundo verde azulado alrededor de su iris, iluminado hasta verse como el jade, la sombra más oscura rodeaba la pupila; completamente cautivador. Ella pausó, con una pequeña sonrisa esparciéndose por sus carnosos labios. Tenía dos hoyitos en las mejillas que apenas eran visibles que aparecían cuando mostraba sus blancos dientes y su cara se iluminaba. Ella era espectacular, además ahora podía apreciar que llevaba muy poco maquillaje.

"Sí, bueno, creo que escogimos esta clase porque mi amiga aquí es admiradora de la figura del profesor." Su perfecta ceja se arqueó, y se rio suavemente cuando su amiga la sacudió por el hombro.

"Muchas gracias!" Protestó Ellie, mirándome por encima del hombro.

Julia aún me miraba, sus ojos bordeando mi rostro. Quitó la mirada, nerviosamente observando su reloj. Podía sentir su incomodidad y luego se volvió la mía. Yo quería aliviarla.

"Yo la escogí porque era la clase de psicología menos repugnante y podría tener una ligera relevancia con mi programa de pre medicina." Sí, era engreído, pero necesitaba que esta chica supiera que yo no era un idiota cabeza hueca, desperdiciando mi mente y oportunidades, como ese último idiota que estuvo tratando de conquistarla. Sabía que estaba siendo un cretino cuando lo descarté mentalmente, pero no me importaba.

Rita continuaba mirándome con abierta admiración. "Guao. Escuela de Medicina. Debes ser realmente listo."

Julia y Ellie me sonrieron con malicia, los ojos de Julia se abrieron en una fingida inocencia. "Sí, debes ser *realmente* listo!" Dijo en un encubierto intento por bromear conmigo por los obvios esfuerzos de Rita para atraer mi atención hacia ella otra vez. No había una infernal manera en que eso pudiera suceder. Julia era hermosa, pero, también astuta e inteligente. La encontraba atractiva e intrigante.

Ellie reventó de risa, y Julia me agitó las pestañas, abiertamente burlando el comentario de la otra chica. "Solo estoy bromeando. Yo soy Julia y esta es mi mejor amiga, Ellie."

"Hola, soy…" comencé a presentarme solo para ser cortado por el inicio de la clase. *Joder*!

El profesor ajustó ruidosamente el micrófono en el podio al frente de la clase antes de que su brusca voz comenzara a recitar el programa de clases para el curso. Pudo haber estado recitando una lista de supermercado para la atención que yo le estaba prestando. Afortunadamente, Rita era del tipo que tomaba notas rigurosamente. Sería fácil que me las prestara si las necesitaba, o mejor aún, quizá tendría que ser compañero de estudios de la vivaz chica de cabello castaño que había secuestrado mi atención. Era estúpido. Yo nunca me ponía todo codicioso por una mujer pero lo que yo sentía se magnificó por las tres veces que me miró sobre su hombro y me quemaba con esos intensos ojos verdes y recatada sonrisa. Mi estómago dada tumbos, mis palmas sudaban y mi corazón se aceleraba. Yo quería saber más. Mucho más. No podía esperar para hablarle, pero la maldita clase continuó su monotonía por 45 minutos más. Parecieron diez años.

Cuando terminó ya yo había guardado mis cosas en mi bolso y permanecía sentado hasta que las dos chicas frente a mí se levantaron de sus asientos.

"Entonces Ryan, vives en el campus?" Rita trató de hacer conversación mientras esperábamos que la gente a nuestra izquierda saliera frente a nosotros. Yo estaba esencialmente parado al lado de Julia, mientras ella esperaba en su fila y yo literalmente podía oler su perfume subir en oleadas como un almizclado postre de vainilla y algo que hacía golpear mi corazón contra mis costillas.

Metí una mano en mi bolsillo. "Nop." Lancé la respuesta sobre mi hombro sin mayor explicación y volví a mirar a Julia. Sus ojos sonrientes encontraron los míos, y ella mordió su labio para frenar una risa. Ella sabía que yo estaba desairando a Rita y lo aprobaba.

Ignoré el comentario de Rita y me dirigí al objeto de mi fascinación. "Así que, como trataba de decir antes, soy…"

"*Ryan*," me interrumpió Julia. Durante todo el tiempo que viva, no creo que alguna vez pueda olvidar la primera vez que esta mujer dijo mi nombre. "Am… sí, lo escuché. Antes."

Sonreí. "Sí. De dónde eres?" pregunté.

"La ciudad de Kansas. Al menos mi mamá vive allí. Mi papá está más cerca. San Francisco."

Avanzamos nuestro camino por el pasillo lleno de estudiantes.

"Oh, es por eso que escogiste Stanford?"

"No. Quiero decir, en parte. Fue la reputación, y mi bola de cristal dijo que conocería gente grandiosa aquí."

"Y cómo va eso?" me reí mientras finalmente logramos salir de nuestras filas. Esperé a que ella y Ellie salieran, permitiendo que salieran delante de mí.

"Fue algo rudo al principio pero las cosas están mejorando." Se inclinó un poco y me dio un toque en el brazo con su hombro y la electricidad se disparó a través de mí como un rayo. Ella era bastante más pequeña que yo. Pude haber descansado mi barbilla en el tope de su cabeza, y de repente quería hacerlo. Le devolví el mismo gesto con mi hombro y se rio delicadamente.

Una sonrisa se deslizó por mi cara de nuevo, la maldita parecía haberse arraigado en mis labios. Estaba más codicioso de lo que nunca había estado en la presencia de una chica, pero se sentía fácil y cómodo, también. Lentamente subimos las escaleras hasta la salida del salón de clases, y me di cuenta que en cuestión de literalmente segundos estaríamos afuera, y si yo no decía algo rápido, no la vería hasta la próxima clase dentro de dos días. Sacudí mi cabeza. Solo porque ella me ponía duro debajo del cinturón y todo suave y pegajoso por dentro no significaba que tenía que ponerme estúpido.

Ellie volteó cuando nos arrastramos con el rio de estudiantes que salían del auditorio hasta la entrada del edificio. "Te veo luego, querida," le dijo a Julia. Sus ojos pasaron de los míos a los de Julia y sonrió maliciosamente, como el gato que se tragaba el canario. "Un gusto conocerte, Ryan."

Entré ligeramente en pánico, solo por saber que había una posibilidad de no verlas a ambas el miércoles -no había asientos asignados, y el lugar era inmenso- podría perderla fácilmente en el enjambre de estudiantes. Con mi bolso en el hombro, froté la parte trasera de mi cuello.

"Adiós, cariño." Julia titubeó cuando Ellie nos dejó. "Am…" Ella señaló en dirección de la biblioteca pero no se movió, no dio pasos en esa dirección. "Tienes otra clase ahora? Yo iba a leer la asignación en la biblioteca."

Era la primera semana de clases y la mayoría del trabajo sería leer, excepto por trigonometría y química que eran mis clases de las próximas horas. Asentí, saqué mis lentes de sol y me los coloqué.

"Desafortunadamente, la tengo." Esperaba que ella sintiera la misma decepción que yo por no poder seguir hablando. "Química."

"Oh, es cierto. Eres un mocoso de ciencia." Sus exuberantes labios sonrieron, mientras arrugó la cara por el sol y levantó su mano para hacer sombra a sus ojos.

Me reí de su broma. "Culpable. Mi familia completa lo es, excepto por mi mamá. Háblame de la 'M' en tu trasero. En tu bolsillo de atrás." Esta era una buena manera tanto como cualquier otra de asegurarme que ella supiera quién era yo, aun siendo un poco rara.

Frunció el ceño, no entendía, el asombro inundó sus facciones, abrió completamente los ojos. "Me estabas mirando el trasero?"

"Bueno, no podía ver tu cara." Mierda, esto era extraño. Me sentía fuera de mi elemento, nervioso y ridículo. No podía creer que acababa de mencionar su trasero. Me reí incomodo, odiándome por no haber sido más sutil. "Mi apellido es Matthews. Tenemos que ser amigos ahora. Estás marcada. Es una señal." Estaba seriamente atraído a esta chica, pero quería conocer su mente más de lo que quería meterme en sus pantalones. El pensamiento me dejó pasmado mientras me preguntaba si podía ser amigo de alguien que me atraía tanto.

"Ah." Su cabeza asintió una vez mientras entendió lo que le estaba tratando de decir. Levantó la ceja y me dejó saber con un movimiento de su cabeza que alguien estaba detrás de mí. Volteé a mirar. Era la otra chica del aula.

"Entonces, te veo el miércoles?" Rita preguntó incómodamente, tartamudeando un poco. La había olvidado por completo y no sabía que todavía andaba por aquí.

Metí una mano en el bolsillo de mi jean y abrí la boca pero luego la volví a cerrar. Rita no era a quien quería sentada a mi lado en la próxima clase. "Am…Supongo?" Hice una mueca interna mientras mis ojos se conectaron con los de Julia. Parecí grosero y eso fue bastante desafortunado, pero quería hablar con Julia, y se me estaba acabando el tiempo antes de mi próxima clase.

"Okey." Respondió Rita secamente y se fue, con la decepción clara en su cara.

Volví mi atención a Julia.

"Los jeans están marcados, eso es seguro. Miss Me's. Montones de chicas tiene M's en sus traseros," me retó con una media sonrisa. "Todas están marcadas? Porque no pareces del tipo que carece de compañía femenina. Obviamente." Sus ojo clavados en los míos y luego asintió hacia Rita mientras se alejaba.

Mordí mi labio y pasé una mano por mi cabello. Lo último que necesitaba era que Julia pensara que yo era del tipo de hombre que usaba a las chicas. "Creo que puede que haya un cumplido ahí si lo analizo con suficiente profundidad," bromeé. "Mira, deseaba conocerte. Así que, demándame."

Nuestras miradas se encontraron y se sostuvieron de nuevo, y casi dejo escapar que quería su número. Me dije a mí mismo que me calmara. Nunca actuaba así de tonto frente a una chica.

Julia se balanceó en sus talones y miró su reloj. "Vas a llegar tarde."

"La saltaría si no fuera la primera clase del semestre. Realmente quiero hablar más contigo." De repente me invadió la felicidad porque no pude tomar la clase de Gerrity el semestre pasado. Ya me gustaba esta chica más de lo que me había gustado ninguna otra en la universidad y solo había hablado con ella por unos minutos. Había algo acerca de ella. No era cómo lucía, aunque era hermosa, pero yo quería saber sobre su vida, invertir tiempo en ella. Era un presentimiento, pero esta chica iba a ser importante para mí, era una inversión a largo plazo. "Así que quizá tu accedas a encontrarte conmigo fuera del aula el miércoles y podríamos sentarnos juntos. Entonces así esta clase será tolerable?"

La sonrisa de Julia se amplió inmediatamente, y asintió. "Okey, seguro. Me aseguraré de que mi trasero esté marcado. Pero aquella chica estará disgustada."

Le sonreí y desee tener más tiempo para conseguir su número. "Oh, bueno. Está bien. Nos vemos."

"Ah Ha. Adiós, Ryan." Se despidió agitando incómodamente la mano y se dirigió a la biblioteca.

Yo giré en la dirección opuesta, di tres pasos y me detuve. "Hey, Julia!" grité sobre los otros que caminaban entre nosotros. "Si puedes esperar un hora para almorzar, estaré en el comedor de la Unión de Estudiantes."

Apareció una brillante sonrisa, y esperé, sabiendo que ahora iba a tener que correr a mi clase. Algo no me dejaba irme sin saber si la volvería a ver después.

"Suena bien."

Mi corazón se aceleró, la tonta sonrisa regresó y no me detuve en todo el tiempo que corrí a través del campus. La anticipación hacía que mi corazón corriera más por eso que por el ejercicio. Esto era estúpido. Yo conocía mujeres todo el tiempo y la mayoría del tiempo no me importaba un coño. Siempre había más chicas por conocer, si perdía una oportunidad generalmente no era la gran cosa. Julia era la gran cosa, tanto que no podía esperar a que esta hora saliera del jodido camino. Atravesé la puerta hacia la clase y encontré un asiento al final, me senté rápidamente entre las miradas de los que estaban a mi alrededor. Sí… esta chica iba a ser importante.

~Julia~

Guao. Solo guao.

Me dolía la cara de tanto sonreír, y para nada el libro frente a mí podía retener mi atención. No ayudaba que esta mierda era aburrida como el infierno; y era peor porque mi mente estaba llena del tipo que acababa de conocer en esa clase. Él era como un imán- demasiado espectacular como para no notarlo, lo vi cuando tomó el asiento detrás de mí justo antes de que esa chica rubia le hablara. Mi corazón se desplomó, pensando que la presencia de ella significaba que yo había perdido cualquier oportunidad de conocerlo y que yo tendría que recurrir a las tácticas de secundaria tratando de sentarme a su lado la próxima clase. El único problema era que, el auditorio era inmenso y las probabilidades indicaban que nunca lo encontraría. Por lo que fue grandioso cuando él inmiscuyó su trasero en mi conversación con Ellie.

Vi como Ellie lo notaba, también. Quién no lo haría? Alto, fácilmente sobrepasaba el metro ochenta, fornido, piel dorada y cabello besado por el sol, brillante, ojos azul oscuro, y ese *rostro*. No había palabras para describir esa cara. Mandíbula fuerte, hoyitos en las mejillas como para morirse, sonrisa blanca y brillante, nariz perfilada, y esa hendidura en su barbilla. Hermoso no lo podía describir. Y para rematarlo todo, él era agradable. Quiero decir, realmente agradable, aun cuando había estado de chequeándome, por primera vez en mucho tiempo, sentí que un hombre estaba realmente interesado en lo que yo tenía que decir. *Matthews*. Ryan *Matthews*. Matthews como la "M" en mi trasero. Me reí suavemente para mí misma, el placer se esparcía dentro de mí como fuegos artificiales. Seguro, la dulce personalidad podía ser un ardid para atrapar inocentes víctimas. Ya había visto suficiente de esa porquería y frecuentemente, pero algo dentro de mí me decía que él era diferente. Esperaba intensamente que lo fuera.

Miré el reloj otra vez y me di por vencida tratando de leer el libro frente a mí, lo cerré y abrí mi bolso negro para guardarlo dentro. Todavía faltaban quince minutos para cuando se suponía que vería a Ryan, y me sentía un poco nerviosa. Era tan lindo; seguramente, había una manada de mujeres rivalizando por su atención. Y qué pasaba si él no aparecía? Mi estómago se volteó antes de que pudiera evitarlo, pero acomodé la pesada bolsa sobre mi hombro y lentamente recorrí el camino hasta la Unión de Estudiantes. No quería llegar allí muy temprano y estar ahí parada esperando como una idiota ansiosa. No quería ordenar el almuerzo sin él. Agh. Estaba dándole demasiadas vueltas a esto. Era una locura, pero algo acerca de él me alteraba y me confortaba al mismo tiempo. Él parecía muy genuino, así que no sabía por qué yo estaba actuando de forma tan ridícula. Quizá era la forma en que actuaba cada mujer que se acercaba a él.

Encontré el baño y entré; entretejiendo mi camino entre todas las mujeres que salían. Todas con bolsos hechos para ajustar a la figura. Mis ojos se abrieron cuando descubrí mi reflejo en los espejos de pared a pared que estaban sobre los lavamanos, y rápidamente saqué mi cepillo y brillo labial que tenía en el bolsillo frontal de mi bolso de libros. Normalmente, yo no era de las que se retocaban; me apliqué una fina capa de brillo en mis labios y alisé mi cabello ligeramente. No quería parecerle a Ryan sobrecargada y me reñí a mí misma por haber hecho esta pequeña desviación de mi rutina usual. Volví a colocar las cosas en el bolso y alisé el jean sobre mis muslos.

Cuando salí del baño, me detuve para echar un vistazo al comedor. Era agradable. Era agradable, arreglado como un restaurante, con cabinas de madera y varias mesas con sillas. Ryan no había dicho exactamente en qué parte del lugar íbamos a encontrarnos y mis ojos recorrieron la habitación. No había señal de él todavía, pero la Unión de Estudiantes era grande y había un montón de estudiantes entrando, caminando alrededor de las mesas y al final de algunas cabinas. Me sentí consiente de mí misma; caminando por ahí como una idiota, buscando en las cabinas y mirando alrededor como si estuviera perdida. Varios pares de ojos curiosos encontraron los míos mientras vagaba por ahí buscando la impactante mirada azul del hombre que había conocido hace dos horas.

Lo encontré rápidamente empujando las puertas de la entrada, sus ojos recorriendo la habitación. Él no me vio inmediatamente sino que fue rápidamente interceptado por un grupo de estudiantes; un hombre de cabello oscuro y dos mujeres, una con largo cabello rubio y la otra con cabello corto de mechones rojos. Yo estaba ansiosa y mis pies querían ir hacia él, pero dudé mientras veía que el grupo lo envolvía. Su hermoso rostro se llenó con una sonrisa y asintió, la mano de la rubia apareció y se enredó en su antebrazo desnudo. El vestía jeans y una camiseta blanca de manga larga, los puños subidos dejando ver fuertes músculos y piel dorada debajo de los dedos de ella, la camisa de cuadros azules y verdes que él usaba, estaba abierta. Se veía bello; las capas de tela no hacían nada para ocultar los fuertes planos de su pecho y estómago debajo de la fina y ceñida tela de algodón, tampoco sus amplios hombros. Las dos mujeres lo miraban en silenciosa admiración, y me pregunté si Ryan estaría al tanto de eso, aunque era bastante obvio para el resto del mundo. Era algo tonto, e hice una nota mental de no permitirme actuar como una idiota alrededor de él. Caminé lentamente hacia él para asegurarme de que me vería, sin querer interrumpir la conversación con sus amigos.

Él se inclinó ligeramente para escuchar algo que la mujer que lo tocaba le dijo, pero sus ojos continuaron buscándome. Mi corazón se detuvo cuando su mirada finalmente encontró la mía, y sus labios se levantaron iniciando una sonrisa. Era tan guapo que dejaba sin aliento. Esta era una oportunidad solo para mirarlo. Él levantó su mano y le habló al grupo que lo rodeaba. Excusándose con ellos, y caminó hacia mí con su bolso colgando de su hombro derecho. Las dos mujeres voltearon para verlo alejarse, con la decepción y la curiosidad en sus ojos mientras me observaban detalladamente.

"Hey." Su suave voz me cubrió mientras me daba una rápida sonrisa.

Era varias pulgadas más alto que yo, y tuve que mirar hacia arriba para ver su cara. Quería morderme el labio, apenas conteniendo la sonrisa que trataba de invadir mis labios. "Hey," retorné "Cómo estuvo la clase?"

"Aburrida como el infierno. No puedo esperar hasta que toda esta mierda básica esté fuera del camino. Quieres encontrar un lugar para sentarnos? Luego puedo buscarnos algo para comer."

"Sí, Quisieras invitar a tus amigos a que nos acompañen?"

Ryan sonrió de nuevo y sacudió su cabeza. "Nah."

Gesticuló hacia una cabina vacía en la esquina y lo precedí entrando en ella, y lancé mi bolso, colocándolo más cerca de la pared mientras me deslizaba dentro. Ryan hizo lo mismo frente a mí. Lo miré pasar una mano por su cabello.

"Leíste la tarea de psicología?" preguntó.

"Agh," puse los ojos en blanco, y Ryan sonrió. "Era tan malo que no podía concentrarme. Creo que deberé leerlo en voz alta para lograr hacerlo."

"Eso me temía. Quizá podemos dividirlo y luego nos informamos el uno al otro."

Sonreí, reclinándome contra el asiento, complacida con la idea de estudiar juntos. Significaba que lo vería más y eso era lo que más quería. "Okey."

Comenzamos a hablar y el tiempo voló. Hablamos acerca del divorcio de mis padres, su vida creciendo en Chicago, cómo su familia adoptó a su mejor amigo cuando ellos tenían diez años y el más reciente caso penal de mi padre, inclinados uno hacia el otro intensamente. Yo inhalaba sus palabras y él estaba igual de involucrado; interesado de verdad en todo lo que le decía. Caímos en un ritmo bastante fácil, y aun así hacía que mi corazón golpeara fuerte en mi pecho. Había olvidado que tenía hambre hasta que mi estómago rugió fuertemente y Ryan se rio suavemente.

Mis ojos se abrieron por completo. "Vaya. Eso fue vergonzoso."

"¡Es mi culpa! Te prometí que almorzaríamos y fallé completamente." Él miró al reloj en la pared. Faltaban diez minutos para las tres. "La cocina cerrará pronto así que mejor ordenamos. Qué te gustaría?"

"No soy quisquillosa. Sándwich de pollo y té."

"Ya regreso." Lo observé alejarse, sin poder evitar admirar la soltura y gracia con la que se movía o todos los ojos que seguían sus movimientos. Me pregunté sobre la joven que estaba hablando con él antes. Seguramente no era su novia o nos habría acompañado a almorzar. En lo que parecía nada, yo tenía el sándwich, té verde y un montón de papas fritas frente a mí. Ryan tenía una hamburguesa, aros de cebolla y una coca cola. El empujó los aros hacia a mí. "No estaba seguro si querías papas o aros, así que…"

Coloqué mis papas en el medio de la mesa, también. "Qué tal si compartimos? "

Ryan sonrió y tomo un aro de cebolla. "Esperaba que dijeras eso." Lo metió en la salsa de tomate que yo había puesto al lado y mordió un gran bocado. "Cómo es que no te había visto por aquí antes?" levante mi hombro derecho. "No estoy segura. Yo no socializo mucho. El primer semestre, estaba preocupada por mis calificaciones así que me mantuve entre libros. No sabía que esperar, sabes?" lo mire y él estaba estudiando mi cara intensamente. Renuentemente tomé mi sándwich. Además, tu estas en artes y ciencias y yo estoy en negocios y administración. No es como si compartiéramos muchas clases."

Ryan asintió. "Sí, eso apesta. Así que, negocios," dijo, usándolo como si fuera mi nombre, "Qué vas a declarar?"

Trague la comida que tenía en la boca antes de contestar. "Bueno, estoy teniendo problemas para decidir, porque, realmente, me gustaría hacerla doble en marketing y artes, pero atraviesa la escuela, así que no lo permitirán."

"Así que, eres una artista, entonces?"

"Me siento rara diciendo eso." Me encogí de hombros, a pesar de que me encantaba y que mis profesores, amigos y familia decían que yo era talentosa, aun así yo dudaba en permitirme usar esa lujosa etiqueta.

"Siempre he sido artística, y me gustaría hacer algo con eso cuando me gradué, pero mi papá piensa que no hay mucho futuro financiero en eso. Entonces, lo mejor que puedo hacer es tomar tantas electivas de arte como sea posible. También tomaré clases extra durante el verano para los requerimientos y, al menos, imitar la especialidad. Aun cuando no pueda decir que tengo el título, tendré el conocimiento."

"Ya veo. Eso tiene mucho sentido." La admiración en su rostro creó una pequeña emoción dentro de mí. "Es más o menos lo mismo para mí. Stanford no ofrece programa de pre-medicina en sí, entonces debo escoger un currículo de ciencias que yo prefiera como especialidad y que así facilite mi entrada a la escuela de medicina." Lo observé hablar, como movía las manos y las expresiones que cambiaban sus facciones. "A éste punto, me estoy inclinando por química o bilogía."

"Qué clase de doctor quiere ser?"

"Hmmf!" Exhaló con una risa entretenida. "Para ser honesto, no tengo ni idea, pero probablemente alguna clase de especialista, quizá.

Mi papá es cirujano cerebral," dijo Ryan despreocupadamente, tenía que ser cierto.

"¿En serio?" mis ojos se abrieron más mientras traté de imaginar la vida hogareña de Ryan. ¿Sería su padre un apretado que estaba fuera todo el día y su madre una princesa de los suburbios? Si era así, no se reflejaba en su hijo. Él era tan buena cabeza y genuino.

"Sí. Sin presión eh," sonrió. "Él es brillante. Es un hombre muy entregado, pero puede ser duro como un clavo al mismo tiempo." Ryan volvió a reírse y continuó hablando de sus padres. Era obvio que los amaba mucho, y sus palabras refutaron la imagen mental inicial que me había hecho de ellos. Él estaba animado y entusiasta; su humor era contagioso. "Cuéntame de ti."

"No hay mucho más que decir, realmente. Quiero decir, cuando mis padres se divorciaron, me mudé a Kansas con mi mamá. Desde que tenía ocho años, he pasado todos los veranos con mi padre en California. Creo que siempre se sintió culpable por no estar cerca más tiempo, pero a mí me gustó mi vida con mi mamá. Ella es genial; más que las madres de mis amigos. Nos gusta la misma música y podemos compartir ropa. Puedo hablarle de cualquier cosa."

"¿Es raro para ti, siquiera? ¿Estar en el medio de tus padres? No puedo imaginarlo ya que los míos siempre han estado juntos."

"No. Ellos quedaron como amigos y siempre ejercieron la paternidad juntos. Bueno, casi todo el tiempo."

Dejó de comer y se reclinó hacia hacía atrás y sus ojos volvieron a los míos. "No puedo imaginarme ser amigo de alguien de quien estuve enamorado. No sé si podría hacerlo."

Un pequeño escalofrío me recorrió con sus palabras, y me pregunté si alguien había tenido la suerte de tenerlo enamorado de ella. "No siempre fue fácil, pero no creo que se separaran por falta de amor. Mi madre resentía las largas ausencias de mi padre, y no conocía mucha gente en el oeste. Se sentía sola y quería estar más cerca de su familia. Él estaba comenzando su trabajo y trabajaba muy duro. Él quería ser un fiscal del estado. Y eso requería muchas horas en la oficina de fiscal de distrito. Él no estaba dispuesto a renunciar a su sueño. Viéndolo en retrospectiva, sé que él solo lo hacía su mejor esfuerzo por nosotros, pero al momento, no estaba ahí. Sé que estaba muy molesto al principio de la separación." Me limpié los dedos en la servilleta sobre mi regazo. "Pero después de mudarnos, mamá estaba más feliz, y así, yo también."

Ryan asintió entendiendo.

"¿Vives en el campus?" pregunté, indagando si iría por mi camino y sin querer que la tarde terminara, y conociendo la respuesta, ya que esa chica Rita le había preguntado en el salón de clases.

"No. Mis padres discutieron sobre eso. Era más barato rentar un lugar para Aaron y para mí que pagar alojamiento y comida, y de cualquier manera, aquín la comida apesta en grande y Aaron hubiera muerto de hambre." Ryan tenía una risa placentera que desarmaba. "Eventualmente, mamá cedió ante la lógica de papá, pero todavía se preocupa de que las fiestas sean demasiadas." Una hermosa sonrisa apareció en su cara y sus ojos danzaban divertidos en ese azul brillante.

Me reí y asentí. "¿Y? ¿Lo son?"

Ryan se unió a mi risa. "No. Seguro que hay fiestas. Aaron participa en la fraternidad Phi Kappa Un, así que es inevitable."

"¿Pero tú no?"

"No. No quiero a alguien escogiendo mis amigos. Al menos, así es como lo veo. ¿Y tú? ¿Alguna hermandad?"

Sacudí mi cabeza con una risa corta. "No. Estoy en la misma línea de pensamiento que tú."

Me sonrió de lado. "Hay cosas peores."

"De acuerdo." Asentí con la cabeza y sonriendo.

Nos levantamos y recogimos nuestras cosas, y comenzamos a caminar hacia la puerta. La mano de Ryan envolvió una de las agarraderas de mi bolso que reposaba sobre mí hombro y lo tomó para cargarlo por mí. Sus dedos rozaron mi camiseta y pude sentir su calidez a través del material. Traté de que no se diera cuenta del pequeño temblor que causó. Ningún otro chico se había ofrecido a cargar mis libros antes. Él era maravilloso, y yo apenas podía contenerme de mirarlo en total adoración como las chicas con las que él había estado hablando antes.

"Estoy celosa por la comida. Tengo que ser cuidadosa de no subir esos kilos que suben los de primer año. La comida de la cafetería es horrorosa."

"Ah, entonces tú estás en el campus."

Suspiré. "Desafortunadamente, pero está bien. Así conocí a Ellie. Ella es mi compañera de cuarto."

Atravesamos el campus hacia mi dormitorio y comencé a temblar. El viento era helado, lamenté mi falta de chaqueta y noté que Ryan tampoco tenía una. "Tu auto está por acá?" Pregunté indicando la dirección en la que yo necesitaba ir. "Si no, no tienes que acompañarme. Hace mucho frío."

"Julia." Mi nombre se deslizó en su lengua por primera vez. "Estaría feliz de sufrir por ti."

Mi boca quedó cerrada y tratando de adivinar que estaría pensando él. Lo miré y luego miré hacia adelante. "Gracias por el almuerzo. Mi turno la próxima vez?" Estaba tratando de evaluar la naturaleza de nuestra relación. Íbamos a ser amigos o a salir?

"Am…" Ryan comenzó a dudar, y me pregunté si quizá no quería que almorzáramos de nuevo. "Seguro. He pasado un buen momento hablando contigo…"

"Yo también. Pero?"

"Pero, no dejo que las chicas me compren la comida."

Inhalé suavemente, preguntándome si eso significaba que esto era una cita, o si éramos solo amigos. Yo realmente disfruté pasar tiempo con él, en cualquier forma que eso pudiera pasar, lo tomaría.

"Esa estúpida clase podría ser tolerable ahora." Su hombro empujó ligeramente el mío mientras caminábamos y eso envío electricidad a través de mí. Podía sentir mi rostro enardecer mientras miré hacia abajo al pavimento pasar debajo de mis pies y sonreí, devolviendo el toque con igual sutileza.

"Me alegra haberte conocido, Ryan."

"Sí. A mí también. Puedo tener tu número? Podemos escribirnos el miércoles y encontrarnos antes de clases y así sentarnos juntos. Está bien?"

Mi corazón golpeaba fuerte en mi pecho. "Genial."

~Ryan~

Estaba acostado en el sofá, con mi pie sobre el espaldar, lanzando rítmicamente la pelota de basquetbol contra la pared una y otra vez. Aaron estaba en la ducha, y yo estaba esperando mi turno. Acabamos de llegar de un juego de basquetbol dos a dos con los tipos que viven al lado, y a pesar del clima frío, ambos estábamos bañados en sudor. Mi cabello estaba húmedo y se pegaba a mi frente. Les pateamos el trasero pero no sin un serio ejercicio. Yo sabía que apestaba, y Aaron peor. Reboté el balón contra la pared otra vez, atrapándola casualmente mientras mis pensamientos vagaban hacia Julia.

Había pasado un mes desde que nos conocimos y yo estaba interesado en ella en una forma en la que no había estado interesado en ninguna chica antes. Me encontré deseoso de verla cada vez y cuando su nombre aparecía en mi teléfono, sonreía tan ampliamente que mi cara dolía; y no porque era ardiente. Lo era, y eso me mantenía despierto de noche, pero esa no era la única razón. Exhalé fuertemente ante la ironía de todo eso.

Quería sacarla en citas, besarla, y sí, la deseaba. Esto apestaba porque no me tomó mucho tiempo saber que ella era la persona con la que quería pasar tiempo más que con nadie. Yo no quería perder eso. Qué tal si salíamos, y luego todo se derrumbaba? La extrañaría. Siempre la extrañaba cuando no estaba por aquí. Sin importar lo que estuviera haciendo. Si algo pasaba, bueno o malo, ella era la primera persona con quien yo quería compartirlo. Estaba muy confundido y luchando con eso.

Hicimos una cita de estudios para el domingo ya que nuestro primer examen de psicología era el lunes, pero era sábado por la mañana, y yo me devanaba el cerebro buscando un motivo para verla otra vez. Casi le pido que venga al juego solo para que nos viera jugar, pero eso era una bobería y algo que solo una novia haría por su novio.

Yo no sabía qué éramos. Si ella no quería que la invitara a salir y que hiciera una movida, probablemente estaba pensando que yo era un cretino de primera al no hacerlo.

Yo estaba en una posición incómoda. No sabía lo que quería por primera vez en la vida en lo que respecta a una mujer. Ella me gustaba. Más que gustarme, pero no estaba seguro sobre qué coño estaba haciendo al respecto. Mi estómago se contrajo y lancé el balón contra la pared de nuevo, esta vez un poco más fuerte. Traté de descifrar por qué dudaba si invitarla a salir pero las respuestas no me sentaron nada bien. No podía encontrar una manera de garantizar que el resultado fuera lo que yo deseaba.

Pun. Pun. Pun. Lanzaba el balón una y otra vez.

"Ryan. Estoy fuera d la ducha," gritó Aaron mientras salía del baño hacia su habitación con la toalla alrededor de la cintura.

Pun. Pun. Pun. No me moví. Perdido en mis pensamientos.

Cinco minutos después, Aaron salió de su habitación, metiendo la cabeza y brazos en una camiseta gris. "Ryan?"

"Sí." Atrapé el balón con las manos y me senté, bajando mis pies al suelo. Para mirarlo. Cuando él la conoció hace dos semanas, me estuvo martillando acerca de por qué no estaba saliendo con ella si era tan hermosa. Cómo podría hacer que entendiera si ni yo mismo lo sabía? Y no se detuvo hasta que le grité que cerrara la jodida boca y que no era su maldito asunto.

"Okey. Ya voy." Estaba distraído, pero me levanté y le pasé el balón. Fui a mi habitación a buscar ropa limpia pero me detuve cuando él me llamó.

"Ryan, está esa fiesta en la fraternidad esta noche, recuerdas? Tú vas a ir?"

Levanté un hombro. "No lo sé. Quizá? Quién va a estar ahí?"

"Un montón de gente. Puedes llamar a Julia y asegurarte de que vaya?"

"Qué? Por qué?" Giré completamente hacia él. Un gran calor comenzó a subir por mi piel y toda mi cara. Quizá él pensaba que si yo no iba a salir con ella, él lo haría. No creí que sería capaz de soportar ver eso.

"David Kessler quiere conocerla. Él estaba conmigo el otro día cuando te esperaba en el área común, y la vio contigo. A él le gustó, y es el presidente de mi fraternidad. Me gustaría presentarlos. Eso me daría una entrada con seguridad, entraría a la fraternidad."

El calor se tornó fuego todo el camino de mi cara a mi pecho. "Am…" comencé, no muy seguro de que decir, pero mi pecho se apretaba ante el solo pensamiento.

"No tienes problemas con eso, cierto?" Se sentó y comenzó a meter sus pies en los zapatos.

"Sí, nosotros solo somos amigos." Froté la parte de atrás de mi cuello. Era la verdad, Julia y yo solo éramos amigos, pero me sentí raro diciéndolo. "Pero," luchaba tratando de encontrar algo que decir para desechar el tema. "Ella no está interesada en chicos de fraternidad. Ella piensa que toda aquella cosa social de quién es quién es una sobrecarga de mierda."

Aaron me miró hacia arriba, lleno de escepticismo. "De verdad?"

Me encogí de hombros. "Lo siento, amigo." Comencé a dar vuelta, pero Aaron no estaba listo para dejarlo ir.

"Estás planeando salir con ella? Porque si no es así, David está seriamente interesado."

Me detuve otra vez. "No estoy seguro de lo que estoy planeando… No estoy planeando. Solo voy con la corriente."

"Pero no quieres que ella vea a alguien más? Esa mierda no va a levantar mucho vuelo. Ella le gusta a muchos tipos y eventualmente alguno va aterrizar en su vida. Una chica así de bella no va a estar contenta solo con pasar el rato con su *amigo*."

La exasperación llenó mi pecho, y quería golpearlo. "No lo sé. Ella es genial. Me gusta estar con ella, hablar con ella. Me siento cómodo con ella, y ella no sale con toda aquella mierda fastidiosa con la que me salen las otras chicas. Me refiero a que ella no es toda superficial y pegajosa."

"Pero esta super buena. Quiero decir… pasar tiempo con ella, como no intentas conseguirlo?"

"A veces no es fácil. No soy ciego. Pero ella me gusta más de lo que quiero entrar en sus pantalones. Nunca termino de amigo de las chicas con las que he tenido sexo y Julia no es una chica que te tiras el sábado en la noche por diversión."

Me miró como si mi cabeza se retorciera dando vueltas sobre mis hombros. "Entonces, no vas a hacer ninguna movida para salir con ella? Sí eso es verdad, y si ustedes dos son solo amigos, cuál es el problema de que Dave la invite a salir?" Suspiré. Realmente no podía discutir con él, pero quería abandonar el tema. No podía conseguir que fuera de las dos maneras, y no podía continuar esta conversación si exponer cómo me sentía realmente… Demonios, yo realmente no sabía cómo me sentía hasta este punto, entonces cómo explicárselo a Aaron, aún si quisiera hacerlo? Yo la deseaba, más de lo que probablemente había deseado a cualquier chica antes, pero ella se había convertido en alguien importante tan rápidamente en formas que eran nuevas y poco familiares para mí. Estaba como un pez fuera del agua tratando de colectar mis pertenencias. El calor comenzó a subir por mi cuello y cara; esa clase de calor que te hace sentir que el suelo está a punto de removerse a tus pies. No quería que Aaron viera mi incomodidad.

"Okey, veré que está haciendo. Pero voy a advertirla acerca de ese tipo. No quiero que sienta que fue una trampa." No sabía cómo Julia interpretaba lo que había entre nosotros dos, de todas maneras. Quizá solo *éramos* amigos. De ser así, esa palabra tenía más significado ahora de lo que jamás había tenido. "Si ella no quiere ir, entonces no tiene que ir, y yo espero que tú olvides el asunto."

"Esto es raro, Ryan. Si no te interesa esta chica de esa forma, cuál es el problema?"

"Aaron, dije que le preguntaría. Así que ya cierra la jodida boca con respecto al temita, okey?

Se sentó hacia atrás en el sofá y me observó remover cosas. "Tú *sí estas* interesado en ella."

"Dije que me gustaba, pero pasar tiempo con ella es más importante."

Silbó y sonrió irónicamente. "Nunca pensé que te vería confundido por alguna pollita."

Expulsé todo el aire por la boca y me dirigía a mi cuarto, murmurando. "Esa no es una palabra que yo usaría para describirla. Julia no es ninguna pollita."

"Hey, tú." La voz de Julia era suave y un poco ronca cuando contestó el teléfono. "Qué estás haciendo?"

Se había vuelto costumbre llamarnos el uno al otro cada día, para saber qué hacíamos y dónde estábamos todo el tiempo. No era raro que me preguntara. Puede haberlo resentido de cualquier otra persona, pero así éramos el uno con el otro. Como yo quería que fuera.

"Tratando de quitarme a Aaron de encima, quiere que vaya a una fiesta esta noche. Una cosa de fraternidad." Gruñí esperando que ella entendiera lo poco entusiasta que estaba en relación a eso.

"Creo que los planes de Ellie van por ahí. Cuál fraternidad?"

"Kappa Nu. La fraternidad de Aaron."

"Oh. Ya veo. Y vas a ir?"

"No. No creo. Mira, le prometí a Aaron que te preguntaría si querías ir."

"Aaron?" su voz era titubeante.

"Sí. Un imbécil a quién él quiere impresionar te vio con nosotros, y quiere conocerte." Me dieron náuseas cuando dije las palabras en voz alta.

"Hmmf," Julia exhaló. No supe si ella estaba entretenida o enojada hasta que habló. "Bueno, si él es un imbécil, tráiganmelo. Suena justo como mi tipo," bromeó.

La cosa era que nunca habíamos hablado de cuál era su tipo, o del mío en realidad. Yo no había invitado a salir a otra chica desde que la conocí, y ella tampoco había tenido citas.

Froté la parte de atrás de mi cuello con mi mano izquierda mientras los dedos de mi mano derecha aferraban fuertemente el teléfono. "Escucha, le dije que tú muy probablemente no querrías ir."

"¿Quién es el tipo?"

Me desubicó por completo que ella preguntara eso, pero qué esperaba que ella hiciera? No tenía derecho a enojarme y mucho menos a estar furioso. No la había invitado a una cita real. "Am…" luché tratando de encontrar el nombre en mi mente. "David algo yo no sé qué". El presidente de la fraternidad de Aaron." Llené mis pulmones de aire y traté de dejarlo salir sin que Julia lo escuchara.

"¿Debería ir?"

"Yo no… quiero decir, no lo sé," tartamudeé y me detuve.

"¿Tú vas a ir?" volvió a preguntar.

"Yo no había hecho planes. Quieres que vaya? Puedo ir contigo, er, si tú quieres. Para asegurarme de que estés bien."

"No quiero usurpar tus planes, Ryan."

Me senté en la cama y arrastré una mano por mi cabello. Julia usaba palabras como usurpar cuando ninguna otra sabía ni qué demonios significaba. Necesitaba aire. Mis pulmones querían llenarse con un inmenso suspiro, pero ella lo había escuchado y sabía que la conversación se estaba tornando rara para mí.

"En realidad no tenía planes." *Además de llamarte y ver qué estabas haciendo,* pensé. Estaba furioso conmigo mismo en ese momento. *En principio, por qué demonios siquiera le pregunté acerca de la maldita fiesta?*

"No me estoy sintiendo muy bien. Me arde la garganta y mi nariz no para. Creo que me voy a enfermar, así que no estaba planeando ir a ningún lugar hoy. De todas formas, estoy segura que mi aspecto es una porquería."

Me senté un poco, no estaba feliz de que ella estuviera enferma, pero emocionado de no tener que ir a la maldita fiesta y ver algún pendejo conquistándola toda la noche. Suspiré de alivio. "Quieres que te lleve sopa? Necesitas medicinas?"

"Me tomé una de esas sopas instantáneas." Aclaró su garganta y tosió suavemente.

Odia pensar en ella enferma y sola, y me di cuenta que quería cuidar de ella.

"Jul… por qué no mejor voy a buscarte?"Aaron estará afuera toda la noche hoy. Está persiguiendo una nueva chica, y con esa fiesta, y dudo que vuelva hasta mañana en la mañana. Me detendré en el camino por medicinas, toallitas de papel y esas cosas.

"Que tierno, Ryan, pero seguro tendrás mejores cosas que hacer que escucharme sonar mi nariz. No quiero que tú te enfermes."

"No me enfermaré. Estaré allí en una hora."

"Ry-" comenzó, pero la interrumpí.

"No discutas, Julia. Conseguiré unas películas y un montón de comida chatarra, también. Montones de cosas saladas para ayudar a tu garganta."

Terminé la llamada sin darle tiempo siquiera de protestar. Y una hora después estaba esperándola en el lobby de su dormitorio. Cuando el elevador abrió, y ella salió en sudadera gris y abrigo purpura oscuro, cargando su almohada y toallitas de papel, mi corazón daba saltos mortales. Su cabello estaba atado hacia arriba en su cabeza, estaba pálida y su nariz estaba de un rojo innatural. Fue fácil ver que se sentía muy mal, pero no pude evitar la pequeña sonrisa que apareció en mí rostro cuando la vi caminar hacia mí.

"Por qué sonríes? No me mires," murmuró sonando su nariz.

Envolví un brazo sobre sus hombros y comencé a caminar con ella hacia las puertas que nos llevarían hacia mi auto. "Te ves bien. Para ser una*enfermita*." Le di un apretón y reí suavemente, más feliz que el coño de pasar la noche con ella, a pesar de su estado de salud.

Su pequeño puñito salió y me golpeó fuerte en las costillas, pero mi abrigo amortiguó suficiente como para evitar el dolor.

"Eso es todo lo que tienes?"

"No. Voy a respirarte encima y escupir en tu boca." Bromeó miserablemente. "Solo espera."

Me carcajeé y la llevé hasta el auto que esperaba para recorrer la corta distancia hasta el departamento que compartía con Aaron. Era una casi del siglo pasado que había sido remodelada a un lugar de cuatro departamentos. Era agradable pero no muy grande. Me apresuré recogiendo todo del lugar, pero aun así no estaba tan aseado como para ser la primera vez que Julia lo visitaba. Ella camino delante de mí cuando abrí la puerta, mirando al rededor lentamente. Había un viejo sofá y un gran televisor en la sala, con dos sillas que no hacían juego, y la cocina era pequeña; y a un lado la mesa, que parecía un sobrante de una serie de los 50´s, llena de libros y hojas de papel tamaño oficio.

"Te compré Coca cola de dieta, Cheetos, y uno de esos sándwiches de vegetales que te gustan de Ike's," murmuré, colocando la bolsa, vasos de papel con la gaseosa, y los videos al final del mesón. Me saqué el abrigo y lo colgué en la parte trasera de una de las sillas d la cocina.

"Gracias." Se envolvió en sus propios brazos, aun en su abrigo. "Y para ti?"

"Roast Beef. Pensé que podíamos compartir si tú quieres."

"Sí." Asintió y fue a hundirse en el sofá, acomodando su almohada.

"Tienes escalofríos? Se ve que tienes frío."

"Un poco."

Fui a mi cuarto y halé el edredón de la cama, en menos de un minuto, la tuve fuera de sus zapatos y abrigo y cubierta y arropada mientras estaba acostada en el sofá. Mis manos frotaban el edredón debajo en sus piernas y pies. Sus ojos verdes miraban los míos.

"Pareces un cannoli."

"Me duele la garganta. Tienes helado?"

Puse los ojos en blanco. "Eso no importa. No puedes comerlo, de cualquier manera. Crearía mocos y ya eres una mocosa malcriada."

Su risa me siguió hasta la cocina mientras fui a buscar la bolsa de comida que había traído de la tienda, las sodas y las medicinas que busqué en Walgreens. Pronto la risa se convirtió en un tos ronca.

"Idiota," se las arregló para decir cuando controló la tos.

Mis labios se torcieron entretenido por su burla, aunque me sentí culpable por hacerla reír. Saqué la comida y puse su sándwich en la mesa frente a ella al lado del mío y encendí el televisor.

Julia tosió de nuevo, cubriendo su boca con una servilleta. "Ryan," dijo entre los espasmos, "Esta es una mala idea. Yo jamás me enfermo, así que esto debe ser un virus muy malo. De verdad no quiero que te contagies." Se hundió más entre la manta, acurrucándose en un lado y cerrando sus ojos. Pude haberme sentado en la silla al final del sofá, pero me senté a su lado colocando sus pies y piernas sobre mi regazo en el sofá. Vigilé su cara para ver su reacción, para ver si estaba sobrepasando los límites de nuestra amistad, pero ella solo suspiró.

"No tienes hambre ahora?"

Sacudió su cabeza. "Quizá en un ratito." Respiró y sus ojos continuaron cerrados. "Esto huele a ti."

Me sonrojé. Debí buscar sabanas limpias del closet? "Quieres otra?" tomé un pedazo.

"No. Esta me gusta. Es como si tú me envolvieras completa. Se siente bien."

Mi corazón se detuvo, yo todavía no sabía cómo carajo clasificar nuestra relación, o lo que éramos el uno para el otro. Pero una cosa era segura, me gustaba como sonaba eso. Decir que éramos amigos era la declaración más jodidamente subestimada del siglo.

"Gracias, Ryan."

"Por qué?"

"Por enfermarte conmigo." Dijo soñolienta. Sí probablemente me enfermaría como un perro, y en ese momento, no me importaba una mierda.

Sonreí. Mientras pasara algo con Julia, lo que sea que pasara, yo estaba dentro. Completamente dentro.

-2-

Incómodamente Cerca

~Julia~

"Julia, vas a venir?" preguntó Ellie, con la impaciencia en la cara.

"Er…" Yo dudaba. No sabía lo que estaba haciendo. No había sabido nada de Ryan esta tarde. Hablamos de ver la nueva película del Hombre Araña y comprar algo de curry en el restaurant tandoori cercano al cine. "No estoy segura."

"Bien, nos vamos en treinta minutos!" Ellie parecía exasperada. "Chris nos recogerá. Pensé que querías ir. Debemos estar en la fila de entrada temprano si esperamos tener una mesa cerca de la pista de baile." Notó el estado de mi vestimenta, y su cara se contorsionó en desdén. "No puedes ir así! Por qué no te has cambiado?"

Ellie, y un par de sus otras amigas, iban a un nuevo bar. Supuestamente sería la cosa más genial en el circuito de clubes de Stanford, con un gran gancho que sería Wi-Fi gratuito. Había sido fuertemente promocionado desde el inicio del semestre en las noticias de Stanford, y los anuncios estaban regados por todo el campus, así que lo hablamos mucho y ambas estábamos emocionadas por la apertura. Esta noche era la gran apertura oficial.

"No estoy segura de ir." Me encogí mientras esperé que formara un alboroto por ello. Yo estaba sentada en su cama mientras ella estaba en el baño. Ellie dejó de aplicarse el rímel y miró por la esquina del espejo aun sosteniendo el pequeño tubo en la mano.

"Qué? Por qué?" su ceño fruncido en disgusto. Temiendo que se enojara por mi respuesta, me le adelanté. "Puede que Ryan y yo hagamos algo."

Me miró con los ojos muy abiertos; su expresión haciéndose más dura y los labios fruncidos. "Ryan?"

"Sí." Mis hombros se encogieron un poco mientras puede ver muy rápidamente la mirada que me lanzó, incapaz de mirar directamente a sus ojos.

"Pero, nosotras planeamos esto!" dijo exhalando. "Qué ahora ustedes están saliendo? Pensé que solo eran amigos."

Una de mis piernas estaba doblada frente a mí y el otro pie sobre la cama mientras incliné un codo sobre mi rodilla doblada y una mano jugaba con un mechón de mi cabello. Suspiré. "Lo somos."

"Vas a descartar la gran apertura de HotSpot por un tipo que solo es un *amigo.?*" Me miró con dureza esperando mi respuesta. "Un *amigo*, que, déjame recordarte, es el tipo más atractivo que ambas conocemos," dijo segura. Yo aún no podía enfrentar su mirada. "el super-ardiente *amigo*, Ryan."

Hizo comillas con los dedos de ambas manos y perdió el agarre del rímel en su mano derecha. "Mierda!" dijo mientras este rebotaba por el piso del baño. "Por qué no solo lo traes?" dijo mientras lo recogía y lo lanzaba al lavamanos, murmurando obscenidades.

"No hemos tenido mucho tiempo de hablar esta semana y queríamos ver esa nueva película del Hombre Araña.

"Qué tanto pueden hablar en una película?"

"Sí. Lo hemos pensado. Vamos a ir a la función de media noche así podremos cenar primero."

"Tiene que ser esta noche, Julia? Llevamos planeando esto por dos meses" se lamentaba Ellie.

Ella tenía razón, pero mi corazón se hundía. No estaba siendo una gran amiga, y tampoco había sabido nada de Ryan. Me dijo que tenía reunión con el grupo de estudio para su laboratorio de química, así que, quizá se le hizo tarde. Mi teléfono estaba a mi lado en la cama, miré la pantalla. Parpadeé. Él no había escrito o llamado.

"Quizá Ryan y yo podamos salir mañana en la noche," admití. Quería decirle a Ellie que necesitaba escribirle a Ryan antes de comprometerme pero, eso hubiera sido tonto. Ya estaba comprometida para salir con ella, y debí decirle eso a Ryan esta tarde, en lugar de hacer planes con él.

De veras iba a cancelar los planes con un mejor amigo por planes con otro mejor amigo? Especialmente cuando ni siquiera estaban hechos. No estaba segura si había olvidado mis planes con Ellie o si mi tiempo con Ryan estaba tomando prioridad sobre todo lo demás.

Desde que me enfermé el mes pasado, y pasé todo el fin de semana en su departamento, nos habíamos visto prácticamente todos los días. Seguía diciéndome a mí misma que solo éramos amigos, porque no tenía otra indicación de él sobre querer ser más que eso, pero él era asombroso y dulce. Tendría que ser una ciega idiota para no darme cuenta de lo maravilloso que era. Dicho eso, yo no podía convertirme en unas de las mujeres de la horda del campus desmayándose cuando él entraba a una habitación o mirándolo en adoración como una tonta simplona. Interiormente me encogí ante el pensamiento.

Estaba segura que una de las grandes razones por las cuales a él le gustaba pasar tiempo conmigo era porque no estaba todo el tiempo encima de él.

Él ni siquiera había intentado tomarme de la mano, besarme o hacer si quiera una movida que indicara que pensaba en mí como cualquier otra cosa que no fuera una amiga, pero la forma casual en la que pasaba su brazo sobre mi hombro a veces, o cuando nuestras manos accidentalmente se tocaban, estaba afectándome en formas que no quería analizar. En las semanas luego de conocerlo, tuve serias inseguridades acerca de mi habilidad de atraerlo, dado el platónico estado de nuestra relación. Así que, me dije a mi misma que no podía permitirme tener sueños románticos con Ryan. Demasiadas mujeres lo deseaban, de cualquier manera, y yo no quería competir.

Aclaré mi garganta y la miré. "Tienes razón, El. Estaré lista en un segundo!" salté de la cama y corrí a mi habitación para prepararme. Saqué un vestido negro del closet y lo lancé a la cama. Tomé mi teléfono y comencé a escribirle un rápido mensaje a Ryan. El arrepentimiento estrechó mi corazón, pero traté de ignorarlo. Había ansiado esta apertura del club hace mucho tiempo, y sería divertido. Lo *haría divertido* o moriría en el intento. Necesitaba dejar de actuar como una idiota. Era una noche.

Una noche… sin Ryan.

~Ryan~

Miré el reloj en la pared 10 pm.

Joder!

Estaba agitado. Me sentía claustrofóbico y no podía esperar para largarme del laboratorio. Mi compañero de laboratorio, Nathan, no dejaba de hablar, pidiéndome consejos para tirarse a alguna chica que le gustaba. Hice una mueca. Qué demonios le dio la idea de que yo podría ayudarlo? Preferiría que se concentrara en el trabajo para así poder largarme ya. No había podido escribirle a Julia, eso me tenía mal. Prometí que volvería antes de las siete y ya son las diez. Mi corazón se estrechó mientras preparaba los tubos y el aspirador. Estaba seguro que ella estaría enojada a esta hora, así que seguramente nuestros planes se habían ido por el drenaje.

Nathan dejó de hablar y observó lo que yo hacía. ÉL había dejado caer el primer matraz así que tuvimos que comenzar de cero. Me enojó considerando que yo tenía planes para una película con Julia, pero me esforcé en no mostrarlo.

"Amigo, así no se hace. Se supone que debemos cultivar los cristales desde la solución. Qué estás haciendo?"

"Esta no es la primera vez que he sintetizado ácido acetilsalicílico, Nate. Confía en mí. Mi hermano Aaron y yo hacíamos estas cosas todo el tiempo. Tampoco era que nos daban juegos de ciencia para navidad, pero hacíamos experimentos todo el tiempo. Ambos queríamos ser doctores, como mi papá, y él nos enseñaba cosas así muy seguido. Hacerlo así es más rápido."

"Qué haces exactamente?"

"Estoy creando succión para separar lo sólido de lo líquido, si no sería demasiado lento, no quiero estar aquí toda la noche."

"No nos meteremos en problemas por no seguir las instrucciones?"

Gruñí, el sarcasmo fue mi único reconocimiento a su pregunta. "Puedes tomar ese filtro de papel y pesarlo, por favor? Hazlo dos veces para asegurarte que sea preciso. Y, no, no nos meteremos en problemas. Deberíamos tener crédito extra por saber cómo hacerlo en más de una manera, pero ni siquiera tendremos que decirle al Dr. Johnson solo debemos corregir el peso del sólido y será excelente."

Nate tomó el papel de la balanza y lo calibró, antes de escribir el peso y entregármelo. Yo tenía el recipiente con la solución enfriándose en un baño de agua fría mientras tomaba la aspiradora improvisada, asegurando un embudo Buchner a la parte de arriba de la aspiradora y acomodando dentro las partes de filtro de café que Nate había pesado. Esto colectaría los sólidos de la solución saturada. Luego la pesaríamos de nuevo, sustrayendo el peso del filtro de café, y tendríamos terminado nuestro pesaje de ácidos sólidos.

Después de verter la solución en el embudo, el aspirador comenzó a sacar el líquido del matraz a velocidad de caracol, gota por frustrante gota. Agh! Saqué el teléfono y miré la pantalla, tenía tres mensajes. los deslicé hasta llegar al que era de Julia y lo abrí.

Ya que no supe de ti, fui a HotSpot con Ellie. Se lo había prometido hace meses de todas maneras. Es la gran apertura y lo había olvidado. Lo siento! Espero que tu experimento funcione. Quizá podamos ver la película mañana en la noche.

Decepción, y una nueva ola de rabia contra Nathan, me atravesaron. Yo no podía ir la noche siguiente porque una chica de mi clase de trigonometría me había invitado a una fiesta de su hermandad en una casa fuera del campus. Cuando Aaron se enteró no hubo forma de escaparme. La cosa para él era conocer nuevas chicas. Consideré invitar a Julia y a Ellie para que fueran, pero la mujer que me invitó lo hizo porque quería conocerme, y sería grosero invitar otras mujeres. Especialmente a Julia. Estaría hablando con ella toda la noche, y además, ella podría pensar que invitarla era una cosa bien retorcida. Yo estaba realmente jodido.

Miré impacientemente a Nate. Él estaba lavando los cristales pasando más agua destilada a través de la aspiradora. La sustancia tenía que ser tan pura como pudiéramos hacerla para conseguir el peso correcto. Cualquier exceso la aumentaría o disminuiría. Tenía que ser exacto.

Pasé una mano sobre la barba naciente en mi mentón, y la rasqué en los bordes antes darle la espalda Nate y escribir mi respuesta a Julia.

Me quedé atascado en el laboratorio haciendo aspirinas con Nate. Mañana en la noche no podrá ser, pero qué tal el Domingo? Realmente lamento lo de esta noche.

Si las chicas estaban en un club, sabía que no había forma que Julia me respondiera esta noche. Parte de mí quería terminar en el laboratorio y luego esperar fuera de su dormitorio o ir al club. Suspiré. Me vería como un idiota si hiciera eso.

Me di cuenta que estaba extrañándola, y era inquietante. Se estaba convirtiendo en la mejor amiga que jamás había tenido. No sabía si era porque podía hablar con ella cosas que no podía discutir con Aaron, o si era la atracción que sentía por ella lo que hacía que quisiera estar cada momento que estaba despierto con ella. Teniendo en cuenta, que ella era una caricia a los ojos, olía aún mejor y, quizá lo mejor de todo, me alimentaba.

No había manera en el infierno de que yo la persiguiera. Eso era simplemente raro, y podría enviar el mensaje equivocado, aunque yo no tenía claro qué mensaje quería enviar. Ella era hermosa y sexy, y yo podía sacarla de mi mente.

Revisé la conexión entre el envase y el tubo de goma que ayudaban a crear la solución.

Nate estaba inclinado sobre su teléfono, pero de repente subió el cabeza, emocionado. "Amigo esta chica con la que estoy saliendo me pidió que fuera a su departamento ya porque su compañera de cuarto no está. Creo que voy a anotar. Te importaría si abandono esto?"

Seguro, Pensé. *Déjame terminar el jodido experimento y después limpiar todo yo solo. Por qué demonios no? Tu torpe trasero ya me arruinó la noche.* Apreté la boca presionando mis labios hasta que formaron una línea. "En serio?" pregunté en mi exasperación.

"Vamos, amigo," me rogó. "He estado tratando de conseguir meterme en los pantalones de esta chica desde el comienzo del año."

"Okey." Asentí hacia la puerta, diciéndole silentemente que se fuera a la mierda. "Pero me debes una."

"Lo tienes. Gracias!"

Nate se fue, y yo volví al contenedor para verificar el progreso del experimento. Goteo. Goteo. Jodido goteo.

***

Rodé en la cama, enterrando mi cabeza en la almohada, me cubrí la cabeza con un brazo. El sol brillaba a través de la ventana- las persianas estaban dobladas hasta el punto de estar casi destruidas. *Le pediré a mamá que compre unas nuevas para el día de Acción de Gracias*, pensé. El sol de la mañana se filtraba por la ventana directamente hasta mi cara. Gruñí en protesta. Salían ruidos de la habitación de Aaron. El departamento que compartíamos era una vieja casa, no muy lejos del campus.

La noche anterior, llegué del laboratorio a un departamento vacío, tomé una cerveza, encendí el TV, y ordené una pizza. A pesar de estar bajo el límite de edad y que por eso no debería estar bebiendo, pero uno de los compañeros mayores de fraternidad de Aaron las dejó en la nevera, así que, cómo sea. Estaba aburrido, me sentía agitado y tenía que ponerme al margen. Esperaba que una o dos cervezas me pusieran soñoliento. Medio comí la pizza mientras vi una aburrida película en HBO. Ansioso e irritado conmigo mismo por estar revisando el teléfono cada diez minutos, estar buscando un mensaje de Julia me molestaba. Nunca llegó, y las lentas horas parecían arrastrarse. Tres cervezas después mis ojos finalmente comenzaron a estar pesados. Me levanté del sofá y de algún modo terminé sin ropa y atravesado en la cama.

El sonido de una mujer riendo terminó de despertarme. Levanté la cabeza para poder mirar por encima de mi hombro, abrí los ojos y enseguida los estreché. La risa no era una que yo reconociera, entonces, quién demonios era? Traté de concentrarme en la figura en la puerta. Su cabello era de un rojo artificial, al punto de ser asqueroso, estaba usando pantis color rosado brillante pero nada más.

"Buen trasero, Ryan. Quizá me acosté con el Matthews equivocado."

La puerta de mi cuarto estaba abierta, así que mi trasero estaba en exhibición. No reconocí a la chica, y alcancé la sábana para taparme. "Qué demonio? Te importaría?" Sostuve la sábana con una mano a rededor de mi cintura y me levanté de la cama para dar tres pasos y gritarle a Aaron por el pasillo. "Yo! Amigo! Podrías mantener tus juguetes en tu propia habitación, por favor?" Fruncí el ceño a la chica sin nombre quién me miraba de arriba abajo acicalándose frente a mí. Pasó sus dedos entre su largo cabello y no hizo ningún esfuerzo por cubrir sus tetas de mi vista. Su piel era rojiza y cubierta en pecas y sus pezones casi marrones. En vez de encenderme como pretendía me enojó.

"Si me disculpas." Dije, mi mano libre tomó el borde de la puerta y la tiré dando un portazo. De verdad, no era que yo fuese grosero pero me sentía meditabundo. Si ella no tenía ninguna educación yo tampoco la tendría.

Caí en la cama y los resortes sonaron. La idea de mis padres de que la universidad nos endureciera iba un poco más allá de mi entendimiento. Cuando mi teléfono sonó unos segundos después, rodé para levantarlo del suelo. Al fin! un mensaje de Julia.

Acabo de ver tu mensaje, lo siento. No llegué a casa sino hasta después de las dos. Que tienes esta noche? Cita ardiente?

Maldita fiesta de esta noche, y maldita sea me sentía como una mierda al tener que decirle. No estaba seguro por qué sentía que quería mentirle diciendo que era una noche de hombres en lugar de lo que realmente era. Cerré los ojos brevemente, considerando qué decir antes de abrirlos y escribir mi respuesta.

No estoy seguro de cuán ardiente sea, o siquiera si es una cita. Me invitaron a una fiesta de hermandad de chicas.

Me arrastré de la cama, con el trasero al aire y fui hasta el baño, llevando mi teléfono conmigo. La única virtud que redimía de este departamento de mierda era que cada habitación tenía su baño, aunque pequeño. Miré al espejo. Me veía infernalmente. Mi cabello estaba parado por todos lados y tenía una espesa barba. La rasqué ausente y miré hacia abajo a mi silencioso teléfono. *Mierda*! Encendí la ducha, sin molestarme en ajustar la temperatura del agua.

Su respuesta llegó mientras yo entraba al rocío caliente. Era demasiado caliente y me quemaba el pecho. Salté hacia atrás vociferando, y ajusté el agua con los grifos. Me incliné para mirar el mensaje de Julia, sin agarrar el teléfono.

Oh, okey. Bueno, diviértete. Hablo contigo mañana.

Hice una mueca a la desgastada respuesta. Al menos *parecía* desgastada. Quizá ella ni siquiera lo quería decir de esa manera, y quizá estaba todo solo en mi cabeza. Volví a la ducha, discutiendo conmigo mismo. Nos conocimos hace menos de dos meses, pero este último mes cuando ella pasó aquí el fin de semana, se volvió un hábito vernos, o al menos hablar cada día. Nos habíamos vuelto amigos después de unas incómodas semanas en las que mi pene se había rebelado contra mi cerebro. A quién estaba engañando? Todavía se rebelaba justo cada vez que la veía, pero me gustaba estar cerca de ella, a pesar de la constante pelea con mi libido. Ella era divertida, y lista, y era fácil estar con ella. Podía ser yo mismo.

No estábamos saliendo, así que, cuál era mi jodido problema? Ni siquiera estaba seguro de querer salir con Julia porque podría dañar la asombrosa amistad que compartimos. Aun así, se sentía extrañamente incómodo decirle que no la vería porque estaría saliendo con alguien más. Era estúpido! Si hubiese recibido ese texto de Aaron, Nate, incluso cualquier otra mujer de las que conocía, no lo hubiera pensado por segunda vez. Lo hubiera tomado por lo que era, fin de la historia.

Estaba pensando demasiado. Demasiado. Sexualmente, la deseaba, entonces esa era la razón de mi confusión. Quería más que una amistad? Me asustaba herir sus sentimientos? Como sea que fuera eso, tenía que resolverlo y rápido. Éramos amigos, y eso era todo. Ella no me estaba dando nada específico que fuera una pista que indicara que quería que fuéramos otra cosa, entonces por qué estaba analizando tanto esta mierda? Me saqué el shampoo y apagué el agua. Derramando agua por todos lados salí, tomé el teléfono y escribí mi respuesta.

Okey, te llamaré al despertar.

***

Bien, todo el día sábado, pude haber estudiado pero no estaba motivado más allá de solo unas horas con los libros. Se acercaba el receso de Día de Gracias, y las clases de la próxima semana serían débiles, como mucho. Stanford solo estaría operativa lunes y martes, así que la semana sería corta. Fui a correr en el frío aire del otoño y holgazanee por el departamento viendo deportes y lavando la ropa por el resto del día.

No supe nada de Julia en absoluto, y aunque realmente no esperaba hacerlo, seguía pensando en ella. Tenía que entregar un trabajo para su clase de escritura de negocios y sin duda estaría trabajando en eso. Me moría por preguntar cómo había estado su noche, pero realmente no quería hablar de la fiesta a la que estaba obligado ir esa noche. Quizá la falta de comunicación era lo mejor, incluso si no me hacía bien. Solo quería que esta noche pasara y se acabara. Mañana, Julia no me preguntaría acerca de eso, y pasaríamos el tiempo como lo planeamos. Probablemente me molestaba más a mí que a ella. Sacudí mi cabeza, deseando que mis pensamientos se detuvieran.

Aaron estuvo jodiendo por ahí todo el día con sus hermanos de fraternidad; lo que me facilitó quedarme a estudiar en el departamento. La asignación de matemática en la que estaba trabajando se me hizo borrosa, mientras mis pensamientos vagaron otra vez. El repique de mi teléfono me sacó de eso y lo alcancé rápidamente. Sabía que era mi madre porque llamaba todos los sábados alrededor de la misma hora.

"Hey, mamá," contesté.

"Cómo está mi bebé?"

"Mamá, por favor," puse los ojos en blanco, me levanté y caminé hasta la cocina, era pequeña y plagada de los restos de pizza que dejé anoche. Botellas de cerveza regadas por el mostrador y en la mesa de café de la sala. La pizza había estado terrible, pero era el único lugar de pizzas que hacía entregas a tan altas horas de la noche. Julia se refería a él como El Lugar del Cartón. "Alguna vez dejarás de llamarme tu bebé?"

"Siempre serás mi bebé. Aaron está en la casa?"

Sacudí la cabeza por puro hábito, aun cuando ella no podía verme. "No, pero voy a encontrarme con él para la cena en un momento, y después, me va a arrastrar a una fiesta esta noche."

"Gracioso, hablé con él más temprano, y él dijo que tú habías sido a quien había sido invitado por una de las chicas de la hermandad."

"Eso es un tecnicismo. Él es el que quiere ir." Abrí el refrigerador y saqué un cartón de jugo, lo destapé, y bebí desde el contenedor.

"Será divertido, no es así? Cuéntame sobre la chica. Es bonita?"

Me encogí internamente por mi falta de conocimiento. Difícilmente sabía algo de ella pero traté de recordar detalles de su cara para no sonar como un completo cretino delante de mi mamá. "No la conozco muy bien, pero sí, es bonita." Estaba sosteniendo el teléfono entre el hombro y el oído para poder cerrar y guardar el jugo.

"No suenas muy entusiasmado, cariño."

"Deberías estar alegre de que no lo esté, es una fiesta de barriles de cerveza. Música ruidosa, un montón de borrachos aplastados y la mitad vomitando en la entrada. Y probablemente hierba. Siempre la huelo en el aire en este tipo de cosas." Sonreí por su audible inhalación. "Am, excepto por Aaron y yo, mamá. Nosotros vamos a mirar a las chicas." No podía evitar molestarla. Mi madre era un tanto refinada, y las ruidosas payasadas de universitarios no se le habrían ocurrido a menos que yo plantara la semilla. Ella asistió a colegios privados su vida entera.

"Seguro que así es, Ryan. No nací ayer."

Me reí. "Seguro, debe ser divertido. Supongo."

"Acerca del Día de Gracias; tengo sus vuelos arreglados para el martes en la noche. Pensé que podríamos pasar un largo fin de semana juntos y ustedes chicos no estarían tan cansados. Papá ansía tenerlos a ambos en casa."

"Yo también. Aaron tiene una nueva chica y está muy involucrado, puede que él no esté muy inclinado a ir a Chicago."

"Bueno, que mal está eso. No los hemos visto desde agosto."

"Lo sé, pero ya sabes cómo es, mamá."

"Honestamente, Ryan, pensé que serías tú el renuente a venir a casa por la misma razón."

"Nah. Extraño el hogar. Crees que papá pueda conseguir tickets para los Blackhawks?"

"Estoy segura que le encantará!"

La llamada terminó conmigo tomando los datos del vuelo y la hora a la que deberíamos estar en el aeropuerto. Eran casi las seis, y Aaron estaría tras mí trasero para cenar antes de la fiesta, entonces saqué un par de jeans y boxers limpios de la cómoda y una camisa azul de botones antes de ir al baño a ducharme.

***

A la mañana siguiente, desperté en la cama con la chica que me invitó a la fiesta. Su cuerpo estaba sobre el mío, y dormía sonoramente, el peso muerto hacía difícil que me moviera. Levanté la cabeza y miré alrededor. Estaba brillante por la luz del sol de mediodía entrando. Estreché lo ojos y busqué un reloj, encontré uno tipo alarma digital en una vieja caja junto a su cama. Mi ropa tenía que estar en algún lado, pero solo podía ver uno de mis calcetines. Era la segunda mañana seguida que yo despertaba segado por el sol. Mi cabeza golpeaba como un martillo; un recordatorio de la cantidad de alcohol que consumí anoche.

La noche fue una mancha de música ruidosa, coqueteo y cerveza. Perdí la cuenta de cuantas cervezas me había tragado. Fueron definitivamente más de lo usual. Recuerdo haber revisado mi teléfono verificando si había mensajes de Julia antes de cada ronda, solo para quedar decepcionado y más y más enojado a medida que las horas se gastaban, así que, cuando Annie, la chica que me invitó, me convenció de bailar, lo hice. La música cambió a una canción lenta, ella comenzó a besarme, y a presionar sus pechos contra mi pecho, y seguí la corriente.

Aaron desapareció con una exuberante rubia que me presentó brevemente, y quedé con una mujer que apenas conocía. Era agradable y atenta. Me relajé más a medida que la noche pasaba y unas pocas cervezas después, cuando me invitó a su habitación, la fiesta estaba en pleno apogeo. Yo fui, pensando que sería más fácil hablar. No estaba ebrio, pero me estaba sintiendo bien. Su compañera aún estaba fuera, y ella me dio otra cerveza de su pequeño refrigerador, que estaba bajo la ventana. Era más tranquilo, y la cerveza era mejor que la del barril que estaban sirviendo. Conectó su Ipod y solo nos sentamos a hablar por un rato, y casi todo el tiempo estuve comparándola con Julia. Me odiaba a mí mismo. Cuando ella me besó, cerré los ojos y le permití a mi mente imaginar ojos verdes y largo cabello castaño. Yo sabía lo que estaba haciendo. Parte de mí se sentía como el demonio por lo que estaba haciendo, y otra parte de mí deseaba la fantasía. Yo nunca tendría a Julia, así que cerré los ojos y me dejé a mi mente convencerme que no estaba con esta oscura chica que ahora estaba sobre mí. Aun cuando no significaba nada.

No tenía ni idea sobre qué hacer después. Ella era agradable pero esto sería lo más lejos que esto llegaría. Fui un imbécil por tener sexo con ella, pero no iba a empeorarlo haciéndole ilusiones, y estaba loco por hacer mi escape. El pánico me llenó el pecho momentáneamente hasta que vi el empaque vacío en la mesita de noche. Gracias a Dios no estaba borracho hasta el culo como para olvidar protegerme.

Gentilmente empujé su dormida figura de encima de mi pecho y me deslicé al final de la cama. Mi teléfono sonó desde el suelo. Se había caído del bolsillo de atrás de mi jean y un sexto sentido me decía que era un texto de Julia. Quería hablar con ella, pero obviamente no podía hacerlo aquí. Revisé por el cuarto y encontré mi ropa esparcida por el suelo mezclada con la de Annie en una pila entre su cama y la cama vacía de su compañera. En dos minutos exactos, estaba vestido, había salido por la puerta y estaba en mi camioneta. Pasé una mano por mi cabello. Mi boca estaba seca, y quería cepillarme los dientes, bañarme y rasurarme, como si haciéndolo se borraran todos los eventos de la noche anterior.

Metí la llave en el contacto. Estaba frío, mi aliento era visible en el aire de noviembre. Estaba temblando, y no quería que Julia hiciera preguntas así que no pude llamarla como quería. Encendí la calefacción a todo lo que daba, pero solo aire helado salió por las ventanillas. Arrojé mi teléfono en el asiento del pasajero y puse en marcha el auto. Mientras más rápido llegara a casa, mejor me sentiría. Solo esperaba que Aaron estuviese ocupado para poder entrar sin que él supiera. Lo último que necesitaba era que se le fuera la lengua delante de Julia acerca de mi caminata de la vergüenza. Técnicamente, yo no había hecho nada malo, además de sexo casual, pero algo en mi interior me decía que Julia no tenía por qué saberlo.

~Julian~

Eran las 11am del domingo y no sabía nada de Ryan. En dos meses este era probablemente el primer domingo que no estábamos al teléfono o reunidos para esta hora. Traté de no darle importancia. Yo había dormido hasta tarde la noche siguiente a la que salí con Ellie, y quizá Ryan también estaba durmiendo.

Mi estómago gruñó ligeramente. No comí anoche porqué había planeado comer con Ryan, y después fuimos al club, me había olvidado de ello. Odiaba vivir en los dormitorios porque significaba que no podía comer sin ducharme y vestirme primero. Ellie ya estaba Perdida En Acción, y me pregunta si aún estaba en la ducha o si estaba fuera.

Caminando por el pasillo a la ducha cargando mi toalla y la cubeta con mi shampoo, enjuague y gel de baño, recordé por qué Ellie ya se había ido. Había dos cuartos de ducha en nuestro piso —uno a cada extremo- y cuando abrí el más cercano a mi habitación, me enfrenté a la chillona voz de Amy Jefferson. Me encogí y me incline a la pared. Tenía una clase de escritura con ella y su personalidad era áspera. Tenía cabello rojo brillante corto casi como el de un hombre, excepto por el largo pedazo de arriba, y su cara estaba cubierta con un mal caso de acné. Sentiría pena por ella, excepto por su tendencia narcisista. Aspiraba ser una estrella de Ópera, pensando que tenía la mejor voz del mundo, e iba por ahí comparando su voz con la de Sarah Brightman e insultando a Bárbara Streisand. Lo máximo que podía hacer era no callarla o poner los ojos en blanco cuando comenzaba con su porquería. Andaba en modo látigo así que pensé en hacer la caminata e ir a las otras duchas.

"Amy, quién canta esta canción?"

Alguien preguntó desde la última cabina, su voz suficientemente alta para gritar sobre la cantante y tres duchas corriendo.

"Celine Dion!" Amy paró de cantar solo lo suficiente para contestar felizmente.

"Qué tal si lo mantenemos así?" la desconocida voz le respondió secamente.

No pude evitar reírme. La mayoría de los dormitorios eran grandes y no conocía a todas las chicas personalmente. No reconocí la voz pero la chica era divertida como nada.

"Que grosera!" dijo Amy enojada.

"Tú eres grosera! Mis oídos están sangrando por esa mierda. Para de torturarnos, ya." La chica anónima gritó.

No pude ahogar la risa completa que me salió, y así entré a un cubículo, cerrando la cortina tras de mí. Lo último que necesitaba era que Amy supiera que me estaba riendo, aun cuando yo no era la única.

"Bien dicho, Jen!" la voz de Ellie intercedió. "Ya es suficiente."

Mis ojos se abrieron. Ellie era tan dulce al hablar y amable, no era como si ella apoyara cualquier clase de críticas. Me puse mi pantalón de franela y camiseta, entré y salí de la ducha en pocos minutos. Ellie estaba vestida y secando su corto cabello con una toalla para cuando volví a la habitación.

"Puedes creerte a esa loca de Amy?" preguntó incrédula.

"Sí, alucina. Quién era la otra chica? Jen, creo que así la llamaste."

"No la conozco demasiado bien, pero es genial. Está en una de mis clases de artes liberales."

"Es graciosa."

Ellie asintió, tomando el secador. "Ryan llamó," dijo.

Mi corazón saltó en mi pecho. "Lo hizo?"

"Lo siento. Contesté cuando vi quien era. Quiere que le devuelvas la llamada. Lo viste anoche?"

"No. Él tenían una cita, creo."

Podía sentir sus ojos siguiendo mis movimientos. "Crees que se enojó porque no lo viste la otra noche?"

"Lo dudo." Fui a buscar un par de jeans y una blusa púrpura cuello en V, el portafolio negro que mi madre me había regalado en mi cumpleaños estaba entre la pata de la cama y el closet. Había estado vacío desde que llegué a la universidad, pero anoche, después de pasar una noche sola dibujando, tenía su primer ocupante. Me sonrojé un poco.

Nuestra habitación era pequeña, la privacidad era limitada mientras ambas estábamos aquí. Estaba agradecida de que ella estuviera en una cita cuando mis emociones sacaron provecho de mí. Estaba sacudida por como el hecho de que Ryan saliera a una cita me afectara tanto. Estaba ahogada y triste de que estuviera con una mujer sin cara que yo no conocía. Me sentía segura de su presencia, y no estaba preparada para cuan miserable me hacía el perder tiempo de estar con él. Me sentía ridículamente herida, pero no tenía derecho de sentirme así.

Aclaré mi garganta, el recuerdo de ese sentimiento todavía fresco y nuevo. Lo último que necesitaba era revivirlo.

Ellie se secó el cabello y yo tomé mi turno frente al espejo para secar el mío, lo recogí hacia atrás, y me apliqué algo de maquillaje. Miré mi reflejo comparando mis ojos verdes, mi pálida complexión y cabello oscuro con la belleza imaginaria que había conjurado en mi cabeza. Qué pasaba si se enseriaba con una chica y no podíamos estar más juntos? No quería pensar en eso.

"Cuándo te vas a Kansas, Julia?"

"Miércoles en la mañana. Tengo como ganas de que llegue el día." Quería algo de perspectiva, y esperaba que distanciarme de Ryan, fuera la manera de tenerla. Me senté en la cama y me puse calcetines gruesos.

Ellie estaba sentada en su cama, al frente de la mía, eran un par de camas gemelas en el pequeño dormitorio. Tomó uno de sus libros del estante y lo abrió. "No vas a devolverle la llamada a Ryan?"

Me encogí de hombros. No tenía derecho a estar indignada por su cita, pero todavía me sentía frágil y no sabía cómo manejarlo. No sabía si sería capaz de ocultar mis sentimientos hacia él. "Probablemente. Quiero revisar mi trabajo una vez más antes de enviarlo al correo del profesor. Creo que llevaré mi laptop a la biblioteca."

La verdad era, que me faltaba mucho por hacer. La noche anterior me sentía de porquería y no podía concentrarme, me auto mediqué la noche completa, tomando una ducha caliente, luego pasé el resto de la noche dibujando un retrato de Ryan. Era el primero que había hecho de él, y pasé horas en eso. Queriendo capturar cada característica de su rostro perfecto. De alguna manera ayudó a aliviar el dolor, porque dibujándolo, él estaba conmigo.

"Okey." Pude sentir que ella tenía preguntas pero no me presionó.

Estaba en serio peligro de que me partieran el corazón. Lo sabía desde hace semanas, pero eso no me había detenido de pasar tiempo con él. Para ser honesta, mi tiempo con Ryan era la mejor parte de mi día. Vestí un abrigo pesado sobre mi blusa, los remanentes de mi melancolía no disminuyeron por los intentos de Ryan de contactarme. En el proceso de empacar mi computadora y notas en mi bolso, mi teléfono sonó. Sabía quién era antes de atender, y en vez de emocionada, estaba aprehensiva. Aun así, leí su mensaje.

Jul, estas por aquí? Te llamé. Te dijo Ellie?

Escribí rápido una respuesta, antes de meter mis manos en el abrigo y tomar mi bolso.

Sí. Voy camino a la biblioteca a terminar mi trabajo.

Su respuesta fue inmediata.

Oh. Esperaba que hubieses terminado para que pudiéramos pasar el día juntos hoy.

Mi corazón creció con el alivio. Lo que sea que pasó en esa cita, no fue suficiente para preocupar a Ryan hoy.

-Me gustaría pero debería estudiar por lo menos por unas horas.

-Puedes verme para un café después? Quizá a las 3 o 4?

-4 será mejor. En la Unión de Estudiantes?

-Genial. Si ya has terminado para entonces, quizá podamos ver la película esta noche?

-Sí :)

Grandioso. Te veo entonces.

De repente, todo estaba bien en mi mundo.

-Genial. Si ya has terminado para entonces, quizá podamos ver la película esta noche?

-Sí :)

Grandioso. Te veo entonces.

De repente, todo estaba bien en mi mundo.

-3-

Navidad en Chicago

~Ryan~

Estaba aburrido como la mierda, acostado en el suelo de mi habitación en la casa de mis padres con la parte de debajo de mis piernas sobre la cama. No sabía qué coño hacer conmigo mismo. Había estado en casa dos días y ya me estaba volviendo loco.

Lancé la pelota de béisbol contra la pared opuesta a mí. Mi papá la había atrapado en un juego de apertura hace dos años cuando Aramis Ramírez la bateó. La lancé otra vez, recordando lo enojado que había estado Aaron cuando le gané lanzando una moneda al aire, y así, esta pelota. En retrospectiva, veo que probamente pude solo dejársela. Le di vueltas en mi mano, admirando el liso, casi nuevo cuero antes de continuar mi actividad inconsciente. Pun, pun, pun… el sonido y el movimiento creaban el ruido blanco que yo necesitaba.

A última hora, Aaron decidió quedarse en la universidad con Jenna. Ambos vendríamos a casa para Acción de Gracias, pero se rehusó a pasar dos semanas lejos de su novia. Me habría unido a él pero mi madre habría estado devastada si ambos la plantábamos en casa en Navidad.

Ahora yo estaba atascado en este podrido clima frío sin una maldita cosa que hacer. Mi papá fue llamado para una cirugía de emergencia, así que ni siquiera estaba en la casa. Pun, pun, pun... la lancé más fuerte en frustración.

La puerta de mi habitación se abrió de golpe, y mi madre metió la cabeza. "Ryan! Qué es todo ese golpeteo? Qué estás haciendo aquí?"

Me sonrojé por la culpa. "Oh, lo siento," murmuré, mostrándole la pelota en explicación.

Su rostro se suavizó. Ella siempre era tan elegante, vestida a la perfección, su cabello a la altura de los hombros, del mismo color que el mío, nunca fuera de lugar, aun estando en casa. Éramos un caso de estudio en opuestos, porque yo andaba por ahí en una ancha sudadera gris, calcetines blancos y una vieja camiseta de Nine Inch Nails. Me rasqué la cabeza y luego el estómago. Definitivamente necesitaba una ducha.

"Sé que estás aburrido, cariño. No puedes llamar a alguno de tus amigos de secundaria?"

Me senté y me encogí de hombros. "Quizá." Solo había estado en la Universidad por unos pocos meses, pero ahora, el pensar en mis viejos amigos no me emocionaba. Antes, tenía pensado en organizar un juego de hockey en la pista local, pero lo reconsideré. Sin duda, el tiempo en el hielo sería monopolizado por el equipo local en los torneos de días festivos.

"Voy a ir de compras al centro más tarde. Quieres venir?"

"Quizá." Murmuré otra vez, mi falta de entusiasmo era tangible. Odiaba ir de compras. Y punto. Especialmente ir de compras al centro. Odiaba el tráfico; odiaba las calles lodosas, odiaba cargar las bolsas y odiaba sudar en las tiendas porque tenía puesto un abrigo. Me levanté y fui al escritorio a encender la laptop. "Supongo que necesito ir a comprar algunos regalos. No soy bueno escogiendo para las chicas y necesito comprarle algo a Julia. Podría necesitar tu ayuda."

Mamá entró a la habitación y se sentó en la cama. Mi habitación no había cambiado mucho desde el día que me fui a Stanford. Mis camisetas de Football y Básquetbol seguían pegadas a la pared sobre los afiches de Milla Jovovich y Megan Fox, trofeos de deportes, tickets de conciertos y un montón de fotos.

"¿Qué clase de cosa le gusta?"

"Todo. Ella es genial." Podría conseguirle tickets para un juego de los 49´s San Francisco o de los A´s de Oakland y ella estaría feliz con eso. Jul era modesta y fácil de tratar.

"¿Es del tipo marimacho?"

Exhalé muy entretenido mientras revisaba mi correo electrónico. "Para nada. ¿Por qué asumes eso?"

"No lo sé. ¿Se la pasa con mi hijo pero no es su novia? Esa es mi primera pista. Tú jamás pasas tempo con chicas con las que no estés saliendo, según recuerdo."

Algo dentro de mí pausó.

"Sí, bueno, Jul es diferente. Ella tiene cerebro, y podemos hablar de las cosas. Nos entendemos a muchos niveles. Ella es solo genial," dije de nuevo, buscando la palabra correcta para describir a Julia sin hacer que sonara como que estaba enamorado de ella.

"¡Ryan! ¿Estás insinuando que la mayoría de las mujeres somos descerebradas?" Levantó su ceja en desaprobación.

"No, es solo que…" me detuve, buscando las palabras correctas. "Julia no chacharea una y otra vez acerca de ropa y maquillaje y porquería sin significado. No está siempre batiendo las pestañas y actuando tonta."

"Ryan." Mi madre me previno. "¿Las chicas baten las pestañas? Que gran exageración."

"¡Vamos, mamá!" me lamenté. "Tú sabes a lo que me refiero. Ella es la primera chica a la que he respetado de esa forma." Me lanzó otra mirada regañona.

"Además de ti, quise decir." Le sonreí abiertamente, y ella me devolvió otra sonrisa.

"A las chicas les gustan los aceites de baño, jabón líquido, y cremas. Podrías comprarle una cesta de regalo o una tarjeta prepagada de compras."

"¡Agh! ¿En serio? Esa mierda es insípida. Es lo que le das a tu maestra de kínder o a la vieja tía Hester. Además, escuché a Jenna destrozar a un tipo que le dio a una chica una cosa de esas para su cumpleaños. No hay un pensamiento detrás de esas cosas. Es demasiado genérico."

Mamá se rio. "Si te gusta tanto Julia, por qué no estás saliendo con ella?"

Dejé de jugar con la computadora mientras contemplaba la pregunta. Me encogí de hombros miserablemente y sacudí la cabeza. No era como si yo no me hubiese preguntado lo mismo. "Nosotros somos buenos amigos. Podría ponerse raro si saliéramos en citas."

"Es bonita?"

"Sí," contesté sin pensar. "Super atractiva. Aaron cree que tengo el pito dañado."

"Ryan!"

Mierda! Acabo de decirle eso a mamá? Me sonrojé de culpabilidad y le sonreí. "Qué?" pregunté inocente. "Él fue quien lo dijo, no yo!"

Mi madre puso los ojos en blanco y sonrió a pesar de la mueca maternal. "Tendré que hablar con tu hermano. Entonces, ella es bonita."

"Ella es, er…asombrosa."

"Asombros, ha?"

"Sí, pero lo asombrosa que es va muchísimo más allá de la apariencia. Es lista y divertida. Es divertido estar con ella."

"Piensas que si pasan tanto tiempo juntos, deberías darle algo un poco más personal para Navidad."

"Probablemente, pero no sé qué." Mi computador sonó y un Mensaje privado de Julia entró. Miré a mi madre sintiéndome culpable, esperando que entendiera y saliera de mi habitación.

"Okey, lo resolveremos. Después de que ponga el asado en la cazuela, serán unas horas y luego podremos irnos."

"Seguro." Mi computador volvió a sonar y esperé que mi madre saliera de la habitación para contestar.

Ryan? Estás ahí?

Sí. Aburrido como el infierno. Y tú?

Lo mismo. Mi papá está trabajando en un gran caso de asesinato, y nunca está aquí. Esta casa se siente como una tumba cuando está vacía. Desearía haberme quedado en Stanford.

Que cómico, tuve la misma idea.

Cómo está el clima allá? :-/

Era obvio que ella sabía que era como un iceberg. California podría estar frío, pero Chicago era más frío que la mierda.

Frígido contesté.

No quiero saber sobre tu último acostón de una noche. LOL

Me reí a carcajadas por su comentario bromista.

Ha ha. Cállate.

Aquí es agradable. Quieres venir?

Desearía poder hacerlo! Escribí furiosamente en el teclado deseando poder saltar a un vuelo hacia California. Pero, mi madre me mataría, tiene este gran evento planeado para Noche Buena y Navidad.

Mi papá vive en la oficina. Lo he visto por dos horas los dos días que llevo aquí, así que parece que será pavo de Burger-Ville y películas rentadas para navidad por aquí.

Sabes que hay cualquier cantidad de partes de ave en esa mierda asquerosa! Picos, piel... repulsivo! Puedes entrar en Skype? Odiaba la idea de que ella estuviera sola en Navidad y quería ver su cara.

Sí. Dame un minuto.

Me senté, moviendo mi pie impacientemente, mi rodilla rebotando odiosamente mientras esperaba que Julia iniciara la sesión. Sabía que me veía como el infierno, pero a ella no le importaría. Me pasé la mano por el pelo y me puse mi gorra de los Cachorros de Chicago, metiendo el cabello de los lados dentro.

No pasó mucho antes de que su llamada entrara, y abrí la ventana. Ella usaba un sweater de capucha rosado oscuro con el emblema de Nike en azul marino al frente, y su cabello estaba suelto y frondoso. No tenía maquillaje, pero aun así se veían hermosa al natural, en una forma nada pretensiosa.

"Hey," dijo. "Pensé que iba a descansar de tu insoportable presencia por un par de semanas, Matthews."

Sonreí y me recosté en mi silla. "Tú sabes que me extrañas, pero no te voy a hacer decirlo." Julia me miraba a través del computador, su ceño fruncido y su boca también. Podía decir que estaba haciendo su mejor esfuerzo por no sonreír.

"Lo que sea. Como si pudieras. Puedo ver que tu ego no ha tomado ningún receso." Dijo directamente.

Exploté en carcajadas por su chiste. Era algo muy de ella provocarme. "Mañana va a nevar, así que el efecto lago quizá me tenga varado en casa, yei!"

"Aquí está bastante frío, pero no creo que vaya a nevar."

"Entonces, tu papá va a estar ahí para Navidad?"

"Uno de sus socios tiene esta gran cosa para Navidad y él quiere que lo acompañe. Son un montón de apretados así que no creo que lo acompañe."

Me removí en la silla, nada contento por la idea de ella socializando en una fiesta sin mí, yo sabía muy bien lo que pasaba en situaciones como esa.

"Por qué? Hay algún atractivo estudiante de derecho que él quiere que conozcas?"

"No estoy interesada en estudiantes de derecho. Son casi tan insoportables como esos doctores wannabe." Me dio una gran sonrisa a través de la pantalla.

Me reí de su broma. "Eso he escuchado. Siempre podrías venir aquí," sugerí tímidamente, esperando profundamente que ella aceptara y se subiera al primer avión hacia acá. Nunca me ponía nervioso con las chicas, y esta era mi amiga más cercana, así que era molesto que sintiera tantos nervios al preguntar.

"¿A Chicago?"

"Sí."

"¿En serio?"

"Sí," dije otra vez. "Pero tienes que llegar aquí antes de la tormenta, para que la encerrona sea juntos."

Julia inhaló y sacudió ligeramente su cabeza. "¿Estás hablando en serio?"

"¡Sí!" Rápidamente abrí expedia.com y comencé a buscar vuelos. "La mejor opción quizá sea salir del aeropuerto Internacional de San Francisco."

"Ryan, no vayas tan rápido. Tengo que hablar con mi papá, y no tienes que preguntarle a tus padres si está bien?"

"Nah. La habitación de Aaron está vacía." Probablemente debería preguntarles, pero preferiría suplicar perdón que pedir permiso si eso significaba que Julia estaría aquí en cuestión de horas.

"Iu. ¿Realmente, tú quieres que duerma en la habitación de Aaron? Amigo eso es raro. Probablemente huela a deportista sudoroso.

Una sonrisa se esparció por mi cara mientras mantuve mi búsqueda de vuelos. "Tenemos otras dos habitaciones, pero una es el estudio de mi papá y mamá está remodelando la otra, tú puedes tener mi habitación, si la prefieres."

Mi cara se arrugó un poco, pensando que Julia encontraría mi habitación juvenil. Seguramente se burlaría de los afiches de las chicas.

"No quiero molestar a nadie."

"¡Julia! Cierra la boca y llama a tu viejo, ¿podrías? Yo estoy comprando el boleto en este momento." Encontré un boleto de salida para esa tarde después imprimí mi propio itinerario de regreso y reservé otro asiento en el mismo vuelo. Su asiento no estaría al lado del mío pero lidiaría con eso luego.

"Ryan, espera! *Yo* no puedo costear eso. Y no quiero pedírselo a papá."

"Dije: *Yo* estoy comprando el boleto. Considéralo mi regalo de navidad para ti. He estado luchando con eso de qué comprarte de todas maneras, así que, esto es perfecto!" Mi sangre corría de emoción y anticipación. De repente, el receso no parecía tan mundano después de todo.

Corrí a través del cuarto hasta los jeans tirados en la pila de ropa sucia y comencé a rebuscar entre los bolsillos mi billetera y mi tarjeta de débito.

"Ryan, puedes esperar?" Gritó Julia desde la computadora.

Me mordí el labio sonriente mientras me volvía a sentar en la computadora y tipiaba la información de la tarjeta. "Mejor te apresuras, tu vuelo sale en tres horas."

"Eres imposible! Debería hacerte perder el dinero para que te guises en tu propio caldo!" Se estaba moviendo por la habitación y pude oír un gran ruido seco de lo que seguramente era su closet. "Auch!"

"Que pasó?"

"Mis botas de escalar acaban de caer de un estante y aterrizaron en mi cabeza! No sé qué llevar? Se visten elegantes para Navidad? No tengo regalos para tus padres. Me siento como una idiota."

"Te veré en unas pocas horas. El vuelo es directo, United 1489 hasta O'Hare. Estaré esperándote justo después de las puertas."

"Estás loco!"

"Esto será grandioso!" Estaba tan emocionado que apenas podía sentarme quieto. Ella dijo algo más mientras rebuscaba entre su closet, pero no lo escuché.

"Solo para de rezongar y mete tu pequeño trasero en ese avión." Al sonido de la risa contagiosa de Julia, salí corriendo de mi habitación y bajé las escaleras para informarle a mi madre que mi mejor amiga estaría con nosotros por lo que quedaba de receso de Navidad.

~Julia~

El puente extensible del avión estaba lleno del sonido de personas hablando, riendo y el zumbido de las ruedas de las maletas de mano siendo arrastradas por el terminal. Mi estómago estaba lleno de mariposas.

Debo admitir que cuando Ryan sugirió que volara a Chicago para Navidad, estaba emocionada y llena de excitante anticipación. Yo nunca había visto Chicago en invierno, pero era el hecho de que Ryan insistiera en que yo fuera, el motivo por el que había nerviosa adrenalina bombeando por mis venas. Este era Ryan, mi mejor amigo. Mi hermosísimo mejor amigo, cierto, pero aun así, él era como mi otra mitad, la calma en mi tormenta, la crema en mi café. Me decía a mí misma que era solo la idea de conocer a sus padres lo que tenía mi estómago hecho nudos.

Lancé unos pocos cambios de ropa y las necesidades básicas en mi maleta de mano y me subí a un taxi. La tarifa fue de cincuenta dólares y los cargué a la tarjeta de crédito que me había dado mi papá para emergencias cuando comencé la universidad. Internamente me encogí.

Esto *era* una emergencia. Me estaba muriendo de aburrimiento en casa de mi papá y extrañando seriamente la camaradería que Ryan y yo compartíamos. Esta era realmente la primera vez que nos habíamos separado desde que nos conocimos, más allá de un fin de semana largo, y yo no estaba para nada preparada para cuanto lo extrañaría. Miré hacia abajo a mis pies calzados en Nike y mi estómago se hundió. No había tenido tiempo para bañarme y cambiarme y aun usaba los andrajosos jeans y sweater de capucha que me había puesto en la mañana. El abrigo púrpura que me metí bajo el brazo fue el primero que agarré cuando me apresuré desde la casa de mi padre. La primera impresión con la familia de Ryan ciertamente no sería lo que yo deseaba. Las mariposas hicieron saltos mortales de nuevo, y tragué grueso, deseando haber traído una botella de soda o agua conmigo. Había un montón de lugares para detenerse y comprar una pero, mi ansiedad por llegar hasta Ryan eclipsó la necesidad. Mi iPhone se iluminó en el bolsillo frontal de mi sudadera y mi mano saltó a agarrarlo, ya con una sonrisa en la cara. La típica impaciencia de Ryan, solo que esta vez, yo reflejaba el mismo sentimiento.

Jul? Estás aquí?

Desesperadamente tipié mi respuesta con una mano mientras con la otra arrastraba mi maleta detrás de mí, e hice mi camino a través del punto de seguridad donde los pasajeros que salían pasaban por la pantalla. Las filas eran una locura y agradecí a Dios que yo no tuve que luchar con ese desastre.

Sí. Caminando al terminal principal.

El aeropuerto era inmenso, y la caminata parecía eterna, pero cuando vi las ventanas de vidrio al frente del terminal a la vista, mis ojos comenzaron a buscar a Ryan. Estaba inclinado a uno de los grandes pilares, despreocupadamente buscando entre la multitud, sus manos metidas casualmente en los bolsillos del frente de su jean, una chaqueta de cuero negra cubriendo sus amplios hombros. Mi corazón hizo ese mismo salto que hacía cada vez que lo veía, y como siempre, lo ignoré. Él era tan espectacular. Yo tenía pechos y vagina, así que no sé cómo esperaba ser inmune al increíble magnetismo que él ejercía sobre las mujeres. Incluso Brian, un estudiante abiertamente gay, quien era miembro de mi grupo de discusión de filosofía, quedaba con la boca abierta y babeaba. Cada vez que Ryan venía a buscarme después de una sesión de estudios en la biblioteca del campus, el tipo hacía ridículamente obvio que se sentía atraído. La incomodidad de Ryan en algunas ocasiones era palpable, y yo pensaba que, hilarante.

"Brian no es diferente a la horda de mujeres con sus garras sobre ti constantemente. Eso no parece molestarte, Matthews!" murmuré en voz baja. *"Y, él es más bonito que algunas de ellas."*

Él tuvo la delicadeza de sonrojarse y lanzarme una de esas miradas que podían matar, advirtiéndome con los ojos que detuviera la burla. "Cállate o te voy a escarmentar." Advirtió con una mueca de sonrisa en sus labios. "Su pito sería la diferencia." Más tarde en mi dormitorio, me sostuvo debajo de él y me hizo cosquillas furiosamente hasta que estuve gritando de risa y rogándole que dejara de torturarme. Él no me dejó ir hasta que prometí nunca más bromear acerca de Brian otra vez.

La cara de Ryan se iluminó con una brillante sonrisa cuando me vio. Rápidamente vino hacia mí y me atrapó en un apretado abrazo de oso. La esencia de su colonia me cubrió mientras sus brazos se envolvían alrededor de mis hombros. Inhalé tan profundamente como pude, cerrando los ojos mientras mi mejilla estaba presionada al suave material de su sudadera sobre los sólidos músculos de su pecho y mis brazos se ciñeron a su cintura. Me encantó poder memorizar como olía y lo que se sentía estar en sus fuertes brazos. Mi abrigo cayó al suelo y la agarradera de mi maleta hizo un ruido seco al caer cuando la solté. Ryan me había abrazado antes. Muchas veces me había cargado en su espalda y había pasado su brazo sobre mis hombros innumerables veces, pero este abrazo me tenía aplastada contra cada centímetro de su cuerpo. Se sentía asombroso y yo estaba en el cielo, mis partes blandas apretadas contra los duros contornos de su masculina forma, mis pechos oprimidos contra su pecho. Me sentía acalorada e inquieta cuando retrocedí para mirar su rostro. Sus ojos azules centellaban con emoción.

"Me alegra tanto que estés aquí." Su voz vibraba sobre mí mientras él me tomaba por los hombros. "Mi mamá está dando la vuelta al terminal debería pasar a recogernos en unos minutos"

"No tuve tiempo de arreglarme. Soy un desastre. Gracias por eso." Ryan se reía mientras se doblaba para recoger mi abrigo y equipaje. Bajó la manilla y la subió con facilidad a su hombro entregándome mi abrigo con una mueca sardónica. "Te verás como El Gigante Púrpura Come Gente," bromeó, "o, una uva inflada."

"Gracias," contesté cortante. "De nuevo, es tu culpa, cretino. Ni siquiera vi lo que saqué del closet!"

"Usabas eso cuando tenías cinco años?" empujó con su hombro el mío y no pude evitar sonreír. "No creo que pueda llevarte al centro en eso. Puede que tenga que comprarte uno nuevo."

"Este está bien."

"No, no lo está. Es horroroso!"

"Algunos no somos tan banales como otros," contesté mientras caminábamos a las grandes puertas giratorias que nos llevarían a la salida, reservadamente temiendo tener que usar esa horrible cosa.

"Tú dijiste que iba a haber una nevada aquí. No pensé que haríamos algo mucho más allá de muñecos de nieve en tu patio trasero."

"Bueno, ciertamente no podría perderte en eso, ni siquiera en una tormenta de nieve. Aquí viene mi mamá."

Un pulcro Lexus plateado se detuvo y Ryan fue hasta la parte de atrás a depositar mi equipaje y una esbelta mujer en abrigo largo negro de casimir y largos guantes negros emergió desde detrás del volante, no encontré similitudes en sus facciones, pero sus ojos azules y el cabello color arena eran idénticos a los de su hijo. Ella estaba impecablemente arreglada lo que solo hizo mi apariencia descuidada más molesta.

"Julia, es tan agradable conocerte! Soy la madre de Ryan, Elyse." Me abrazó cariñosamente mientras el frío viento de Chicago nos golpeaba y hacía volar mi cabello sobre mi rostro. Se sentía como si estuviese siendo apuñalada con pequeños hielos, comencé a temblar y mis dientes comenzaron a tiritar. Traté de sonreír y dudé sobre si ponerme el feo abrigo.

"Gracias, señora Matthews. Lamento aparecer así en tan corto plazo."

Ella descartó mi objeción con un casual movimiento de su mano. "No es ningún problema, y debes llamarme Elyse. Ryan, conduce tú, querido. Yo quiero familiarizarme con tu amiga." Ella le pasó las llaves antes de que él me entregara mi abrigo y después nos abrió la puerta de atrás del auto y me urgió a entrar.

El viaje y la salida de compras fueron muy divertidos, y encontré una cómoda camaradería con la mamá de Ryan. Era cálida, fácil de tratar y muy receptiva. Habló mucho acerca de Ryan y de Aaron, la casa del árbol que construyeron en el patio con su papá cuando tenían diez, y cómo Ryan se había partido un brazo cuando se cayó de ella en la siguiente primavera. Más que todo, no hubo cosas embarazosas con las que pudiera molestar a Ryan cuando necesitara extorsionarlo, pero las cosas cambiaron esa noche en la cena.

"Ryan, ya tienes alguna caballota?" preguntó su padre con una risa.

Yo inhalé violentamente y algo de roast beef que estaba masticando se me fue a los pulmones. Comencé a toser incontrolablemente, cubriendo mi boca con la fina servilleta de lino que descansaba en mi regazo. Mis ojos se llenaron de lágrimas mientras mi pecho convulsionaba dolorosamente.

"Por Dios, papá!" Ryan lo amonestó, rodando hacia atrás su silla y golpeando mi espalda. "Lo siento, Jul, es un chiste."

Elyse se levantó de la mesa y la rodeó para llegar hasta nosotros, mis ojos se llenaban más de lágrimas mientras luchaba por recuperar la respiración entre los espasmos de la tos. Ella levantó un vaso de agua que estaba al lado de mi plato y me lo ofreció. Tosí otra vez, me limpié las lágrimas y lo alcancé. Absolutamente consciente de la mano de Ryan frotando hacia arriba y abajo en mi espalda entre mis omóplatos.

"Lo siento tanto, Julia. Yo molesto a Ryan frecuentemente acerca de las caballotas." La bella cara, tan similar a la de su hijo, mostró una sonrisa completa mientras yo volvía a tomar mi asiento. Le levanté una ceja a Ryan quien pasaba una mano por su cabello. Su agitación era bastante clara.

"Gabo, explícate con la pobre chica," insistió Elyse.

Ryan puso los ojos en blanco. "O no," insistió fuertemente.

"No, me gustaría escuchar esto," dije riendo, luego me sonrojé cuando Ryan me lanzó una mirada de advertencia. Supongo que él no pensaba que fuera gracioso, pero yo seguro como el infierno que si lo vería así.

Su padre soltó una carcajada. "Me gusta esta chica, hijo. Es lista."

"Odiosa, querrás decir."

"Ryan y Aaron fueron al campamento de verano por dos semanas cada verano desde la edad de siete años. Tenían paseos a caballo, canoas, y un montón de otras cosas divertidas. A Ryan le gustaron particularmente los caballos y escribió un poco contándonos que le gustaría comprar un caballo, solo que lo deletreó como pensó que debía llamar a la yegua que montó en el campamento, deletreando CABALLOTA, y desde entonces ha sido un chiste interno. Ryan y sus *caballotas.*"

"Oh Dios mío!" me carcajeé fuertemente. "Awww!" lo alcancé y empujé su brazo. "Supongo que no ha cambiado mucho, ah?" le pregunté a mi amigo.

"Muy bonito, Julia." Ryan se veía molesto.

"Bien?" lo molesté

"Celosa?"

"En tus sueños."

Cuatro ojos se enterraron en mí mientras esperaban una explicación. "Am, bueno, es solo que Ryan tiene muchas citas, am…ah, muchas chicas como él."

Elyse me salvó de avergonzarme más. "Él siempre ha tenido una oleada de novias, pero todavía no hemos conocido a alguna con la que se enseriara. Solo una con la que salió más de un mes. Ryan, todavía te mantienes en contacto con Jennifer?"

"Mamá!"

"Qué?" preguntó, bajando su copa de vino. "Seguramente no es algo que tu mejor amiga no sabría ya."

"Podríamos solo *no*…hablar sobre esas cosas? Por favor?" les rogó Ryan, moviéndose incómodamente en su silla, y con su cara tomando un tono rojizo.

La verdad era, que yo también sentía el dolor. Parece que nunca hablábamos mucho de esa parte de nuestro pasado, la referente a nuestras relaciones. Siempre nos enfocábamos en el presente, pero esta conversación en particular me puso en un lugar extraño. Por supuesto, mi subconsciente sabía que él había tenido por lo menos una novia importante en el pasado. Él era divertido, listo y hermoso. Yo no era estúpida, pero de alguna forma me las arreglé para tener ese pensamiento en el fondo de mi mente. Miré a Ryan desde la esquina de mi ojo. Él estaba mirando fijamente su plato.

Después de la cena, Ryan y yo ayudamos con los platos sin mucha conversación y comencé a pensar si venir a Chicago fue una mala idea. Él metió el último plato en el lavavajillas después que yo los limpié, después señaló las escaleras con su cabeza y yo lo seguí hasta su cuarto.

"No te burles de mí," dijo con una pequeña sonrisa y entró a la habitación delante de mí. Encendió una lámpara de mesa y el televisor que estaba en la pared opuesta a la cama.

"Para qué son los *mejores amigos*?" pregunté. Siempre pensé en Ryan como mi mejor amigo, pero nunca había sido algo que nos dijéramos el uno al otro, ni yo había escuchado que se refiriera a mí de esa manera, pero aparentemente así se lo había dicho a su madre y quería que él supiera que yo había atrapado ese detalle.

Se lanzó en su cama mientras yo miraba por la habitación. Podía ver cómo me seguían sus ojos mientras yo revisaba los trofeos y las fotografías. Vi una de Ryan en esmoquin negro con una rubia en un vestido rosado brillante de lentejuelas, y supuse que esa era la infame Jennifer. Él se veía tan guapo, y la chica miraba a su cara con adoración mientras Ryan miraba a la cámara. Gracias a Dios, el no usaba un corbatín ridículo color rosa ni faja, sino que había escogido todo de la manera clásica. Se veía tan perfecto que yo apenas pude arrancar mis ojos de la foto.

Sentí su incertidumbre; mi cara estaba encendida y mis pulmones se sentían llenos de fuego. Inhalé, tratando de atenuar el calor y calmar las raras emociones que corrían dentro de mí. Él me estudiaba intensamente.

"Qué?" pregunté, la cama cedió ante mi peso cuando finalmente me senté en la cama junto a él.

"Eso está bien?" Su mandíbula se tensó ligeramente y mis ojos se deslizaron sobre el vello que le hacía una sombra. Mi corazón retumbaba inesperadamente en mi pecho. Yo sabía lo que él quería saber.

"Sí. Tú eres mi mejor amigo. Dah."

"Sí. Bien."

Quería que estuviera cómodo. "Le dije a tu mamá que la ayudaría a cocinar la cena de Navidad. Tienen alguna tradición."

"Seguro. Tenemos que sufrir la torta de frutas de la tía de papá Mabel. Es tan asquerosa! Papá la agarra y prácticamente la ahoga en ron para hacerla paladeable y todavía así apesta a trasero. No te la comas, pase lo que pase."

Me reí y le quité el control remoto de la mano. Me dejó tenerlo sin protestar. "Tú madre no hace tu postre favorito?"

"No. Dice que no es festivo."

"Hmmm. Yo siempre hago el pastel favorito de papá y sus costillas prime para Navidad."

Me miró con ojos centelleantes. "A mí me gusta el Cheesecake de fresas pero eso suena delicioso también, Qué es?"

Cambié los canales y me encogí de hombros. "Torta de chocolate bañada con licor de cereza, rellena de cerezas, crema batida y lluvia de chocolate. Es un montón de trabajo, pero es súper apetitosa."

"Suena bien."

"Sí, lo sé. Lo es." Con ganas de provocarlo esperé que lo pidiera. Él lo pediría. Lo haría pedírmelo. Los segundos pasaban, ambos mirando el televisor, sin hablar. Finalmente, él cedió.

"Podrías hacerlos y salvarme de la asquerosa torta de frutas?"

"No lo sé. Tu mamá tiene razón. El Cheesecake no es navideño, ni es temporada de fresas." Dije, obligando a mis ojos a permanecer en el TV y esperando, hostigando más a Ryan mientras recitaba las razones para no hacer su amada cheesecake.

Ryan exhaló y se acostó en su cama, finalmente inclinándose y robándose el control remoto de mi mano. "Está bien!" murmuró.

"Andas muy temperamental?" mis labios torciéndose en las esquinas.

"Me provocas con esa mierda y luego me la niegas. Solo recuerda, la revancha es una perra."

Me mordí los labios para detener la risa. "Jódete. Me llamaste uva hinchada! Así que, qué decías de la revancha?"

"Tu boleto costó $636 y cambio. Acepto efectivo y cheque."

Su codo empujó un poco mi brazo mientras se inclinó hacia mí cuando el canal de quedaba en HBO. Acababa de comenzar la versión de Cuento de Navidad de Bill Murray.

"Okey, la haré si ya dejas de lloriquear. Pero tienes que ir a la tienda y comprar las cosas."

"Qué?" pregunto con incredulidad y una gran sonrisa en su hermosa cara. "La jodida cosa ya me ha costado $ 636!"

Una risa brotó de mi pecho, y Ryan se unió. "Valdrá la pena cada centavo."

"Ya es así."

~Ryan~

Navidad pasó volando una vez que Julia vino a Chicago. De hecho, lamentaba de que se hubiese acabado. Nos quedamos despiertos hasta tarde juagando video juegos y viendo viejas películas. Consideraba que pasando tanto tiempo juntos, día y noche, podríamos cansarnos el uno del otro. Eso no pasó.

Ahora estábamos en el aeropuerto O'Hare y mi madre estaba dejándonos en la entrada. Julia tenía puesta mi chaqueta de cuero porque yo había tirado a la basura esa atrocidad púrpura el segundo día después de su llegada. Habíamos sido objeto de un efecto lago de cincuenta centímetros de nieve y nos quedamos en casa prácticamente todo el tiempo. Excepto cuando hicimos carreras en motos de nieve el domingo.

Julia se paró ahí en silenciosa adaptación mientras yo metía dos de mis sweaters por encima de su cabeza, uno después del otro, y le daba un parde mis viejas sudaderas para que las usara sobre sus jeans para algo de calor extra. Los guantes de esquiar de repuesto que encontré eran demasiado grandes para sus pequeñas manos, pero ellos, junto con las capas, el abrigo de capucha de mi madre, y una bufanda de casimir que mi abuela me trajo de Alemania, la tendrían suficientemente cálida. Puso sus ojos verdes en blanco cuando trataba de mirar a través de la bufanda que le envolvía su rostro y boca.

"Me veo como un hombre malvavisco inflable, solo que a color," murmuró *través de la lana.*

"Y más tierna."

"Como sea, Matthews."

Abracé a mi madre de despedida, dejándola con el sentimentalismo sobre Julia, mientras sacaba nuestro equipaje del maletero. "Vuelve a visitarnos otra vez, cariño. Nos encantó tenerte aquí, y Gabo no deja de alabar tu comida."

"Gracias, señora. Realmente me gustó estar con su familia."

"La próxima vez que te vea, no quiero escuchar nada de eso de señora, entendido?"

Julia sonrió. Mamá tomo una de mis mejillas y se paró en las puntas de sus dedos para besarme una última vez. "Cuídate, hijo. Dile a Aaron que me llame."

"Lo haré. Que no te vayan a multar." Indiqué con la cabeza el policía en la acera. Venía caminando a dos autos de donde yo había estacionado.

Asintió y abrió la puerta. "Que tengan buen viaje y-"

"-Llamen cuando lleguen. Lo sé."

Julia estaba parada con los brazos cruzados sobre su pecho, tratando de no temblar, así que traté de apresurarme. "Adiós," dije y giré para pasar con Julia por las puertas giratorias del aeropuerto.

"Ryan, el tipo del equipaje estaba esperando." Julia me miró hacia arriba mientras caminábamos, quitándose la bufanda de la cabeza. Su cabello estaba lleno de estática y en algunos de sus cabellos largos, oscuros mechones se levantaban de su cabeza.

Arrugué la cara. "Y? necesitamos chequearnos en el mostrador."

"Por qué?" casi se detuvo, y apuntó a la dirección por donde veníamos.

"Solo, ven."

Yo tenía nuestro equipaje y ella me seguía a unos centímetros detrás de mí mientras contemplaba mis opciones. Escogí particularmente una mujer bonita y de aspecto joven que chequeaba el equipaje en el mostrador de United e hice la fila.

"Ryan, esta fila es más corta." Indicó Julia mientras la pasaba.

"Solo… shhh." Sonreí. Ella me miraba como si yo estuviera loco.

Cuando fue mi turno, entregué mi licencia de conducir. "Tienen equipaje que chequear?" Era bonita, con mejillas rosadas, y cabello hasta el hombro que se movía con sus movimientos o cuando hablaba.

"No. Es de mano. Pero estoy viajando con mi amiga, y compramos los tickets en diferentes momentos" descargué una suave sonrisa en ella. "Realmente nos gustaría sentarnos juntos, si es posible. Podría reasignar nuestros asientos?"

Comenzó a tipiar rápidamente. "Puedo ver la identificación de la dama?" Julia la entregó mirándome con ojos serios.

"Casi todos los asientos están llenos, señor."

"Por favor?" pregunté. "Sufro de alergia a las nueces, los aviones tienen nueces, y ella sabe administrar epinefrina, en caso de que tenga un ataque."

La mujer se detuvo y me miró a los ojos, con los suyos estrechándose ligeramente.

"Ryan," Comenzó Julia, y yo apreté su mano para cortar lo que iba a decir.

"Sí, señor. Parece que tengo dos en primera clase pero eso es todo."

"Okey." Abrí mi billetera. "Cuanto es la diferencia?"

"Me adelantaré y solo lo cambiaré de categoría. Ya que es emergencia médica." Y me guiñó el ojo.

"Increíble." Soltó Julia.

La dama imprimió los dos pases de abordaje y enseguida estábamos camino a las puertas para abordar.

"De nada." Me regodeé, con una sonrisa esparciéndose en mis labios.

"Yo no voy a caber en primera clase contigo y todo tu ego."

Cuando llegamos a seguridad, me quité los zapatos y los coloqué en una de las bandejas grises. Ambos llevábamos laptops así que las desempacamos y las pasamos por los respectivos tubos. Subí ambas maletas y las empujé por la correa, mirando a Julia atravesar los rayos X de seguridad. Juntó sus cosas, guardó su laptop otra vez, y se estaba poniendo los zapatos para el momento en que yo llegué a buscar mi maleta.

Observé su amarga mirada. "¿Por qué estás enojada? Ahora podemos sentarnos juntos."

"Eres un mentiroso de mierda, Ryan."

Puso su bolso en la silla de al lado de donde yo estaba sentado atando mis zapatos, con su pulgar e índice agarró la punta de su lengua.

"Tedgo adedgias", imitando una lengua inflamada, y volvió a poner en blanco sus ojos verdes. "Como si estar pestañeando como Shirley Temple no fuera suficiente." Se refería a una vieja película con la que nos quedamos dormidos anoche.

Reventé en carcajadas, y también las dos personas sentadas a mi lado opuesto.

"¿Quién es Shirley Temple?" pregunté fingiendo inocencia, y riéndome. Saqué los pases de abordaje de mi bolsillo y verifiqué nuestra puerta de salida.

"Es enfermizo. Es como si tuvieras una especie de poción de amor que se va rociando por ahí y funciona en cualquiera que tenga vagina."

No podía dejar de sonreír. Me encantaba que ella pensara que yo tenía alguna clase de poder especial sobre las mujeres. Me inflaba como un pavo real.

"¿Entonces por qué no funciona contigo?" Me incliné y soplé un lado de su cara.

Julia expulsó todo el aire de su boca. "Inmunidad por la continua exposición a pequeñas dosis a través del tiempo. Dios. ¡Tremendo doctor que vas a ser!"

Me reí y empujé su hombro con el mío mientras nuestras puertas se hicieron visibles. "Ya cállate. No quiero aguantar tres horas de tus quejas."

Ella estaba sonriendo cuando encontramos dos asientos cerca de la ventana y nos sentamos. Fui a buscarnos algo de tomar y para cuando volví, ella estaba revisando el catálogo de cursos de primavera de Stanford. Un tipo frente a ella la estaba mirando, pero Julia estaba completamente inmersa en configurar su horario. Las inscripciones eran el lunes a mediodía.

Le quité la tapa al té verde que le había comprado y tomé un poco antes de pasarle la botella a ella. Su mano la tomó y bebió un trago sin mirar hacia arriba. Tomé la silla a su lado, y me incliné hacia ella, con nuestros hombros tocándose para ver lo que ella estaba mirando. Le lancé una mirada seria al tipo del frente mientras abrí mi propia bebida.

"Hay algo allí que podamos tomar juntos?"

Julia levantó la mirada y volteó a verme. Sostenía su botella cerca de su pecho, con su brazo doblado, con el cuello de la botella descansando sobre su labio inferior. "De verdad?" preguntó suavemente, casi como si no creyera que mi pregunta era en serio.

"Sí. Extrañaré verte en psicología."

Una pequeña arruga apareció sobre su nariz cuando frunció el ceño. "Nos vemos todo el tiempo, Ryan."

"Lo sé, pero ahora estoy acostumbrado a ti, y este podría ser el último semestre que tengamos alguna clase juntos. Hasta que se acaben las electivas y las básicas."

"Asustado de que mi inmunidad se desvanezca?" Mis labios se torcieron y uno se levantó en media sonrisa. "Algo así."

"Bien, creo que debemos ver que vacante tenemos en el horario ambos y luego buscar algo en ese espacio."

"Suena bien." Yo tenía una carga pesada de matemáticas y ciencia frente a mí por los próximos tres años, y más de seis horas de electivas y las cosas de las básicas en artes liberales, ya estaba bastante definido. Pero yo quería una clase con ella. Aun si significaba que debería tomar más horas de las que necesitaba.

No pasó mucho tiempo antes de que los dos tuviésemos nuestros horarios resueltos, con una clase de literatura inglesa los lunes, miércoles y viernes a las 11am.

Leer y escribir. Puedo manejar eso," bromeé. Comenzaron a abordar en nuestro vuelo y Julia guardó todo en su bolso. Nos sentamos en nuestros asientos de primera clase, ambos cansados por la noche anterior, y yo comencé a adormilarme, mis párpados estaban pesados. Su perfume era familiar y reconfortante y no pasó mucho antes de que sintiera su cabeza caer en mi hombro.

-4-

San Valentín entre Amigos

~Ryan~

Jodido Día de San Valentín! Odiaba todo acerca de él y siempre lo había hecho. Desde que entré en la pubertad, siempre ha habido por lo menos una chica esperando algo que yo no estaba dispuesto a dar; jugando la carta de sus ojos de ciervo en expectativa luego enojadas o llorando cuando yo no llenaba sus acarameladas fantasías. Era incómodo como el infierno y yo realmente no lo entendía. Puse los ojos en blanco por el disgusto. Tenía el presentimiento que este año sería el peor de todos.

Aaron no era del tipo romántico para *nada!* De hecho, yo lo llamaba el tipo de hombre acciones-valen-más-que-palabras; siempre y cuando las acciones incluyeran baile horizontal, así es. Sus palabras, no las mías.

Yo? Yo tenía más sutileza. Las mujeres me deseaban y yo lo sabía, pero mi discurso era mucho más refinado. Admitiendo, que la mayoría del tiempo yo estaba más interesado en desahogo físico que en conexión mental, pero trataba de no abusar de eso, y en serio era porque no había encontrado a alguien con quien quisiera más hablar que tener sexo. Aparte de Julia y no podía ni siquiera pensar acerca de llevar mi relación con ella a ese nivel, así que tenía que conformarme con las opciones que tenía. Me frustraba un poco ante el pensamiento. Era mi culpa si se me lanzaban encima? Solo soy humano. Sonreí porque en serio lo encontré entretenido.

La única cualidad que me redimía era que Aaron era peor. Sin embargo, este año, andaba todo nervioso por poder mostrarle a su novia, Jenna, que él era un hombre de una sola mujer. No podría decir si quería más que solo sexo con ella, ya que se la pasaba diciendo una y otra vez cuan increíble era con ella, pero sus acciones me daban esperanza. Tuve que detenerme y verificar que no lo estaba imaginando, pero mi hermano caminaba de un lado al otro, descifrando qué iba a escribir en una tarjeta. Pensarías que iba a su ejecución en vez de a una cita para cenar. Estaba tan estresado que era ridículo!

Qué demonios, puede que yo no tuviera a nadie a quien deseara adular, pero lo menos que podía hacer era ayudarlo. "Aaron. Cálmate, amigo. Deja la inquietud, por el amor de Dios! La vas a asustar con esa mierda."

"Cierra la boca! Se te da tan bien con las mujeres solo porque nunca has tenido que invertir en tus relaciones. A mí en realidad me importa esta chica."

"Tienes razón. No soy del tipo que adula." Me miró confundido. "Yo no adulo. Yo disfruto la adulación." Le expliqué sencillamente, sonriendo.

Aaron frunció el ceño y me miró en blanco. "De qué coño estás hablando?"

"De ti! Eres un desastre. Recupera tus cojones, hombre!"

"Bueno, algunos de nosotros tenemos que esforzarnos, niño lindo."

"Sí, Ryan, tú la tienes fácil! Es decir, mira esa cara!" Julia exhaló. "No es como si tuvieras que hacer esfuerzo para conseguirlas, así que deja en paz a Aaron!"

Mis ojos volaron a mi mejor amiga, sentada en una silla al otro extremo del sofá en el pequeño departamento que compartía con mi hermano. Estaba concentrada en su asignación de cálculo, y no me estaba mirando así que dejé que mis ojos la recorrieran.

Sus finas cejas formaban un ceño fruncido mientras se concentraba en el problema, mirando entre sus notas y su libro de texto, de vez en cuando haciendo una mueca y tomando su goma para borrar alguna parte. El largo, fluido y oscuro cabello castaño, caía en una ola casi hasta su cintura, en un momento cayó sobre su rostro y ella lo apartó impacientemente colocándolo tras su oreja. El pequeño, arco rosado que formaba su boca se veían tan suave. Sin mencionar su pequeño y firme cuerpo, con prominentes curvas que yo había imaginado desnudas cientos de veces, solo acostada esperando ser descubierta. Inhalé al máximo de mi capacidad antes de expulsar todo el aire y pasar una mano por mi cabello. Una vez más tuve que recordarme, quién era ella y, qué éramos nosotros.

Ella era tan hermosa, pero estaba fuera de los límites. Fuera. De los Jodidos. Límites. Traté de convencerme a mí mismo de que ella no era una mujer y tratarla solo como a mi mejor amigo. No debería ser difícil ya que ella era diferente a la mayoría de las mujeres que yo conocía. Los pocos meses desde que nos habíamos conocido, se sentían como toda una vida. Me gustaba su mentalidad, ella era divertida y no aceptaba mierda… Yo la respetaba seriamente. Ella era lo mejor de ambos mundos; podía ser yo miso con ella, hacer tonterías y decirle absolutamente cualquier cosa. Ella era la primera persona con quien quería hablar en la mañana, y la última persona a quien quería ver en la noche. Ella me entendía. Y yo la entendía a ella. Ahora, si solo pudiera convencer a mi pene, pero era una lucha constante. Mis labios se estrecharon por la determinación.

"Cállate, Abbott. Tú probablemente tienes manadas de pobres diablos esperando en una fila con sus corazones y flores hoy. Qué pasó con el bobo que te hacía ojitos en la biblioteca ayer? Pobre bastardo!" me burlé.

Sus ojos se levantaron de su tarea, y me miró enojada. "Martin Frank? Tienes que estar bromeando!"

Un lado de mi boca se levantó en una sonrisa torcida. El tipo andaba mal por ella, pero era un nerd de primera clase. No había forma en el infierno de que ella estuviese interesada en un gusano como ese. "Sí, ustedes dos probablemente podrían usar la grasa de su cabello como lubricante." Continué mi burla, tratando de no reventar en carcajadas, pero no pude evitarlo.

Sonrió y se mordió el labio tratando de no unirse a mi risa, pero cuando sus ojos se encontraron con los míos, su sonrisa se amplió y levantó una ceja. Era tan hermosa. Si tan solo pudiera olvidar le hermosa que era.

"Am, no todas las mujeres *necesitan* lubricante, Matthews. Quizá no eres suficientemente motivador." La diversión danzaba en su rostro y esos orbes verdes brillaban. "Solo lo digo."

"Humf," resoplé en disgusto y la reté con la mirada. "No es por eso que lo necesitan," sugerí irónicamente. Me encantaba provocarla, y más que eso, me encantaba como este tema en particular la hacía retorcerse.

"Agh," gimió, sonrojándose ligeramente. Me encantaba cuando se sonrojaba, era el noventa por ciento de la razón por la cual la molestaba sin piedad, el otro diez por ciento era para evitar tocarla. "Como sea. Tu ego no tiene límites."

"Es parte de mi encanto."

"Me encantaría quedarme y regodearme en tu grandeza, pero resulta que, *yo* sí tengo una cita. Aunque, no es con Martin Frank." Metió los libros en su bolso y se levantó de la silla. "Es Día de San Valentín, y éste no es ningún gusano."

Me senté, mi interés estaba más allá de picado mientras mi mente recorría todas las posibilidades. La tensión en mis tripas era casi dolorosa. "En serio," me burlé. "Si es tan maravilloso, por qué esta es la primera vez que escucho sobre él?"

Por la esquina de mi ojo, registré que Aaron recogía el bouquet de rosas y la tarjeta que acababa de firmar. Los llevó con él por el pasillo para buscar su chaqueta. Se la puso, balanceando las flores incómodamente de una mano a la otra en el proceso.

Yo estaba aturdido, Julia seguía cerrando su bolso. "Buena suerte, Aaron. Diviértanse."

"Lo haremos. Luego iremos a The Mill. Vas a ir allí con tu cita?" Le sonrió a Julia y no me recliné en el asiento molesto. *Qué coño?* Estaban haciendo planes que no me incluían. No era tan egoísta como para querer que siempre me involucraran, pero estaba molesto.

"Quizá." Ella encogió un poco los hombros. "Él es quien hizo los planes."

"Y, quién es *él?*" interrumpí.

Para mi mortificación, Aaron sacudió la cabeza a sabiendas y se rio. "Hasta luego, hermano. Deberías encontrarte con nosotros, también."

Seguí a Julia a la pequeña cocina después que levantó los platos de las quesadillas de queso que Aaron y yo nos habíamos devorado hace una hora. Aaron permanecía en la puerta esperando mi respuesta.

Julia me miró con cautela y yo fruncí el ceño.

"Lo conozco?"

"Dios, Ryan!" Remojó los platos y los puso en el fregadero. "No es gran cosa! Es un tipo de mi clase de economía. Él es agradable. Es solo una cita."

Mi interés en la cita de Julia era más de lo que deseaba que fuera, pero me dije a mí mismo que ella era mi amiga, y que yo solo me aseguraba que ella estuviera bien. "Okey, entonces dime quién es, Jul."

"Bryan Kelly."

Mis ojos se abrieron ligeramente antes de poder evitarlo, pero rápidamente enmascaré mi expresión a una de leve interés. Bryan Kelly era un hombre de clase alta y era la gran cosa en la fraternidad Phi Psi; desviaban la atención de la universidad sobre sus técnicas de depredadores de mujeres con sus altos promedios. Eran astutos, bien parecidos, y listos como el demonio. Trataron de reclutarme insistentemente en el primer semestre, pero decidí no apresurarme. Sí Harvard iba a ser si quiera una posibilidad, tenía que concentrarme en lo académico lo más posible. No quería decir que no me divirtiera, pero mi círculo era pequeño y cerrado.

Mi piel cosquilleaba con la agitación y una emoción desconocida que no podía etiquetar. Traté de no mostrarlo inclinando mi cadera casualmente contra el mostrador; crucé los brazos despreocupadamente sobre mi pecho, observándola. La esencia de Julia, la mezcla de su perfume y algo más que era único en ella, llegó a mis fosas nasales con el aire. Reconocí el perfume. Se lo había regalado yo en su cumpleaños. Empujó hacia atrás las mangas de su sweater azul mientras dejaba correr el agua para lavar los platos.

"Sí, he escuchado sobre él," dije tan suavemente como pude manejar. Mis ojos iban de sus manos en el agua jabonosa hasta la curva de su cara. De repente, ya no estaba seguro de querer que ella me mirara a los ojos. "Él no es tan agradable como tú crees."

"Relájate, Ryan" dijo Aaron. "Déjala que se divierta un poco sin ti revoloteando por ahí."

Mi genial control se quebró. "Tú no tenías que ir a algún lugar? No estoy revoloteando, pero yo no confío en ese tipo! Tú sabes de qué estoy hablando Aaron!"

Julia puso los ojos en blanco y fue a buscar el sartén sucio sobre la estufa. Antes de agarrarlo, le dio una palmada a Aaron en el estómago. "Está bien. Yo puedo manejar a Ryan y a su trasero temperamental. Ve a divertirte con Jenna. Escribe más tarde y veré donde estamos."

Julia conocía a Jenna porque estaban en el mismo dormitorio, y era una buena amiga de Ellie. Fue cosa del destino que funcionara de esa manera, y nuestro pequeño grupo estaba cerrado.

Me acomodé hasta que mi espalda estuvo hacia el mostrador y mis brazos cruzados. La mirada de Aaron encontró la mía, y mis ojos se estrechaban en silenciosa comunicación. Yo sabía que él me dejaría saber dónde terminaban Julia y su cita una vez que ella le escribiera. Aaron sabía qué me preocupaba. Ambos habíamos escuchado al tipo alardear sobre sus más recientes conquistas en más de una ocasión. Normalmente, no me importaría un pepino si las chicas eran tan tontas como para darse cuenta que quería el idiota, pero esta era Julia. Aaron se fue sin decir otra palabra, y Julia trajo el sartén al fregadero para lavarlo. Nuestro departamento era demasiado viejo y gastado como para tener un lavavajilla, pero antes de conocer a Julia vivíamos de comida para llevar y comida congelada, así que nunca necesitamos una. Ahora, Aaron y yo le rogábamos que cocinara cada vez que venía.

Mis ojos se clavaron en ella. Ella tenía que sentirlo. "No estoy siendo temperamental. El tipo quiere contigo."

Se detuvo, subió la mirada y luego estalló en risas. "Vaya. De verdad? Asombrosa deducción, Sherlock. No significa que yo sea tan estúpida como para caer. Pero, sabes qué? Quizá yo quiero con *él*? No has pensado eso?"

Me senté y la miré fuertemente. Nunca consideré que ella querría acostarse con alguien, solo porque sí. Sacudí mi cabeza en asombro. "No. Tú no eres así."

"Así cómo? La clase de chicas con las que tú sales? Como ellas? Como tú? Tú no tienes problemas con acostarte con alguien cuando lo necesitas. Así que cómo es que Bryan es peor que tú? Y por qué yo no debería hacerlo? Puede ser divertido."

Ella tenía razón. Por qué ella no debería? Ella era espectacular, y un montón de tipos la deseaban. Yo lo había visto una y otra vez. Pero yo no quería que fuera ese imbécil. Luche por encontrar la forma de contestarle, porque realmente, acaso yo podría tolerar que Julia estuviese con alguien? No estaba seguro.

"A mí sí me gustan las chicas con las que salgo. Yo no cazo a las mujeres para tener sexo."

Sacudió su cabeza y se veía herida. "Me gusta Bryan. Él ha sido muy dulce. Y, tú no tienes que cazar, Ryan! Las pantis de las chicas se bajan si tu truenas los dedos!"

"Yo no soy como él. Él ve las mujeres como objetivo."

"Sí, yo no podría gustarle, verdad? Eso es lo que estás diciendo, no es así?"

Tuve la gracia de ruborizarme. "No! Eso no es lo que quise decir, y tú lo sabes."

Ella me miró furiosa. "Tú crees que un tipo no puede querer conocerme y ser más que mi amigo? Que él puede querer mi cerebro y no solo mi cuerpo? Solo porque tú te sientes así por mí no significa que Bryan lo haga. Uno no tiene que ser excluyente de lo otro!"

Acababa de joderme magistralmente a mí mismo. Obviamente, no podía decirle que yo también la quería en mi cama, pero no quería que ella sintiera que yo no la veía como una hermosa y deseable mujer.

"Julia-" comencé.

Ella se volteó y se secó las manos furiosamente con la toalla de la cocina antes de arrojarla. "Gracias por tratar de arruinar mi noche, imbécil!"

Me paré frente a ella y la tomé por un brazo, sintiéndome debidamente subyugado. Estaba actuando como un pendejo celoso y no tenía derecho. Si yo no quería arriesgarme en una relación romántica con ella, entonces ella merecía tener una con alguien más. Lo sabía, pero me mataba.

"Julia, no trato de arruinar nada. Estoy preocupado por ti. No quiero que te lastimen. Y especialmente no quiero que te usen." Sentí salir las palabras sin poder detenerlas. "Tú me importas."

Su cabeza se inclinó a un lado y la rabia abandonó su rostro. Julia suspiró, sus ojos verdes mirando a través de mí, viendo todo lo que yo mismo no quería ver. "Ryan, soy una chica grande."

Lo negué con la cabeza, solo un corto movimiento, y lo juro que pude sentir mi cara hacer un puchero. Ella me importaba. "No, no lo eres!" protesté demasiado fuerte, y ella me dio una mirada de advertencia.

"Eres delicada y frágil y demasiado dulce para alguien como él. Él es una culebra. Yo lo he visto en acción. Tienes que confiar en mí en esto."

Su hombro empujó mi brazo mientras se reclinaba en el mostrador conmigo. "Aprecio tu preocupación pero voy a ir, Ryan. No soy una tonta ingenua que no tienen nada entre los oídos, o una mojigata, doña perfecta. Además, no estarás muy ocupado esta noche como para preocuparte por eso?"

No podía soportar la mirada de dolor en su rostro. A medio camino de otro suspiro, me detuve y me di cuenta. La piel de mi cara comenzó a calentarse cuando no me gustó su respuesta, así que me armé de valor, esperando poder distraerla de mi incomodidad.

"No. Yo no le doy ilusiones a nadie con estúpidos corazones y flores. Estaba esperando que tú y yo lo pasáramos juntos."

Estiró el brazo, y deslizó sus dedos por mi brazo. "Debiste decírmelo antes. Lo siento."

"A dónde vas?"

Sacudió su cabeza, continuó limpiando la cocina. "Ah ah. Si te apareces, Bryan se sentirá como la tercera rueda. Recuerdas cuando hicimos esa doble cita en el arcade con Kevin Armister y María… um…"

Lo recuerdo. Fue una noche infernal, sentarme frente a Julia y ver como un perdedor se llenaba de él mismo tratando de impresionarla. Fue jodidamente embarazoso mirar, y estaba mortificado, no me pude concentrar en mi cita para nada.

Su cara se arrugó, y miró al techo mientras fingía no recordar el apellido de mi cita y mis labios se torcieron en una pequeña sonrisa. Era tan dulce. Tuve que pelear contra la urgencia de aplastarla contra mí y besarla hasta sacarle esa tontería a besos. "Cómo era que se apellidaba?" Sonrió ampliamente, y mi corazón daba saltos en mi pecho.

Al final de la noche estábamos el uno al lado del otro y nuestras citas furiosas. "Williams," y me incliné suficiente para que nuestros hombros se tocaran. "De todas maneras, ambos eran más aburridos que el infierno."

"Sí. Sabías que ahora ellos están saliendo juntos?"

"No me cagues! Una pareja hecha en el cielo." Sonreí pero mi cara se enserió rápido. "Entonces a donde fue que dijiste que ibas?"

Julia se despegó del mostrador y se paró frente a mí. "Agh! Ryan! No puedo tener una cita contigo flotando en el fondo."

"Okey. Te concedo esa. Pero sí puedes decirme a dónde te llevará ese cretino. O… puedes llamarlo y cancelar, y así podemos ir a ver una película o al arcade otra vez. La pasamos grandioso la última vez, no fue así?"

Se mordió el labio y me miró, su mirada clavada en la mía. Podía ver mi lucha reflejada en sus ojos. Esta la iba a ganar yo.

"Vamos, Abbott. Tu sabes que preferirías pasarla conmigo."

"Eso no significa que eso es lo que debo hacer."

Otra vez, ella tenía razón. Era injusto que yo tratara de impedir que tuviera citas, de posiblemente encontrar un novio, pero solamente no se sentía como lo correcto. "Lo sé." Me encogí de hombros "Entonces?"

"Entonces…" la cara de Julia reflejaba su lucha interna. "Pásame mi teléfono."

~Julia~

No podía creer que iba a cancelar una cita con un tipo tan atractivo cuando por lo menos cincuentas chicas matarían por salir con él. Y en el día de San Valentín, nada menos! La cosa era, Estaba cancelando con él para pasar tiempo con otro a quienes diez veces más mujeres matarían por estar con él. Suspiré. No podía decidir si Ryan estaba siendo sobreprotector o si Bryan era realmente el depredador que él clamaba. A veces era difícil decidir con Ryan.

Todo el tiempo que pasamos juntos nos hizo acercarnos. Él era mi mejor amigo, el mejor que jamás había tenido; pero yo sabía que lo amaba. Si no fuera así, No me sentiría a morir cuando él salía. Trataba de actuar despreocupada, como si no importara. Pero importaba más que cualquier cosa; especialmente, después de Navidad.

Al momento mi portafolio tenía dos docenas de retratos de Ryan, y Ellie comenzaba a sospechar porque yo elegía quedarme en las noches que Ryan salía en vez de pasar el rato con el grupo. No lo podía evitar. Mi rostro era expresivo, y tenía que trabajar tan duro para ocultar como me sentía realmente. Era agotador, y una de esas noches cuando yo era tan miserable, era imposible. Además, aplacaba mi miseria escuchar música y dibujarlo su rostro a la luz de las velas. Era como si estuviera conmigo. Yo sufría pero eso me ayudaba a atravesarlo.

"Solo voy a ir al otro cuarto para hacer la llamada." Comencé a caminar por el pasillo hacia su cuarto.

Ryan asintió y se lanzó al sofá, agarrando el control remoto del suelo frente a él. "Seguro. Entonces deberíamos salir desde aquí, entonces?"

Miré mis jeans y sweater. Eran perfectos para pasar el rato con un amigo pero era San Valentín y a donde fuéramos la gente estaría bien vestida para sus citas. "Am, me gustaría refrescarme un poco, si eso está bien?"

"Seguro," dijo sobre su hombro, completamente metido en lo que pasaba en la pantalla. Parecía un evento deportivo desde donde yo estaba parada en el pasillo reevaluando mi decisión. Quería estar con Ryan, sin duda, pero eventualmente sufriría. No era un descubrimiento gradual. Era una realidad que me había golpeado duro y rápido como unos diez minutos después de conocerlo, y no podía detenerlo…no podía alejarme.

Recorrí el resto del camino hasta la habitación de Ryan y cerré la puerta tras de mí. Olía a él; una mezcla de colonia y solo él. Era agradable. Me senté en su cama, inhalando profundamente. Mirando alrededor, era claro que él era un músico serio, y su inteligencia bordeaba la brillantez. Había unas cuantas novelas clásicas y una vieja copia de Anatomía de Gray, su teclado, algunos tickets de conciertos pinchados en un tablero y montones de CD's. Tenía un estéreo, no un puerto de Ipod como casi todo el mundo.

"Julia? Ya llamaste?" preguntó desde el pasillo y yo casi dejo caer el teléfono cuando salí de la niebla de mis pensamientos para comenzar.

Que porquería.

Bryan contestó al primer repique.

"Hola!" Su voz era exuberante y yo me encogí por lo que estaba a punto de decir.

Debería mentir? No podría ser honesta sin sonar como una perra o una idiota.

"Hola. Escucha, sé que es un aviso con muy corto plazo." Me removí en la cama y Ryan empujó un poco la puerta y miró adentro. Me ruboricé. "No me estoy sintiendo muy bien. Creo que tengo un virus."

Ryan se lanzó en la cama, acostándose a mi lado. Podía sentir como sus ojos estaban clavados en mí, a pesar que estaba dándole la espalda, y la parte de atrás de mis oreja comenzaba a calentarse, al darme cuenta que él estaba escuchando la llamada.

"De verdad? Suenas bien."

"Sh-Sí," tartamudeé. "No es un resfriado. Es un virus estomacal."

"Mierda. Lo siento."

"Sí, yo también."

"Podemos volver a planear algo?"

"Seguro. Eso me gustaría. Realmente lo lamento."

"Okey. Te llamo en un par de días?" preguntó Bryan.

"Seguro. Suena bien."

"Entonces necesitas que te lleve algo? Puedo ir hasta allá."

Ryan estaba callado pero cambió de posición, y sentí como se movía la cama bajo su peso.

"No, yo… Quiero decir, no quiero que veas esto."

"Okey."

"Siento mucho avisar tan tarde. Espero que encuentres a alguien con quien pasar la noche."

"No estoy seguro. Mi compañero dará una fiesta en nuestra casa. Probablemente porque no tiene una cita."

Sonreí, e incliné la cabeza, colocando un mechón de mi cabello detrás de mí oreja. "Probablemente"

"Sí te sientes mejor llámame, e iré a buscarte."

"Seguro. Gracias." Dije las palabras, sabiendo que no lo haría. Me sentí mal. Bryan parecía agradable, lo cual era una gran contradicción a la descripción que hacía Ryan de él, y era muy atractivo. A cualquier cantidad de chicas les encantaría pasar tiempo con él. "Que tengas buenas noches."

"También tú. Espero que te sientas mejor."

"Gracias. Adiós."

"Adiós."

Terminé la llamada e hice medio giro para mirar a Ryan, para encontrar sus intensos ojos azules enterrados en mi cara. "Qué?" pregunté. Él estaba relajado pero me miraba fijamente. Solo su cara podía robarme el aliento.

"Él lo tomó bien?"

Me encogí de hombros un poco. "Supongo. Qué iba a decir?"

Se sentó y puso una mano en su pecho con una sonrisa. "Julia, puedes vomitar en mí cuando quieras." Se estaba burlando de Bryan.

"Hey, me siento mal por él. No debí haber mentido."

"Entonces por qué lo hiciste?" Ryan se acercó hacia mí y yo casi podía sentir el calor que irradiaba entre nosotros cuando él se levantó de la cama y fue hasta su closet, mirando dentro y buscando entre sus camisas.

"Porque, me gusta. Y quiero verlo otra vez."

Él se detuvo y se quedó mirándome, frunciendo el ceño. "Mira, Julia, si quieres ir con él, deberías hacerlo."

"Cállate, Ryan" puse una mano en mi frente. "Ya está hecho."

Sacó una camisa de su closet, era una aguamarina clara con una fina línea vertical que la atravesaba, la lanzó a la cama, con el gancho y todo, antes de sacarse la camiseta por la cabeza y tirarla al suelo.

Mis ojos se abrieron más. No podía evitar mirarlo. Los músculos de su pecho, abdominales y brazos eran definidos y sólidos. No inmensos pero definitivamente poderosos. Su jean, colgaban de sus caderas, dejando la V y el sendero feliz a la vista. Podía ver el inicio de su ropa interior. Tragué grueso. No era la primera vez que veía a un hombre vestirse de esa manera, y había visto cientos de hombres vistiendo sus pantalones suficientemente flojos para mostrar parte de su ropa interior. Algunos mostraban su trasero completo todo el día, pero este era Ryan. Sentí la piel de mi cara y cuello infundirse en calor y luego desvié la mirada, discretamente. Era una pérdida de esfuerzo mientras se movía por la habitación para luego volver a entrar en mi línea de visión.

Él actuaba como si yo no estuviese en la habitación, mientras agarraba el desodorante y lo usaba, antes de sacar la camisa del gancho y colocarla sobre sus amplios hombros. Traté de no mirar cómo se movían los músculos de su espalda.

"Bueno. A dónde quieres ir? Mejor asegúrate de que tu novio no esté ahí o nos van a atrapar."

Traté de despegar mis ojos de toda esa piel desnuda. Sabía que mi boca estaba abierta y al sonido de su voz, miré hacia abajo rápidamente. "Am, eso no importa." Podríamos ir a ver una película y así podría estar más cerca de él, inclinarme hacia él, cerrar los ojos y respirar su olor y él no lo sabría. Podríamos salir a cenar, y hablar por horas. Podríamos ir al arcade que nos gustaba, y pasar la noche jugando juegos y riéndonos. Podríamos quedarnos aquí y yo podría hacer Pad Thai, rentar una película y hacer palomitas de maíz. De verdad no me importaba.

Cualquier cosa de esas estaría bien, siempre y cuando fuera con Ryan. Froté mis mejillas rápidamente, esperando que el calor se difuminara y no se intensificara con mi tren de pensamientos.

Pasó un cepillo por su montón de indomable cabello, sin mirarse al espejo. Tiró el cepillo al escritorio y aterrizó ruidosamente y luego se volteó para mirarme y abotonarse la camisa. Aún me avergonzaban mis sentimientos y me costaba mirarlo. Él estaba parado al lado de la cama y yo sentada al final de ella, temblando como una hoja.

"Jul. En serio. Lo que sea que quieras hacer está bien para mí."

No podía dejar que viera mi incomodidad, así que junté mis manos en mi regazo y le sonreí. "Okey, qué tal auto cinema y película? Vayamos a algún lugar oscuro."

Sus cejas se levantaron, y se inclinó a la parte de abajo del closet y sacó unos zapatos de vestir, y metió sus pies en ellos. Él vestía jeans, pero de material oscuro porque eran nuevos y se veían grandiosos con su camisa. Era un galán.

"De verdad? Te quieres aprovechar de mí?" bromeó con una sonrisa. "Es eso?"

Si supiera. La verdad era, que mis sentimientos estaban demasiado a flor de piel y yo no estaba segura de poder ocultarlos toda la noche si él me estaba mirando.

"Sí, seguro. Como si pudiera," dije sarcásticamente.

"Tú puedes." Casi sonó como si hablara en serio.

Mi corazón se detuvo y luego comenzó a golpear dentro de mis costillas. Cómo debería responder a eso? Cómo podría responder? Quedaría como una idiota si le siguiera la corriente y él estuviese bromeando. "Yo y medio planeta."

"Como sea, Abbott." Ryan descartó mi comentario, y sabía que estaba siendo engreído antes acerca del sexo opuesto, ahora presentía que estaba enojado. "Estás lista?" Con su mano derecha agarró su chaqueta de cuero y me esperó para que saliera delante de él.

Me pregunto cómo reaccionaría él si yo estuviera brincando por ahí medio desnuda frente a él. Probablemente fresco como un pepino, así sería. Él tenía mujeres desnudas alrededor de él todo el tiempo, pero yo no había estado con un hombre ni una vez. Era humillante de alguna forma. Esperó que me pusiera el abrigo y luego me siguió fuera del departamento dentro de la vieja casa.

Mientras caminábamos al auto de Ryan, lo miré a la cara. No estaba hablando y yo no lo quería resentido o molesto conmigo. Quizá debería salirle con cualquier cosa, aun cuando no fuera verdad.

"La verdad es, que es poco probable que Bryan nos vea si vemos una película. Su compañero va a dar una fiesta, y seguramente él este allá, pero quién sabe? Solo no quiero toparme con él y tener que explicarme."

"Él que se joda," murmuró mientras abría la puerta del auto y la sostenía para mí. Tuve que pasarlo.

"Vamos, Ryan," razoné con el mientras me subía a su camioneta, era un viejo modelo de Honda CRV, pero lo tenía limpio y bello. "Tú estarías enojado si una chica cancelara contigo y luego la vieras con otro tipo."

Cerró mi puerta y fue al otro lado. No podía despegar mis ojos de él. Su mandíbula estaba hacia adelante y su expresión era tensa.

"Cierto?" Subí mis rodillas y giré hacia él para mirarlo.

"Ponte el cinturón de seguridad," fue todo lo que dijo mientras se colocaba el suyo y lo cerraba. Yo no me había puesto el mío y él me miró fijamente hasta que lo hice.

"Cuál es tu problema? Tienes tu período?"

"Ha ha," dijo secamente.

"Es en serio, Ryan. Por qué estás de tan mal humor?" Mi boca se torció entretenida con eso. Si no supiera como es la cosa, diría que estaba celoso. Ese pensamiento envió una corriente de emociones hasta mis dedos de los pies.

"Si te importa tanto ese pendejo, debiste haber salido con él."

"Yo no dije eso. Dije que no era necesario que fuera una perra e hiriera sus sentimientos. Ya es suficientemente malo que le haya mentido."

Encendió el motor y arrancó muy rápido de la entrada, giró violentamente a la derecha en dirección del campus.

Me recliné en mi asiento y miré hacia afuera por la ventana, mi mente corría con este cambio en él. Cuando lo miré, los músculos de su quijada estaban en plena sobre marcha. *Qué coño es?*

"Ryan-" comencé incrédula, agitando la cabeza. "Por qué te enojas conmigo? Pensé que nos divertiríamos esta noche. No hagas que me arrepienta de haber cambiado mis planes."

Sus dedos estaban aferrados fuertemente al volante y se relajó visiblemente, aflojando el agarre. Suspiró profundamente y lo dejó salir con la misma fuerza. Tan profundo que yo podía escucharlo, no solo ver el subir y bajar de su pecho.

"Lo siento."

"Está bien. Es solo que no lo entiendo."

Estacionó al lado de mi dormitorio y apagó el auto. Hacía frío y la nieve de febrero cubría el suelo afuera del vehículo. No pasaría mucho antes de que el vapor de nuestra respiración empañara las ventanas. "Yo no quiero sentir que te estoy reteniendo si tu preferirías estar en tu cita."

"No es así." Sacudí mi cabeza con ojos implorantes. Esta era la primera vez que Ryan había estado enojado conmigo, y no se sentía bien. Quería pedirle que me explicara pero yo no estaba segura siquiera si él mismo lo sabía. Era mejor pasar esto y continuar con nuestra noche. "Quieres esperar aquí o entrar?"

"No puedo esperar en tu cuarto si te vas a cambiar de ropa." Su voz era calmada y resignada. Estudié su perfil, Queriendo desesperadamente que el Ryan feliz regresara.

"Tú puedes subir. Yo puedo cambiarme en el baño o puedes dar vuelta mientras me cambio o cerrar los ojos. Estoy segura que ya Ellie se fue."

Ryan me miró con sus ojos azules que parecían disculparse, y expresión gentil. "Segura?"

Asentí. Tenía tantas ganas de tocarlo que no lo pude evitar. Mi mano fue y se envolvió en su antebrazo. Él no estaba usando su abrigo y sus mangas estaban enrolladas exponiendo su dura complexión y suave piel. Mis dedos no podían rodearlo por completo, pero la conexión me sorprendió como siempre. "Sí." Señalé el edificio con la cabeza.

Él se quedó mirándome por un buen rato, como queriendo decir algo pero no podía. Yo no quería que se volviera incómodo. La manera en la que estábamos el noventa y nueve por ciento de las veces; eso era lo que yo quería. "Puedo esperar en el lobby."

"Pfft! vamos, Dr. Jekyll, pero dejemos al Sr. Hyde aquí, okey?"

Una lenta sonrisa se deslizó en su hermoso rostro. "Okey, Julia, Yo estoy-"

Levanté una mano para detenerlo. "Nop! Una disculpa es suficiente. No tienes frío? Ponte el abrigo."

Lo tomó del asiento de atrás y metió sus brazos en las mangas. En menos de un minuto estaba en el lado del pasajero y subiéndome a su espalda.

"Hey! La gente nos va a mirar, Ryan" protesté aun cuando estaba emocionada y di un pequeño salto para asistirlo en el proceso.

Ryan me ignoró, y no pasó mucho antes de que mis brazos estuviesen alrededor de sus hombros, sus brazos se engancharon por detrás de mis rodillas, y él caminada desde el estacionamiento, atravesando el campus hasta mi dormitorio. "Que se jodan."

Sonreí, con mi cara presionada a la curva de su cuello. Él olía bien. Se sentía tan bien estar tan cerca de él y yo rezaba para que él no pudiese sentir mi corazón golpeando fuerte contra su espalda. Yo sería la envidia de las mujeres que vieran esto y después me someterían a un montón de preguntas si nos topábamos con alguien que conociera en el lobby.

"Okey, pero tienes que soltarme cuando estemos cerca del edificio."

"Por qué?" preguntó y siguió caminando soportando todo mi peso fácilmente.

"No quiero que me saquen los ojos. Los necesito." *Para poder mirarte*, añadí en silencio, pero él solo se rio.

Me aferré a Ryan -y a mi corazón- como a mi propia vida.

~Ryan~

Estudié a Julia durante toda la cena, preguntándome que era lo que tenía que me tenía hecho pedazos. Se sentía tan bien estar con ella. Mientras más tiempo estábamos juntos, más fácil —y más difícil- se hacía. Podría mirarla por horas y nunca cansarme. Observarla hablar, ella era animada, fascinante, y graciosa. Y, hermosa. Muchas veces, me encontré sin aliento o luchando por encontrar las palabras. Eso nunca antes me había pasado.

Yo disfrutaba el tiempo que pasaba con ella más de lo que había disfrutado con cualquier otra mujer de las que yo conocía, y vivía excitado como el demonio. Si yo salía y me tiraba a alguna mujer, era solo porque sentía dolor físico. Me sentía sórdido al hacerlo, pero aparte de jalármelo en la ducha tres veces al día, o sacar a Julia de mi vista, eso era necesario. La única otra solución era no verla tanto, y eso no iba a pasar. Estar cerca de ella, oler su perfume o shampoo, estaba mal. *Justo como ahora.*

Gracias a Dios, la película estaba a punto de terminar porque casi no aguantaba las ganas de estirar mi mano y tomar la suya. Tuve que conformarme con nuestros hombros tocándose de vez en cuando nos inclinábamos el uno al otro. Suspiré y miré a mi derecha. Julia no me estaba mirando, su perfil estaba abierto a mi escrutinio, incluso en la oscuridad. Me encantaba la curva de su cara; su pequeña, perfecta nariz y como se mordía el labio cuando se concentraba, mirando la escena en la película. Agarró su soda y la llevó a su boca sin despegar la vista de la película. Era el final de la segunda película del Hombre Araña, y a pesar que había querido ver esta película por varios meses, nunca la alcanzamos. La pasaron en el cine de descuento que siempre frecuentábamos. Los estudiantes universitarios somos pobres bastardos, aun cuando tu papá sea neurocirujano. Él era muy firme en cuanto a que Aaron y yo aprendiéramos a manejar nuestro propio dinero, así que eso significaba endurecerse.

Puse el envase de palomitas medio lleno en el piso, justo mientras los créditos comenzaron a subir.

Julia me miró. "Eso fue tan triste!" La esquina de mi boca se torció. Tenía que confiar en su palabra ya que, dejé de ver la película cuando la chica se partió la cabeza contra el piso. Nunca se sabe en estas películas. La gente siempre vuelve de la muerte. Demonios, las películas estaban hechas y rehechas con mierdas diferentes todo el tiempo. "Quizá no está muerta realmente," dije mientras me levantaba y la ayudaba con su abrigo.

Ella me lanzó una mirada irónica y comenzó a caminar por el pasillo delante de mí y yo la seguí por las escaleras, hasta salir del teatro.

Ella me miró y puso esos grandes ojos verdes en blanco. "Ryan, él fue a su funeral. Ella está muerta."

Me encogí de hombros. "Okey."

"No te gustó la película? Tú la elegiste!" Pasamos la puerta principal, solo había una pequeña multitud. Era menos de lo usual, probablemente por el día feriado.

"Estuvo bien."

Hacía frío y el auto estaba estacionado unas cuantas cuadras calle abajo. El cine era de estilo antiguo, en una calle normal sin un gran estacionamiento y los clientes tenían que encontrar un lugar para estacionar en la calle. Estaba oscuro y comenzaba a granizar, las luces de la calle reflejaban los copos.

Observé como Julia exhalaba en un aliento helado. Pronto estaría temblando. "Vamos! Te vas a congelar tu pequeño trasero." Tomé su mano y la halé hacia el auto.

"Ya déjalo, Matthews! Eres mi amigo, así que deja de mirarme el trasero. Es raro." Ella dijo las palabras pero se estaba riendo como yo.

"Cállate, Abbott. Ya tengo meses mirándote el trasero."

Ella no dijo nada acerca de mi comentario o de dónde estábamos. La llevé de vuelta a mi departamento porque, a pesar que habíamos pasado prácticamente todo el día juntos, yo no estaba listo para que la noche terminara. Aaron tenía cerveza en el refrigerador y se sentía como si ni siquiera hubiésemos comido la cena.

Abrí la puerta y esperé que ella me pasara camino a la sala. Cuando nos estábamos quitando los abrigo y pateando los zapatos, mi estómago gruño ruidosamente. Mis ojos vagaron tímidamente hasta Julia.

"Oh, Dios. Está bien!" se lamentó y fue hasta la cocina a abrir la alacena. "Que tienes?" Abrió el refrigerador que estaba conspicuamente desnudo excepto por leche y cerveza. Quizá había yogurt si Jen lo había metido ahí, pero aparte de eso nada más que un queso mohoso y unas papas. Julia arrugó la nariz mientras sacó el apestoso queso cheddar que estaba comenzando a ponerse verde y peludo. "Agh! Ryan!"

Me fui a la sala y me recosté en el sofá, inclinándome a tomar el control remoto de la mesa, el amoblado era ecléctico; una mezcla de cosas que mamá iba a regalar con cosas que conseguimos en ventas de garaje y a través de los anuncios en los periódicos que salieron un mes antes de clases hace dos años. Lo único valioso que teníamos era la pantalla plana. Se veía asquerosamente fuera de lugar, y teníamos un Xbox 360 y cable. Esos eran nuestros derroches. Aaron gastaba todo su dinero en jugos de deportes y guerra antes de conocer a Jen.

Julia entró sosteniendo dos papas. "Te gusta la sopa de papas? No estará dentro de mis estándares porque solo tienes ese queso mohoso que no puedo usar, y no hay tocino, pero trataré."

"Seguro. Cualquier cosa. Me muero de hambre." La verdad era, que yo no era un tipo de sopas. La sopa era para los delicados, pero era muy tarde para ordenar pizza y si Julia la hacía, yo la comería.

"No tengo ni idea qué es lo que comen ustedes." Murmuró al salir de la habitación.

Me estiré y puse viejos episodios de Saturday Night Live. Era una mezcla de las escenas cortas de Jimmy Fallon y Will Ferrell, me moría de risa.

"Ryan, que estás viendo?" preguntó Julia desde la cocina.

"Viejos episodios de SNL en Comedy Central! El elenco viejo era fenomenalmente hilarante."

"Casi termino."

Cinco minutos después estaba sirviendo un tazón de humeante sopa blanca en la mesa frente al sofá junto con pedazos de pan con mantequilla. Desapareció brevemente para volver con otro tazón.

Yo agarré dos cervezas cuando llegamos, así que abrí la segunda y la dejé frente a ella. "Viene una escena con JT y Fallon."

Julia se sentó junto a mí en el sofá. Tomé la cuchara para probar la sopa. Estaba sorprendentemente deliciosa. La miré, sorprendido de que ella pudiese abrir un refrigerador vacío y salir con esto. Estaba concentrada en la televisión y no prestaba atención a su sopa.

"Julia esto está realmente bueno."

"Estaría mejor si en realidad tuvieras *comida,*" se burló. "Suerte que encontré un pedacito de cebolla y un poquito de mantequilla si no sabría a porquería, con seguridad."

"¿Cómo la hiciste tan cremosa? La de mi mamá es líquida, casi como si fuera caliente, agua blanca. Sabe a culo."

Julia se rio. "Hice papas extra en puré."

Realmente no me interesaba cómo la hizo. Estaba muy ocupado devorándola. "No creí que me gustaría la sopa."

Sonrió delicadamente y se recostó en el sofá, subió sus piernas poniéndolas debajo de ella.

Cuando el episodio volvió, era uno donde Jimmy Fallon interpretaba a Nick Lachey y Justin Timberlake a Jessica Simpson como una rubia boba. Era jodidamente gracioso. Pronto, estuvimos riendo tanto que yo casi boto sopa por mi nariz, y la cabeza de Julia caía hacia atrás sosteniendo su estómago con las manos ola tras ola de risas.

Por mucho que había temido a esta noche, resultó grandiosa. Por la próxima hora, vimos el resto del show, y me acabé el resto de la sopa de Julia. Mi cerveza se había acabado, pero ella tenía la mitad de la de ella, y la empujó hacia mí al notar que la mía había acabado.

Era cómodo y natural. Si me hubiera tomado la cerveza de cualquier otra chica, ella probablemente lo hubiera convertido en algún compromiso de algún tipo cuando realmente, solo significaba que estaba sediento. La cosa era, con Jul, yo no estaba seguro de qué era esto, exactamente. Quizá estaría bien si ella asumía que yo estaba interesado en ella románticamente, pero Julia nunca haría eso. Suspiré mientras mis pensamientos volteaban mi cabeza. Estaba distraído, cansado, o quizá las últimas escenas no eran tan graciosas, pero caímos en un confortable silencio.

Cuando el show terminó y la sopa se acabó, Julia bostezó. "Debería ir a limpiar la cocina."

Yo estaba cambiando los canales de alta definición buscando una película. "Nah. Déjalo así. Yo lo limpio en la mañana."

Ella bostezó de nuevo. "Estoy muy cansada, Ryan. Debería irme ya."

Yo me levanté, fui a la ventana, y abrí las cortinas. Nevaba moderadamente, dejando una blanca capa en las calles. "Está nevando." La miré de nuevo y ella estaba casi acostada en el sofá, acurrucada, sus ojos cerrados. Se veía tan suave y seductora. Mi corazón daba saltos en mi pecho. La sensación era incómoda y extraña. Literalmente, se estaba saltando latidos, presioné una mano contra mi pecho involuntariamente en un esfuerzo por calmarlo. "Por qué no te quedas aquí? Yo tomaré el sofá y tú puedes tener mi cama."

Sus ojos se abrieron un poco y luego se volvieron a cerrar. "No quiero tener tu cama." murmuró soñolienta.

Miré el reloj. Eran casi las 2 am, y Aaron no estaba en casa, así que seguro cohabitaba con Jenna en su dormitorio por esta noche, lo que significa que toda esa cursilería de mierda del día V funcionó para él.

"Julia, por favor. Estarías haciéndome un favor. No tendría que conducir en la tormenta. Está haciendo mucho frío y ninguno de los dos necesita exponerse a eso."

"Okey, pero puedo solo quedarme aquí en el sofá? Tengo tanto sueño." Sus ojos estaban cerrados y por su voz podía decir que ella estaba medio ida.

Fui a mi cuarto, quité el edredón de la cama, y lo llevé a la sala. Cuando lo puse sobre ella, ella se hundió en él de una forma similar a cuando estuvo aquí enferma unos meses atrás. Ahora, como entonces, lo único que quería hacer era tomarla en mis brazos y sostenerla, acurrucarme junto a ella y sentir su suave calor contra mí.

Acurrucarme? En serio? Si alguien me sugería eso antes, los hubiese molido a golpes o me hubiese reído en sus caras.

"Mmm…" murmuró y acercó más la manta a ella. Ese sonido fue directo a mi pito. *Qué bueno que sus ojos estaban cerrados,* pensé mientras halaba la entrepierna de mis jeans. Los jeans no estaban hechos para que se te parara así, y dolía bastante. Abrí y me saqué el cinturón, y luego desabotoné el jean para que hubiese menos restricción.

Suspiré mientras la venía ahí abajo, mi entrepierna palpitando dolorosamente. El TV todavía encendido y era la única luz de la habitación. Reflejaba un gris azulado en las impactantes facciones de su cara. Amaba solo mirarla. Sus pestañas ridículamente largas rozando sus tersas mejillas. Ella era impresionante, dudo que alguna vez haya pensado que alguna mujer sería así de hermosa.

Tomé el control y bajé el volumen. *Probablemente, porque se lo genial que es ella*, razoné. Suspiré y serpenteé hasta mi habitación, tomé una sudadera y una camiseta de mi cómoda, y fui al baño para una rápida y definitivamente fría, ducha. "Sí, no es por su cuerpo perfecto. Nop. Ni un poquito. Sigue diciéndote eso, Matthews," dije suavemente encendiendo la ducha. Me quité la ropa y la dejé en una pila. "Quizá hasta te convenzas."

Mientras entré bajo el agua, tuve que preguntarme si quería seguir torturándome así. De la manera en que yo lo veía, yo tenía tres opciones. Uno: Continuar con este caso de cojones tristes que requería que me encargara en la ducha o salir con varias mujeres que nunca parecían dar la talla; dos: rendirme y tratar de llevar esto a un lugar romántico arriesgando nuestra jodida amistad; o tres: para de pasar tanto tiempo con ella para que nuestra amistad fuera soportable.

Cerré los ojos y me enjaboné. Suspiré, profundamente, inclinando un brazo a un lado de la ducha. El problema era, que no quería arriesgar la amistad, pero tampoco quería dejar de pasar tiempo con ella. Ella me hacía feliz, y cuando estaba furioso o molesto, ella era la primera persona con la que quería hablar.

De alguna forma, tenía que controlar mi libido. Aaron, y cualquier otro tipo de los que conocía solo pensarían en tirársela, pero no era tan fácil para mí. Julia era importante en mi vida. Incluso como amiga. Yo no quería perderla.

Por qué tenía que pensar jodidamente tanto? Era la mitad de la noche y yo estaba parado en la ducha discutiendo conmigo mismo sobre si debería intentar algo para entrar en la pantis de mi mejor amiga. Quiero decir, qué coño? De verdad, tenía que saber manejar esto. Yo tenía mierda que hacer aquí, y a pesar d que me importaba esta chica, no podía perder mi enfoque. Tenía que mantener mi ojo en la bola, y esa bola era la escuela de medicina. Después de este año se volvería más desastroso- más difíciles las clases, más laboratorios,

MCATS, menos tiempo de fiestas. Había un millón de imbéciles, exactamente como yo, compitiendo por aterrizar en un espacio en la escuela de Medicina de Harvard, y yo tenía que recordar eso.

No. Tenía que enfriar esto con Julia. Por mucho que odiara el descubrimiento, distancia era la única manera en la que lograría mantener mi cabeza enfocada. Quizá solo la vería los domingos. A ella le dolería si dejáramos de vernos por completo. Y, yo la extrañaría.

Acababa de terminar con el shampoo y lo estaba sacando cuando un sentimiento en mi interior me hizo enfermar, mayormente porque éramos grandiosos amigos, y Julia era la última persona en la tierra a quién yo quería herir. Mi mente comenzó a correr con la pregunta: Debería decirle lo que estaba haciendo o solo distanciarme? Eso era bastante típico de cualquier "tipo". Yo lo había hecho muchas veces. Si una chica era muy pegajosa o necesitada yo dejaba de llamar. Siempre había encontrado lidiar con esas situaciones algo incómodo, excepto que Julia no era una de esas chicas. Ella era solo asombrosa, y la razón por la cual no podía verla tenía más que ver conmigo que con ella.

Abrí la cortina y tomé una toalla, frotándome bruscamente. Mi pene estaba maravillosamente relajado, pero mi interior extrañamente adolorido. Me puse los pantalones y la camiseta y envolví una toalla húmeda sobre mi cuello sacando el exceso de gua de mi cabello mientras caminaba por la tenue luz del pasillo hasta Julia en el sofá, ahora profundamente dormida.

Me paré ahí y la observé por unos sesenta segundos. Sí, mañana al momento del café, hablaría con ella. Tiré la toalla en el sofá y me incliné hacia ella, deslizando un brazo bajo sus rodillas. Estaba a punto de cargarla hasta mi habitación cuando sus ojos intentaron abrirse.

"Ryan?" su cabeza se levantó un poco ante la molestia. "Cuál es el problema?"

Sacudí la cabeza y me levanté con ella en bazos. "Nada. Es tarde y te llevo a la cama. No te despiertes."

Su cuerpo era liviano y la levanté fácilmente, aun envuelta en el edredón. Estaba cálida y suave y se apretó contra mí. No estaba seguro si ella estaba consiente de hacerlo. La cerveza la había puesto a dormir más profundo de lo usual. Julia raramente tomaba cerveza y a pesar que solo había tomado un poco puede que la afectara.

"No necesitas hacer eso, estoy bien aquí." El sueño llenaba su voz y su cabeza se balanceaba en mi hombro. Caminé el corto trecho a mi habitación y patee la puerta para que abriera, tuve cuidado de no golpear su cabeza o pies y la llevé en el ángulo correcto a través de la puerta, dejando que el brillo del televisor de en la otra habitación fuera la única luz.

Cuando la acosté en la cama, ella rodó hacia su lado y apretó más el edredón hacia ella.

"Buenas noches, Jul. Te veo en la mañana."

Alcancé su cabello, y lo acaricié y dejé que mis nudillos acariciaran su mejilla. Esto sería aún más duro de lo que pensé.

-5-

Cercano y Personal

~Julia~

Desperté un poco desorientada. Me senté y parpadeé, mirando a mí alrededor y luego hacia abajo a mí misma. Estaba en la habitación de Ryan, completamente vestida con el jean y sweater que usé ayer cuando Ryan y yo fuimos a ver la película. Puse ambas mano en mi cabeza, y pase mis dedos entre mi cabello. Por detrás era un desastre de enredos.

"Agh," gemí y traté de halar los mechones enredados de mi pelo con mis dedos, sin éxito. No tenía ninguna de mis cosas y estaba segura que mi maquillaje estaba o regado o desvanecido. Probablemente me veía como toda una mierda.

Empujé las cobijas y me bajé de la cama de Ryan. No pude evitar pensar cuantas chicas habían pasado la noche en esta cama. Pero *con* él. Me encogí de hombros mientras los celos me recorrían por dentro. Quizá algo estaba mal conmigo. Él no parecía tener problemas con las chicas. Y aunque estuve bromeando sobre eso la noche anterior, lo atrapé mirándome fijamente varias veces anoche, y podría jurar que estaba enojado por mi "casi" cita con Bryan. Las señales mezcladas me tenían confundida.

Cuando salí por el pasillo, encontré a Ryan en el sofá, un brazo sobre su cara y sus pies colgando del final del sofá. Se veía incómodo, aunque profundamente dormido, su fuerte mandíbula tenía la sombra de la barba que comenzaba a salir.

No tenía con quien irme, pero no quería despertar a Ryan. "Mierda!" susurré para mí misma. Mi abrigo y cartera estaban en un perchero en la entrada y mis botas bajo la mesa de centro. Pude ver a través de la ventana de la cocina que había dejado de nevar, pero aún estaba nublado. Quién sabe cuánta nieve había caído, y yo tenía que lidiar con eso. El departamento de Ryan y Aaron estaba como a una milla del Campus, pero mi dormitorio estaba al extremo opuesto. No tenía muchas ganas de caminar esa distancia en ese frío.

Ryan no se movía. Era tarde cuando me dormí y me sonrojé, recordando cómo me había cargado y llevado a su habitación. Qué lástima que estaba tan ida. Hubiese sido bueno disfrutarlo más.

Me senté en una silla, para ponerme las botas. No había nada más que pudiera hacer si no quería despertar a Ryan o sentarme ahí a verlo dormir. No tenía otra opción que caminar. Silenciosamente me puse el abrigo y cubrí mi cara y cuello con la bufanda, tomé mi cartera y cuidadosamente abrí la puerta de su departamento. Cuando la cadena sonó un poco, hice una mueca y miré a Ryan. Estaba como muerto. Le escribiría después.

Yo no tenía guantes, así que metí las manos hasta lo más profundo del nuevo abrigo de lana que me habían dado los padres de Ryan por Navidad, pero el aire helado me golpeó en la cara como un millón de agujitas. Esto había sido lo más frío que se había puesto este invierno. Yo estaba acostumbrada al Norte de California, pero ese clima era usualmente más moderado que esta jodida tormenta de nieve. Ni siquiera podía recordar uno que fuera así de malo. A Ryan no le afectaba la temperatura de aquí, acostumbrado a las extremas subidas y bajadas del medio oeste. Yo me había sorprendido con la frígida temperatura de Chicago, y esto no estaba ni cerca de eso, pero estaba bastante más debajo de lo normal.

Mis botas eran más una cosa de moda, pero estaba agradecida de tenerlas cuando pisé la acera. La nieve estaba como para que mis pies se hundieran por lo menos seis pulgadas y hasta el tobillo, caminar sería imposible sin ellas.

Tenía mi cabeza hacia abajo contra el viento mientras caminaba, el viento agitaba la nieve a mi alrededor mientras me apresuraba.

"Julia?" la voz de Aaron me llamaba desde la calle. Me detuve y miré hacia arriba, él estaba en un golpeado Toyota Beige que yo no reconocí. Su ventana estaba abierta hasta la mitad. "Eres tú?"

"Sh-Sí," tartamudeé, ahora mis dientes tiritaban y todo mi cuerpo temblaba.

"Vienes de nuestra casa?" Cuando asentí, él continuó. "Quieres que te lleve a casa?"

Pensé que nunca lo preguntaría. En vez de contestar me apresuré a dar la vuelta y subir al asiento de pasajero. "Gracias. Santo Dios, que frío!"

Aaron entró en el primer espacio que había para dar la vuelta regresar por el lugar del que venía. "Nah. Esto es balsámico."

Sonreí y me enrollé en mi asiento. Gracias a Dios, el subió la calefacción al máximo.

"Gracias por detenerte."

"Ryan y tú se acostaron tarde?" Preguntó sugestivamente.

"Fuimos a ver una película y luego solo pasamos el rato. Tienes un nuevo auto, viejo?" bromeé queriendo desviar la atención de Ryan y de mí.

"No. Este es de Jenna."

"Conozco a Jenna pero ni siquiera sabía que ella conducía. Ella vive en mi dormitorio. En el mismo piso que yo para ser exacta."

"Sí. Lo sé." Sonrió. Claramente, el acababa de pasar la noche ahí.

"Entonces? Te van a echar de Stanford?" pregunté. Cohabitar estaba prohibido por las reglas de la universidad. "Cómo saliste de ahí? No permiten chicos en nuestro piso hasta después de mediodía."

"Jenna me infiltró por el hueco de la escalera."

"Entonces ahora ustedes dos son pareja? Ella me agrada. Es lista."

"Lo es. No estoy seguro todavía, pero sí me gusta mucho."

"Me alegro." Sonreí suavemente. "ella está en algunas clases con Ellie, y ambas tenemos un desdén mutuo por esta odiosa mujer que canta ópera en las duchas."

"Quizá podríamos tener una cita doble alguna vez." Me sonrojé ante la implicación. Ryan y yo con él y Jenna? "Am… cita doble?"

"Sí. Uno de mis hermanos de fraternidad siempre me está acosando para que te lo presente."

Mi corazón se hundió. Pr supuesto, que él no se refería a Ryan y a mí rápidamente escondí mi decepción. "De verdad?"

"Sí. Ha estado sobre mí desde que te vio. A Ryan no le gusta, pero él es un buen tipo. Yo soy un tipo, así que no puedo decirte si es ardiente o lo que sea, pero parece que a las chicas les gusta." Aaron se reía.

Estacionó en la entrada que estaba justo frente a la entrada de mi dormitorio desde la calle. De repente, el auto se sentía como una caja de fósforos, y yo tenía que hacer una retirada rápida. Había plantado a mi cita de la noche anterior por estar con Ryan, pero dado el raro estatus de nuestra relación, yo no estaba segura de lo que estaba pasando. "Am, okey. Escríbeme los detalles por mensaje de texto. Ryan puede darte mi número." Mi mano tomó la manilla abriendo la puerta para salir. "Gracias por traerme."

Me bajé y pronto estuve en el lobby del dormitorio, esperando el elevador. Una chica de cabello oscuro que reconocí de mi clase de literatura, me miró de arriba abajo. "Ese era el hermano de Ryan Matthews?" quería exhalar fuertemente. Muy fuerte. De verdad, Ryan también estaba en esa clase de literatura, pero acaso había una jodida mujer en el campus que no lo conozca por el nombre completo?

"Sí," respondí cortante, inclinando mi cabeza un poco para jugar con mi cabello. Lo halé un poco hacia abajo con mis dedos esperando que ella no pudiera ver mis ojos, y dejara de hablar de Ryan.

"Y, ustedes tienen algo?"

"Somos amigos," admití con un incómodo enrojecimiento en mis mejillas.

"Si ustedes no están saliendo, nos puedes presentar? Él me tiene aleteando."

Que gratificante para ti, gritaba mi cerebro. Quería vomitar. Dejé de halar mi cabello y mi cabeza se levantó, y la miré seriamente. "Ryan no necesita que yo le arregle las citas. Si él quiere salir contigo, te prometo, que te preguntará."

"Crees que lo haga?" preguntó esperanzada. *Oh por Dios!* Esta era densa. "Quiero decir, en serio?" Sus ojos muy abiertos y suplicantes.

Me encogí de hombros. Finalmente el elevador llegó y entré delante de ella, esperando que no fuera tan arriba como yo. Presioné el noveno piso y ella el undécimo. *Mierda.*

"Bueno?"

"Lo siento, no es mi día de cuidarle la agenda."

Sus labios hicieron un puchero. Su piel era tan blanca como una sábana y sus labios estaban pintados en un asqueroso tono de rojo. Por lo menos en una chica de diecinueve años se veía asqueroso.

"Cielos, Julia. Él es tan bello, y ya viene el baile de Sadie Hawkins."

Estaba bastante segura que Ryan no era del tipo Sadie Hawkins, demonios ni yo era del tipo Sadie Hawkins. Mis ojos se clavaron en las luces del elevador mientras subía, pidiendo en silencio que se apurara. "Lo es?" pregunté en blanco.

"Sí. No me puedes ayudar con eso?"

Las puertas abrieron, y yo salí volteándome hacia ella, sosteniendo la puerta con una mano. "Yo no le digo con quien salir. Ryan es genial, pero sería muy raro que yo tratara de emparejarlo." Si para Ryan no lo era, para mí definitivamente sí.

Ella frunció el ceño ante mis palabras. Claramente, esas no eran las palabras que ella quería escuchar. "Te mataría darle una pequeña pista?"

"Probablemente, sí." Quité la mano y dejé que las puertas se cerraran en su cara.

Me sentía malhumorada. Tenía calor, mi abrigo me molestaba, y me arranqué la bufanda del cuello mientras entraba a mi habitación. Saqué la llave del bolsillo y la metí en la cerradura. Una vez dentro, mi abrigo, bufanda y botas fueron descartadas y arrojadas, sin ceremonias dentro del closet. Ellie estaba sentada en su cama haciendo algo en su laptop, cuando me tiré boca abajo en la mía. Quizá me sentía así de perra porque no había dormido mucho.

"Noche difícil?" preguntó.

Me volteé y miré al techo, no estaba segura de querer hablar. El techo era de ese corcho blanco en columnas. La luz de arriba estaba apagada y aparte de eso, cada una tenía una lámpara en la estantería que estaba sobre nuestras camas. La de Ellie estaba encendida.

"No," mis ojos no se movieron del techo. Suspiré, sintiendo cada partícula de aire llenar mis pulmones y luego salir.

"Al fin dormiste con Ryan?"

Mi cabeza volteó hacia ella y la miré con el ceño fruncido. "Por qué cada mujer, incluyéndote a ti, en este jodido campus están pensando siempre en Ryan en la cama? Y por qué no lo olvidas por un rato, Ellie!" Sentí mis ojos arder con la formación de las lágrimas de frustración y mi garganta comenzó a arder.

"Quiere decir- que tú no? Tú no piensas en él así?"

"No," mentí y le di la espalda. Halando la cobija extra al pie de mi cama para cubrirme. Necesito dormir por un par de horas.

"Porque no dormiste?" la insinuación de vuelta a su voz.

Cerré los ojos molesta porque ella no dejaría el tema.

"Dormí. Nos quedamos hasta tarde viendo viejos episodios de SNL, y estoy cansada. Además esta frío y nublado, es clima de dormir."

"Julia, es solo… ustedes siempre están juntos." Ellie persistió. "Cancelas citas para estar con él. Quiero decir, qué es eso, si no es estar interesada en él?"

Ella tenía razón. Si Ryan estaba dándome señales confusas, probablemente, yo le estaba haciendo lo mismo a él. "Somos nosotros siendo buenos amigos," contesté, molesta, y aun de espaldas a ella.

"Cuántos estudiantes van a pregrado en Stanford, Julia? Ocho mil? Él es probablemente uno de los más agradables, inteligentes, más hermoso de los tipos del campus."

"Entonces *por qué* no sales con él?"

"Porque mi mejor amiga me odiaría a muerte, por eso! Pero quizá esa sea la única razón."

Qué podía responder a eso? Estaba agradecida de que ella no fuera tras él porque no estoy segura si podría manejarlo. Ella sabía lo que yo sentía por Ryan sin que yo lo admitiera, solo esperaba no ser tan transparente para Ryan. No podía hablar de esto con nadie, ni siquiera con Ellie, porque se convertiría en algo más real. Por ahora estaba guardado en mi mente, mi corazón y mi portafolio.

Mi teléfono vibró en el bolsillo trasero de mi pantalón, olvidé que lo había metido allí antes de salir del departamento de Ryan y Aaron. Estaba obligándome a ignorarlo pero ya mi mano estaba agarrándolo, sabía que sería Ryan.

Aaron me dijo que te llevó. Lamento no haber despertado.

Rápidamente tipie la respuesta con ambos pulgares.

No hay problema. Voy a dormir unas horas. Estoy muerta.

Demasiado SNL?

Quizá.

Tengo unas tareas que hacer primero, pero un café más tarde?

Di que no, Julia. Solo di que no, mi mente gritaba. Sostuve el teléfono en mi mano, mientras estaba peleando conmigo misma, entró otro mensaje de Ryan.

Quiero hablarte sobre algo.

Por qué no hablamos anoche?

Te explico cuando te vea.

Todo está bien?

Sí. Te llamaré en unas horas. K?

Decir que estaba ansiosa y preocupada era quedarse corto. Quisiera que solo me dijera y acabáramos con esto. Es decir, nada mejor que soltarme esa mierda y dejarme con la duda por horas. Agh! Como sea, pensé frustrada.

K.

Respondí y apagué mi teléfono. Yo tenía tarea de cálculo y un resumen para mi clase de escritura de negocios que necesitaba terminar, pero estaba demasiado cansada. Quizá debería dormir y luego estar muy cansada para la cita del café. En silencio me reprendí por siquiera pensar en la palabra "cita". Nosotros pasábamos tiempo juntos pero no teníamos citas. Si estuviésemos saliendo o si él tenía siquiera deseos de que eso pasara, estaba segura que Ryan ya habría hecho algo al respecto.

Golpeé la almohada con mi puño. Qué coño estaba haciendo? Mientras más rápido dejara de lloriquear por Ryan, mejor. Eso no pasaría si seguía cancelando citas con otros tipos que yo sabía que estaban más interesados en mí más que para ser mi mejor "amiguito". Me asqueé de mi misma.

"De qué se trató eso?" preguntó Ellie, sorprendida por el sonido del golpe a mi almohada.

Me senté, bajé las piernas y me levanté abruptamente. "Nada. Tengo demasiadas cosas que hacer como para dormir." Caminé al closet al pie de mi cama, y tomé una toalla blanca que había colgado allí. Cada lado de la habitación era una imagen como de espejo del otro lado, camas gemelas una al lado de la otra, estanterías sobre cada cama y un closet al final de cada cama, con un escritorio prefabricado a la cabeza de cada cama. Había un lavamanos cerca de la puerta, y un pequeño refrigerador debajo de la ventana entre los escritorios.

Sentí sus ojos observándome mientras alcancé mi shampoo, acondicionador y gel de baño debajo del lavamanos. "Am, okey." Dijo insegura. "Pensé en ir a la biblioteca por un rato, pero quieres que nos reunamos aquí otra vez a las seis? Podemos cenar en la Unión. Quieres?"

"Seguro." Mi mano tomó la cerradura y abrí la puerta para ir a las duchas al final del pasillo. "Te veo a las seis."

***

Observaba desde una pequeña mesa junto a la ventana mientras Ryan buscaba nuestro café. El café Beanery estaba más lleno de lo usual, pensé en tomar asiento en los sofás cerca de la chimenea y sillas reclinables que estaban allí pero ya estaban ocupados. El increíble frío de afuera hacía el calor de las chimeneas y las bebidas caliente más deseables. Muchos de los estudiantes que llenaban el establecimiento estaban leyendo, otros con sus laptops abiertas estaban estudiando o tipiando. Probablemente la mayoría de ellos estaban en las redes sociales. Traté bastante de no caer en esa trampa, y no me hacía falta. Tenía un muy pequeño círculo de amigos y pasaba todo mi tiempo con ellos, nos manteníamos en contacto por mensajes de texto y llamadas. Así que realmente no las necesitaba para otra cosa que para los grupos que algunos profesores armaban en clases.

Ya que él no me estaba mirando, me quedé mirando la alta figura de Ryan. Me daba la espalda, y noté que necesitaba un corte de cabello. Sus cabellos rubio dorado ya pasaban la parte de debajo del cuello de su camiseta azul oscuro y negro. No pude evitar notar lo cómoda y ajustada que se le veía la franela y me preguntaba qué se sentiría ser sostenida cerca de él. Cerré los ojos y quise golpearme a mí misma en la cabeza con mi propio libro.

Él había dejado su chaqueta de cuero en la silla frente a la mía antes de buscar nuestros cafés. Cuando volvió a la mesa y puso la humeante bebida frente a mí, tiró despreocupadamente su abrigo al suelo antes de tomar asiento. El abrigo era costoso. Todo acerca de Ryan era perfecto en una costosa, y despreocupada manera. Aun cuando su camiseta estaba arrugada como si hubiese dormido con ella toda la noche, y su cabello desordenado, el aun así se veía sexy y de alguna forma lucía arreglado.

Noté a dos chicas en la mesa de al lado mirándolo descaradamente y luego murmurando ruidosamente una a la otra. Sentí la bilis en la garganta. Podrían ser más obvias? Quería gritarles. Zorras.

Ryan no habló de inmediato, y parecía inconsciente de las chicas devorándolo con la mirada, también estaba incómodo cuando quitó la tapa de su taza y la colocó en la mesa. Claramente estaba evadiendo.

"Qué está pasando?" pregunté, cansada del bailecito entre nosotros. Algo estaba claramente mal. "Solo dilo, Ryan. Estás actuando extraño. Solo sácalo"

Levantó su mirada hacia mí, sonrojándose cuando encontró mi mirada. Su mano derecha subió a la parte de atrás de su cuello y lo frotó cautelosamente.

Respiró profundo visiblemente. "Nada como ir directo al punto, Julia."

"Bien, me tuviste preocupada toda la tarde y eso fue cruel. Así que solo dime."

"Lo siento. No trataba de ser cruel," dijo con gentileza, sentándose hacia atrás en su silla. Esperó por un momento y yo le di mi mirada de "Y bueno?" sacudiendo mi cabeza.

"Yo solo-" se detuvo y solo me miró.

"Qué?" dije, levantando la voz. El pánico tomó mi pecho, se me hacía respirar y las lágrimas comenzaban a sentirse detrás de mis ojos. "Estás enfermo o algo?"

Lo negó con la cabeza, sus manos se levantaron para detenerme. "No, Julia. No estoy enfermo."

Me relajé visiblemente, me recliné en mi asiento y me tapé los ojos con una mano mientras parpadeaba para disfrazar las lágrimas.

"He estado pensando acerca de todo el tiempo que paso sin estudiar y mi último examen de química fue apenas una A. Eso no me va a llevar a donde quiero. Necesito un 4.0. Siento que debería estar más enfocado."

Mí pánico fue remplazado por otra emoción. Me sentí herida. Él *casi no consigue una A*? Qué demonios? "Estás diciendo que yo te impido dedicarte a los libros?" Mi ceja se levantó en pregunta. Mi garganta comenzó a arder. "Solo yo? Es mi culpa?"

"No. Pero paso la mayoría de mi tiempo contigo. Entonces, si no estoy tan disponible, no quería que fueras a estar enojada o molesta conmigo. No te estoy culpando. Es mi responsabilidad, y yo me permití desviarme." Sus ojos azules me imploraban que entendiera, pero me sentía avergonzada. Mi rostro comenzó a ruborizarse. "Tú sabes lo importante que es para mí entrar en Harvard. Mi padre me recordó que de 6500 estudiantes que aplican solo a 165 se les envía carta de aceptación cada año. Solo tengo una pequeña oportunidad. Y yo solamente no puedo arruinarla. Además, Aaron necesita mi ayuda, también. Me sentiría como un cretino si yo lo logro y él no."

En algún punto, yo me había alejado de él, sentándome hacia tras en mi silla y cruzando mis brazos sobre mi pecho mientras mis defensas se levantaron como sólidas puertas de acero. Ryan ahora estaba inclinado sobre la mesa hacia mí y hablando en un suave y embelesador tono.

"Okey," dije simplemente. "No estoy segura de qué quieres que haga." Encogí los hombros. "Entonces, por qué no te quedaste a estudiar ayer en la noche y me dejaste ir a mi cita?" Estaba comenzando a molestarme. Lo reprendí, aun cuando mi cerebro sabía que él tenía razón. Él tenía que mantener su mente en la universidad; pero yo no era la única en esto sea lo que sea que teníamos los dos. Ambos éramos igualmente culpables de cagarla pasando tiempo juntos.

"Yo-" comenzó, pero yo lo interrumpí.

"Dijiste que tu papá te lo había recordado. Cuándo?"

"La semana pasada."

Asentí. Con mi quijada sobresaliendo. "Okey, o sea que tu sabías esto ayer. Es decir, anoche. Tú sabías. Por qué siento que me estás culpando por tu 'casi B'? Yo la he cagado en cosas por ti también."

Su asentimiento cambió a un sacudir de su cabeza. "Sí, lo sé. No deberíamos hacer eso."

"De verdad?" me burlé incrédula.

La boca de Ryan estaba presionada hasta formar una línea.

"Mira, no estoy seguro por qué estas enojada conmigo. Estoy tratando de ser honesto. No quería que pensaras que ya no éramos amigos o que yo te estaba dejando de lado!" su voz se volvió más dura. "Tú me importas pero tengo que enseriarme aquí."

"Entonces deja de pedirme que deje plantados a otros tipos! Especialmente el día antes de decirme que no podremos pasar más tiempo juntos. Eso no es justo!" Sentí ganas de llorar. Parpadeé para evitar las lágrimas y recé para que mis emociones no se mostraran en mi rostro o en mi voz. Pero, yo sabía que era un libro abierto en lo que Ryan se refería. El me hizo esto, pero yo tenía que controlarme. Él se labró un camino hasta mi vida, se convirtió en el centro de todo pensamiento que yo tenía, y ahora no quería verme. Quizá la universidad era una excusa para algo más. Quizá tenía una novia que no podía soportar vernos siendo amigos. Mi pecho se contrajo aún más.

El rostro de Ryan se suavizó. "Tienes razón. No debí hacer eso. Es egoísta."

"Tú crees?" Todo lo que podía hacer era estar de acuerdo. Sentía que si abría la boca, todo lo que haría sería chillar. Traté de concentrarme en respirar por la nariz y así evitar que un sollozo saliera de mi pecho.

"Lo siento. No volverá a pasar." Era difícil, pero mantuve mi voz firme.

Ambos nos sentamos ahí, mirándonos hasta que yo tuve que desviar la mirada. Mi garganta ardía y en cualquier segundo, la represa de las lágrimas se abriría. Tenía que salir de ahí. Ahora. "Okey. Tengo que irme."

"Julia." Ryan trató de tomar mi mano sobre la mesa, y yo la retiré abruptamente. Sí él me tocaba, iba a perder el control. No pude mirarlo mientras metía los brazos en mi abrigo. No quería que esto me importara tanto. ¿Por qué coño me importaba tanto? ¿Por qué dolía como si alguien le hubiese prendido fuego a mi alma? Éramos amigos; y más que todo, quedaríamos como amigos, solo que no tan cercano y personal. No era como si estuviese rompiendo conmigo. Entonces, ¿por qué se sentía así?

"Am, así que hablaré contigo cuando hablemos, entonces." Lo descarté. "¿O, te veré en literatura?" Yo no había tocado mi café y no me importaba que él acabara de pagar cinco dólares por eso. Este era el tiempo más corto que habíamos pasado en un café. Usualmente, eran al menos dos horas.

"Jul esto no significa que no quiero verte más."

"Lo sé." Tragué grueso y me detuve, volviéndome para mirarlo, mi bolso cargando el peso de mis libros me desbalanceaba. "Tengo que encontrarme con Ellie." Metí las manos en los bolsillos de mi abrigo. "Es solo la forma en que esto ha pasado. Es realmente abrupto y me has hecho sentir como si todo fuera mi culpa. Como, si no me importaran tus metas o algo así, y que de alguna forma te arrastré por un mal camino. Pero tú sabes que eso no es verdad en absoluto."

"Lo sé. ¿Volverías a sentarte, solo por un minuto?"

Miré alrededor y varias personas estaban mirando en nuestra dirección. Esas dos chicas estaban mirándome de arriba abajo, y yo quería golpear algo. O gritar. "¿Por qué?"

"Porque. No es tu culpa. Es mía. Y, porque yo aún…" tartamudeó. "Nosotros aún somos amigos. Si tengo tiempo para alguien, es para ti, ¿okey?"

Me senté y lo miré a los ojos, la salvación tocándome fuerte con sus palabras. Aun, yo no lo dejaría humillarme. Tenía que haber reglas. "¿Por qué estás haciendo esto? Habías terminando con fuerza, ahora te tambaleas. No puedes tener las dos cosas. Mi agenda no está abierta solo esperando a que tú tengas tiempo. No voy a reprogramar una mierda por ti, y no puedes pedirme que lo haga. Si funciona, grandioso, pero si no, que mal. Y tienes que dejar de cargarme en contra de cada tipo que está interesado en mí."

Pasaron unos buenos cinco segundos antes de que me contestara. Sus ojos clavados en los míos. "Eso es justo, pero-" se detuvo.

"¿Pero?"

"Sigamos con el plan de tomar un café cada domingo a las 4. Nos reuniremos aquí cada semana para ponernos al día el uno con el otro."

Inhalé, el dolor en mi pecho se atenuaba ligeramente. Era algo, y al menos, significaba que él no estaba tratando de evadirme por completo. No estaba segura de cuál de los dos había vuelto al juego.

"¿Sí?" preguntó, cuando no contesté de inmediato.

Encogí los hombros, sin compromiso. Quería verlo, pero sentía que mi corazón estaba roto. Era estúpido y me sentía como una idiota. "Como te dije, si eso funciona."

Tomé mi taza y lo dejé sentado en el café con esas dos mujeres mirándolo e internamente di ánimos por nuestra separación.

Mientras caminé hacia el frío y comencé mi camino a través del campus, traté de decirme que esto sería lo mejor para mí, también. Ya yo estaba más que medio enamorada de él y tenía que sacarlo de mi sistema. Sería un cambio no verlo todos los días, pero lidiaría con eso, y… dibujaría.

-6-

Humo y Espejos

~Ryan~

Me jodí yo mismo.

Habían pasado dos semanas desde la última vez que vi a Julia, sin contar la clase de literatura y ella siempre se sentaba con alguien más. Me senté ahí, mis ojos mirando la puerta como si estuviese muriendo de hambre, esperando que ella entrara al lugar donde era seguro que iba a verla, no podía decidir si estaba más enojado con ella o conmigo.

Incluso si yo había sido un inepto en mi razonamiento, acaso ella no me conocía mejor que eso? Y qué si yo había dicho toda esa estupidez de mierda hace dos semanas atrás? Ella tenía que saber que para mí esto era más difícil que estar en el infierno. Era peor no verla. No podía concentrarme en los estudios porque mi mente siempre vagaba preguntándome qué estaría haciendo ella. Yo estaba temperamental y le contestaba mal a Aaron y a Jenna cuando estaba ahí, pero ella me lo devolvía, lo que arruinaba efectivamente todas mis posibilidades de preguntarle en qué andaba Julia. Me sentía como un idiota; como si mi perro acabara de morir, o peor, como que había perdido a mi mejor amiga. Bueno, era ridículo que sintiera que me había cortado mi jodido brazo derecho, cuando todo lo que tenía que hacer era hablar con ella. No era así? Esta era nuestra primera pelea, por decirlo así. Habíamos sido inseparables, y por supuesto, que había herido sus sentimientos cuando traté de cerrar esto como si fuera un grifo, pero yo realmente creía que iba a ser mejor que sentir dolor cada vez que estábamos en una misma habitación. Yo todavía sentía un dolor agudo, solo que se había movido más de medio metro hacia el norte.

Me recliné en la silla, mi movimiento fue tan abrupto y rápido que llamó la atención de la chica de al lado. Ella siempre entraba detrás de mí y tomaba la ilustre silla vacía a mi derecha. Era bonita en una manera dura y angular, su cabello era negro como un pozo, tenía la piel blanca pálida y los labios pintados de carmesí. Además de su complexión extremadamente delgada, tenía inmensos ojos grises que se veían fuera de lugar cerca de su fina y casi puntiaguda nariz y sus pómulos eran demasiado pronunciados.

Ella estaba hablando, pero yo no estaba escuchando. Mis ojos aun buscaban las suaves curvas de Julia y el largo, fluido cabello castaño oscuro, esperando en silencio que ella hiciera contacto visual. Cuando atravesó la puerta con el tipo que se había convertido en un parásito, pegado a ella por la cadera, me tensé. Sus ojos encontraron los míos brevemente. Pude ver la misma tristeza que yo sentía antes que su mirada rebotara a lo lejos en un instante. Ella llevaba su abrigo enganchado a través de las correas de su bolso, y tenía puesto un sweater verde oscuro al cual yo estaba particularmente apegado sobre unos jeans oscuros. No podía ver sus ojos, pero sabía que el color de ese sweater los hacía más brillantes. Mi corazón, que se había acelerado al verla, ahora se hundía ante el rechazo.

Abrí mis notas bloqueando el parloteo de la mujer a mi lado. El profesor entró y comenzó la clase iniciando una discusión sobre Grandes Esperanzas, pero yo estaba demasiado ocupado mirando la manera en que el tipo al lado de Julia se inclinaba hacia ella tratando de hacerla reír.

Me sentí enfermo cuando ella le sonrió antes de dirigir su atención nuevamente a sus notas y escuchar lo que el instructor decía.

"Entonces, Ryan… Julia mencionó que había hablado contigo sobre mí. Dijo que quizá estarías interesado en que saliéramos juntos?."

Mi cerebro no registró otra cosa que el nombre de Julia, pero fue suficiente para hacerme girar en dirección a la demacrada chica a mí lado.

"Qu-?" dije, distraído. "Hmm?"

"Tú amiga. Ella dijo, bueno, esto es raro porque estaba esperando que ella nos presentara. Pero Julia dijo que podría gustarte invitarme a salir."

La rabia se asentó en mi pecho y también la confusión. No parecía verdad que Julia quisiera arreglarme con alguien, especialmente sabiendo que yo acababa de reajustar mis prioridades. Parpadeé con el ceño fruncido. "Ella hizo eso?"

"Sí. Am, yo estoy en su dormitorio, y lo mencionó un día en el elevador. Yo me preguntaba si ustedes eran una pareja y ella me lo aclaró."

Mi mandíbula se disparó, y mi boca se volvió solo una línea. Mis ojos regresaron a Julia quien miraba sobre su hombro, directamente a mí, y a esta chica cuyo nombre yo ni siquiera sabía.

"Lo siento," descansé mi barbilla en mi puño e hice una media inclinación sobre el escritorio mientras fingía que estaba tomando notas, mis ojos seguían volviendo a aterrizar en la espalda de Julia varias filas delante de mí a la izquierda. "Cuál es tu nombre?" pregunté tranquilamente y luego lo anoté cuando respondió. Jessica. "Lo siento, Jessica. Quizá ella lo olvidó, pero no me ha mencionado nada de ti, pero igual no hemos estado mucho juntos últimamente."

Los ojos grises se ampliaron y le apareció una gran sonrisa. "Oh, bueno, está bien."

La clase estaba terminando y el profesor despidiéndonos y me apresuré metiendo la novela en mi mochila negra lo más rápido posible. Quería alcanzar a Julia antes de que se fuera con ese imbécil.

"Me vas a llamar?" Jessica presionó.

"Am, seguro. Ahora tengo prisa, pero el viernes tomaré tu número." Dije palabras que no sentía y la dejé ahí parada. "Nos vemos," dije sobre mi hombro. Ya Julia estaba a unos 18 metros frente a mí, al final del pasillo y girando para bajar las escaleras que la llevarían a la entrada del edificio un piso más abajo. El tipo que hablaba con ella parecía no querer dejarla ir, y yo hice mis pasos más largos para acortar la distancia que nos separaba. Mi propósito era específico, y todos los demás mezclándose por los pasillos, entrando a los salones de clases hacían más lento mi progreso por tener que esperar por alguien más lento delante de mí o cuando alguien salía de un de los salones a mi derecha. "Julia!"

Al sonido de mi voz, ella se detuvo, volteó, y me miró. El chico-hombre a su lado se detuvo con ella, esperando para ver que hacía ella. Ella le dijo algo inclinándose hacia él para que la pudiera escuchar sobre el cúmulo de voces. Cuando él se movió en mi dirección, me enfoqué en Julia y cuando él me pasó, yo aún seguía moviéndome hacia ella. Ella, sin embargo, se había volteado y estaba caminando rápidamente para alejarse de mí. "Julia, detente!" la llamé de nuevo.

Yo sostenía mi abrigo, doblado en mi mano y mi mochila tropezó a alguien mientras pasaba. "Oh, lo siento," murmuré, finalmente alcanzando a Julia. Atravesó rápido las puertas hacia el aire de marzo. No había nieve en el suelo pero aún hacía mucho frío y ella necesitaba el abrigo que estaba sosteniendo al frente, mientras lo pasaba por su brazo, la alcancé y ella siguió caminando, mirándome hacia arriba muy seriamente.

"Déjame en paz, Ryan."

"No." No estaba seguro que más decir; yo solo sabía que no iba a dejarla en paz hasta que habláramos.

"Será mejor que no te acerques mucho, podrías reprobar la universidad." Sus palabras eran duras y llenas de amargura. No le lucía para nada. No importaba, pero me enojó mucho más.

"Sí, bueno gracias por lanzarme en la cara a la horripilante gemelita gótica de Miley. Yo no necesito que me arregles mi agenda social." La miré enojado. "Pensé que había dejado claro que necesitaba concentrarme en mis clases."

Ella soltó el aire que tenía en la boca y me dio una mirada de asco. "Sí claro! Ella prácticamente me acosa, rogándome que te presente su lamentable trasero. Apuesto que no dirías que ´no´ si no te asustara que uno de sus huesos te perforara un pulmón mientras escalas sobre ella."

De verdad ella pensaba que esto era acerca de la chica? De verdad pensaba que yo estaría interesado en alguien así? "Ya para, Julia." Exigí mientras ella continuaba su caminata energética a mi lado. "Estas siendo una completa perra."

Nos estábamos acercando a la Unión de Estudiantes, y hasta hace dos semanas aquí nos hubiéramos reunido a almorzar. "Jódete, Ryan."

La alcancé tomando su brazo rodeándolo con mi mano, la detuve a medio paso y la volteé hacia mí. "Solo un maldito minuto, Julia! Quiero hablar contigo."

"Oh, bueno, uno no siempre tiene lo que quiere," lo dijo con dulzura pero su expresión estaba llena de disgusto. "Yo quiero la paz mundial y cero desempleo, ya ves como coño resultó eso!"

Pasé una mano por mi cabello mientras nos paramos cara a cara frente a lo Unión de Estudiantes, otros estudiantes pasándonos para entrar o salir, algunos pausando para fisgonear. Su pecho subía y bajaba mientras me miraba enojada.

"Qué? Qué quieres, Ryan?"

Suspiré pesadamente. Odiaba pelear con ella, y odiaba la mirada de dolor en su hermoso rostro, una arruga apareció sobre su nariz al fruncir el ceño; sus ojos verdes estaban vidriosos.

"Te lo dije, quiero hablar contigo." Mi voz se suavizó.

"La última vez que hablamos no resultó muy grandioso para mí, así que creo que voy a pasar."

Se volteó y comenzó a caminar hacia el edificio. Dudé por un latido, todavía discutiendo conmigo mismo. Si ella iba a ser tan tonta, por qué debería importarme una mierda como se sintiera? Debería dejarla pisotear hasta que llegue a su lugar feliz y que pensara que no me importaba un coño de una u otra forma.

Sí, eso no iba a pasar.

"Maldición!" murmuré y corrí detrás de ella.

Ella fue a la cabina en la que nos sentamos el día que nos conocimos, lanzó su mochila y abrigo hacia el extremo opuesto y se deslizó dentro, inconsciente de que yo la había seguido. Se sentó allí por unos cinco segundos mientras yo me quedé parado observándola a unos dos metros de distancia. Inhaló una dolorosa respiración y su rostro se derrumbó, y ella se cubrió con sus manos. Mi corazón se derrumbó. Ella no solo estaba molesta; estaba herida.

No pedí permiso, y no sabía si ella siquiera sabía que yo estaba ahí, pero me deslicé frente a ella, dejando mis cosas en el asiento de al lado. Esperé que se calmara, su nariz sonó, señal segura de que estaba llorando. Eso me hizo sentir en el infierno. Ni siquiera estaba seguro de lo que estaba haciendo, pero sabía que algo tenía que ceder.

Se limpió bajo cada ojo con su dedo, y se sorprendió cuando, al abrirlos, me encontró sentado frente a ella. Sus mejillas se sonrojaron a un rosado brillante. Suspiró y encontró mi mirada. Todavía había restos de lágrimas en sus pestañas dándoles un agudo marco negro a sus brillantes ojos. Su maquillaje estaba regado, pero no me importaba para nada. Julia se sacudió la nariz con la servilleta y esperó. Esperó… para que yo dijera algo. Ahora que tenía la oportunidad, me encontraba con la lengua hecha un nudo por primera vez en la vida. Abrí la boca y luego la cerré otra vez.

"Qué es lo que quieres, Ryan?" preguntó otra vez, derrotada.

"No estoy seguro," comencé. *Pero te extraño*. Clamaban mis pensamientos.

"Yo no te entiendo. Querías distancia. Te la di, entonces por qué me persigues por el campus como un lunático?"

"Sí, me diste espacio. Pero se suponía que me verías para el café. Ni siquiera llamaste o escribiste un texto para decirme que no irías."

"Eres un mocoso tan malcriado! Lo siento! Estoy molesta!" su voz se levantó ligeramente. "Heriste mis sentimientos, y sencillamente no me sentía como para tomar un café contigo! Ni siquiera estoy segura de querer que sigamos siendo amigos."

Una pequeña pero fuerte inhalación de aire se me escapó del pecho. Nunca consideré que ella podría no querer ser mi amiga, pero era un prospecto aterrador.

"Vaya, no estoy seguro de qué decir."

Los ojos de Julia se volvieron líquidos otra vez, su mandíbula tembló casi imperceptiblemente, luego ella miró a lo lejos, aclaró su garganta y parpadeó rápidamente. "Aghhhhmmmm. No puedes tener ambas cosas. Yo solo…" se limpió los ojos y me miró. "Es solo que no sé cómo ser tu ´algo así como amiga´. Es demasiado trabajo. Tengo que evitar llamarte y buscarte en el campus. Estoy deliberadamente evitando lugares donde creo que podrías estar. Me hace sentir como la mierda y eso apesta!"

No podía apartar mis ojos de los suyos llenos de lágrimas mientras caía una primero y luego otra. Otra, vez ella limpió la ofensiva humedad con su mano. "No quiero preocuparme de tener la culpa si algo de lo que haces no es perfecto. Yo no… Aghhh." Se aclaró la garganta. "No me gusta lo infeliz que soy ahora."

Asentí y tragué el grueso nudo en mi garganta. Sabiendo lo que ella quería decir. Exactamente lo que quería decir. "Lo sé. También, yo lo estoy."

Otra lágrima cayó, y yo quería atraparla con la punta de mis dedos.

"Supongo que debiste haber pensado en eso, ah?" sus pequeños hombros hicieron algo mitad encogimiento mitad sollozo. "No entiendo qué es esto ahora."

Julia representaba los extremos para mí. Feliz, miserable, cachondo, furioso o herido, no había algo a medias con ella. No podía soportar verla llorar. Especialmente, por mi culpa. La emoción que fuera que ella evocaba dentro de mí, era un ataque mortal. Eso era lo que yo estaba tratando de evadir. Era peligroso.

Había cambiado algo desde nuestra conversación hace dos semanas, hasta ahora? Ni una sola maldita cosa. Quizá era peor de lo que era antes. Esta pelea y la distancia que puse entre nosotros solo reiteraban lo importante que realmente era ella en mi vida. Yo había querido hacer las cosas más fáciles. Pero solo tuve éxito hiriéndola y haciéndome a mí mismo miserable como nunca lo había sido. Era casi como si no pudiera respirar. Especialmente cuando ella estaba enojada conmigo. Cuando dijo que ya no quería ser mi amiga, yo estaba listo.

Sacudí mi cabeza y miré a lo lejos, pasando una mano por mi montón de cabello mientras lo hacía. "Yo tampoco, Jul. Lo siento. Lo jodí todo con mi forma de manejarlo, pero esto no era lo que yo quería. No estaba tratando de detener nuestra amistad. Yo solo estaba tratando de explicar por qué no estaría cerca de ti tanto como antes."

No podía dejar de mirar su triste, manchada por las lágrimas, y hermosa cara, y parecía que ella tampoco podía apartar la mirada. La mayoría de las chicas se hubiesen vuelto locas porque estaban llorando y se verían horribles en medio de cuatrocientas personas, pero Julia no. Ella ni siquiera parecía notarlo.

"Yo nunca haría nada para dañar tus posibilidades con Harvard." Dijo suavemente. "Tú deberías saber eso."

Estaba furioso conmigo mismo por haberle dicho alguna vez eso a ella. De verdad toda la jodida cosa fue acerca de mi propia debilidad y no tenía que ver con nada que ella hubiera hecho.

"Lo sé. Soy un gigantesco imbécil. Todo eso salió de una manera completamente equivocada."

No podía decirle mis verdaderas razones porque, otra vez, pondría el peso en ella, sería más difícil pelear contra esos sentimientos si ella supiera. Especialmente si había una posibilidad de que ella sintiera un poquito lo mismo también. "La verdad es, que prefiero pasar tiempo contigo que estudiando, pero no puedo dejar que eso pase. Me imaginé que sería más fácil de esta forma, pero fui un idiota al pensar que el distanciarme de ti me ayudaría a mantener mi cabeza en los libros. He estado preocupado por ti, y honestamente, no sería capaz de soportar que tú me odiaras." Me incliné hacia adelante, me dolía no poder tomar su mano, me resistí.

Julia encontró mi mirada. "No te odio, pero me heriste. Sentí que me culpabas de algo que ni siquiera pasó. Tuviste una A en ese examen."

""Sí, pero estuvo cerca. Mi ventana de oportunidad es tan estrecha, y un par de puntos menos pudo haberlo matado todo. Dicho eso; Extraño hablar contigo."

Eso era todo. Mi pene tendría que lidiar con la tentación que ella representaba, porque el resto de mí era miserable sin ella. Sería difícil pero no tan difícil como luchar para estar lejos de ella. Ahí si jodería la universidad de verdad.

Julia cerró fuertemente sus ojos y asintió. Estaba seguro que más lágrimas saldrían de las esquinas de sus ojos. "Yo, también. He estado tan triste." Su voz era aguda de emoción y llanto.

Le alcancé una servilleta para que pudiera soplarse la nariz. Lo hizo, y fue ruidoso; suficiente para ganarse unas miradas de los estudiantes que pasaban. Sonreí ante el mocoso sonido seguido de su risa.

"Asqueroso, Abbott," traté de bromear pero mi expresión era seria. Mi corazón estaba lleno. Odiaba haberla hecho llorar, pero estaba feliz porque finalmente estábamos hablando. Las dos últimas semanas se habían sentido como un jodido año.

Julia se limpió la cara con otra servilleta. Su cara estaba hinchada y roja por llorar. "Ahora qué vamos a hacer?"

"Bien, para empezar tú vas a dejar de ignorarme en Literatura Inglesa."

"Era eso o golpearte en la cara."

Yo podía hacer un chiste acerca del tipo con el que ella estaba, pero esto tenía que ser aclarado, no solo ignorado. "Así que, vendrás a tomar café conmigo los domingos y dejarás de evadirme en clases?"

"Sí." Las lágrimas de Julia habían cesado y estaba contemplativa. "Esto es difícil, Ryan."

"Sí. Es todo una mierda. Nunca había tenido una amiga como tú, Julia. Tu eres-" me detuve, sin saber cómo explicarlo. "He tenido muchos amigos con los que es divertido estar, pero contigo, son tus palabras y opiniones las que más me importan. Tú eres la voz en mi cabeza."

"Si esa es una agradable manera de decir que soy una aburrida, muchas gracias."

Asentí, irónicamente. "Sí. Inmensamente aburrida." Sonreí y esperé que la esquina de su boca se levantara en una pequeña sonrisa antes de continuar. "No, quiero decir, tu apoyo es muy importante. Las últimas dos semanas sin ti cerca se sintieron como estar en el infierno. Era raro no poder llamarte." Estaba siendo cuidadoso con mis palabras; eso por si solo se sentía raro con Julia. Había una fina línea entre nosotros y yo no quería hacer nada que nos devolviera a ese abismo del que acabábamos de salir.

"Vienen las vacaciones de primavera, y eso debería darte tiempo para ponerte al día con los estudios."

"Sí. Te vas del campus?"

"Ellie quiere ir a Cabo, pero es algo de último minuto y costoso. Mi papá probablemente no acceda. Tú vas a Chicago?"

"No, pero Aaron sí. Va a llevar a la nueva novia a casa a conocer a los viejos."

"Sí, Jenna, cierto?"

Asentí, de alguna forma sorprendido porque ella sabía acerca de eso, dada nuestra falta de contacto por dos semanas. Pero después se me ocurrió que Aaron tuvo la oportunidad de decirle cuando la llevó a casa luego del Día de San Valentín.

"No quieres ir a Méjico con Ellie? Suenas menos que entusiasta."

Su hombro derecho se levantó.

"Sí, supongo. Ayuda que ya no estamos peleados."

"Nuestra primera pelea. No será la última, estoy seguro."

"La próxima vez que seas un pendejo tan gigantesco si te voy a golpear."

Expulsé el aire de mi boca y me reí. "Es gracioso estar feliz por el prospecto de ser golpeado."

Julia se enserió, sus dedos hacían dibujos sobre la madera gastada de la mesa, claramente la implicación silenciosa de esto colgaba sobre nosotros. La mesa estaba gastada por años y años de ser usada por gente sentándose aquí, estudiando y creando recuerdos. Este fue el lugar donde nos conocimos y aparentemente el impacto de eso resonaría fuertemente en mi futuro.

"Qué tal esto? Te ayudaré. Prometo, patearte el trasero si no entras en Harvard." Mis labios se torcieron al mismo tiempo que mi estómago gruño. Y justo así toda esa porquería entre nosotros se había acabado. "Suena como un buen plan. Quieres comer? De repente, me muero de hambre." La nube oscura que fue la ausencia de Julia se había disipado y las cosas volverían a la normalidad, pero un poco más alerta de lo que necesitábamos hacer y mi resistencia a perderme en ella.

Pero ella estaría cerca.

"Yo también. Tengo tanta hambre." Asintió, con entusiasmo.

Me levanté a la barra para ordenar nuestros almuerzos, sabiendo que Julia estaría feliz con lo que yo comprara para que lo compartiéramos entre ambos. Era así de fácil con ella. Sin ella, era jodidamente difícil; era ridículo.

-7-

De Aquí

~Ryan~

Llegó la semana del receso de primavera y aunque Aaron llevó a Jen a Chicago, yo no me sentía como para viajar. No es necesario decir, que mis padres estaban desairados, pero les dije que iba a usar el tiempo para estudiar, y eso pareció aplacarlos lo suficiente.

Me froté ambos ojos al mismo tiempo con los dedos de una de mis manos, aparte de la tarea, que era tediosa, el fin de semana había sido aburrido. Mi mamá llamó el sábado en la mañana y Julia vino a hacer la cena. Yo estaba sorprendido y ligeramente molesto cuando otros dos tipos de su clase de mercadeo se aparecieron solo minutos después de que ella lo hizo. Ella no tuvo tiempo de decirme una vez que estaba en la casa, y me mortificaba que ella no me escribiera preguntando si me importaba o al menos para avisármelo. No es que eso hubiese cambiado algo y después de algunos minutos en eso, me relajé; hablando tonterías con ellos y turnándonos para jugar juegos con el Xbox mientras Julia hacía la cena.

Me di cuenta, mientras estaba sentado en la otra habitación con los dos tipos, que el que me había presentado como Ted Watson siempre la seguía con los ojos. Él la miraba como si ella fuera la puesta de sol, con la boca toda abierta como si fuera un perro jadeante.

Pobre diablo, pensé, gruñí y agarré el control del juego. Me dejé estar inmerso en el juego y traté de ignorar su obvia obsesión. La razón por la que yo estaba enojado no era porque ella los había invitado a mi casa sin decirme; era porque ellos eran unos tipos y no íbamos a ser solo ella y yo. Ted era un lerdo total, y el otro, Barry no-sé-qué, era gay. Julia no estaría interesada en el nerd, y el otro no estaría interesado en ella. De hecho, se convirtió en un chiste privado entre nosotros durante la cena. Ella puso el pollo horneado y el puré en la mesa y ellos dos estaban en la sala mirando TV mientras yo la ayudaba con el resto de la comida.

La empujé quizá un poco fuerte con mi hombro. "Ted quiere ser alimentado," dije y lo entretenido que estaba se reflejaba en mi tono. Apenas pude contenerme de no morir de risa. No necesitaba explicarme más. Julia me conocía suficientemente bien para saber lo que quise decir.

"Silencio, idiota." Julia me dirigió una mirada exasperada y me rozó al pasar para colocar los bollos, frescos del horno, y la mantequilla en la mesa. Su ceja se disparó hacia arriba mientras encontró mis ojos a su regreso.

"Qué?" pregunté incrédulamente con una pequeña risa. "Lo *quiere*. Apuesto que *nunca* ha tenido una comida. Estaba temblando y babeando como si tuviese rabia."

"Se amable. Ellos no tenían ningún lugar a donde ir. Ambos estaban solos por el receso."

"Eso no cambia el hecho de que está ardiendo por ti, Jul."

"Entonces, eso funciona, porque Barry casi eyacula en sus pantalones cuando le dije que haría la cena en tu casa esta noche."

El solo pensamiento me hizo arrugar la cara, y lo hice mientras Julia me pinchaba las costillas. "Él no es mi tipo."

"Y qué? Tú eres *su* tipo," casi lo susurró, con una mueca en su cara. "Él quiere tu trasero. Literalmente."

Se reía mientras sacaba la ensalada del refrigerador.

"ja ja," respondí y piqué su espalda en un punto que yo sabía era particularmente cosquilludo. Gritó y la lechuga salió volando del tazón. Ambos estallamos en carcajadas, aunque tratábamos de hacer silencio para que los dos en la otra habitación no escucharan.

"Detente, Ryan!" Julia chilló, y yo tuve esa extraña urgencia de abrazarla.

Por el resto de la noche, cada vez que Ted o Barry eran obvios en su adoración, nos dábamos un pequeño empujón o nos mirábamos con complicidad. Fue muy divertido, para ser honesto, y más tarde en la velada inventamos excusas de que teníamos que estar en algún lugar para que ambos se fueran, y nosotros pudiéramos pasar un rato y solo ver una película juntos. Eran casi las tres de la mañana cuando la llevé de vuelta a su dormitorio.

Cuando le pregunté qué haría esta noche, ella mencionó una fiesta pero no me invitó. No se sintió bien. Ella iba a ir con gente que yo no conocía. Lógicamente, discutí conmigo mismo sobre que yo no necesitaba estar con ella constantemente, y no debería esperar que ella me incluyera en todo lo que hiciera. De hecho, yo estaba haciendo un esfuerzo para crear una pequeña distancia entre nosotros, así que yo no tenía por qué estar retorciéndome si ella hacía otras cosas. Pero se sentía raro y no tenía que gustarme.

Yo no quería pensar tanto en ella como lo hacía. Admití ante mí mismo que tenía que pasar un rato con Julia de vez en cuando. Tratar de no hacerlo cuando nos hacía miserables a ambos era solo estúpido, pero yo seguía batallando para encontrar el balance. Lo que ella hacía cuando no estábamos juntos no debería importarme.

Yo me la pasaba martilleando eso en mi cerebro, una y otra vez. Julia y yo éramos solo amigos. Amigos. Amigos. Amigos. "Agh!" resoplé.

Inhalé profundamente mientras deslicé mi laptop lejos de mí y de vuelta al escritorio, fui al refrigerador y tomé el plato de sobras que Julia me había dejado hecho, le quité el papel y lo metí al microondas. No sabía qué demonios hacer conmigo mismo, así que volví y tomé una cerveza, la abrí, y tomé un largo trago, inclinándome en el mesón esperando que la comida terminara de calentarse. Olía bien, y mi estómago rugía. Pero me di cuenta que no deseaba estar comiendo yo solo.

Quizá estaba más aburrido que molesto. Me paré ahí halando mi labio mientras un pensamiento daba tumbos en mi cabeza. Si me estaba molestando: tan seguro como la mierda que no lo quería.

Llevé mi plato a la mesa, saqué los cubiertos de la gaveta, le quité la tapa al recipiente lleno de sobras.

Mi teléfono me gritaba desde su posición al otro lado de la mesa. Tomé comida con el tenedor y comí un poco. Me las ingenié para evitar agarrar el teléfono hasta terminar de comer, lavé el plato y tenedor y los dejé en el escurridor.

Con mi teléfono finalmente en mano, caminé por el pequeño pasillo hasta mi cuarto. Decidí ducharme y encontrar algo que hacer y con quien hacerlo. Si no había nada, podía ver una película.

Miré la pantalla y era mortificadora la falta de un mensaje de Julia.

Después de ducharme y ponerme jeans limpios y una camisa azul claro, mi cabello húmedo pero peinado, mi teléfono al fin sonó y lo alcancé. Era de ella.

Comiste?

No podía evitar la pequeña emoción que me daba saber que ella estaba pensando en mí.

Sí.

Estas estudiando mucho?

Terminé. Estoy aburrido.

Oh. Lo siento, trato de no distraerte.

Es por eso que no me pediste que fuera contigo esta noche? Estabas apoyándome?

Esa era una razón, al menos, y a pesar de todos los debates conmigo mismo yo todavía necesitaba alguna.

Sí y No. Es una fiesta en la casa Sigma Nu. Los únicos hombres permitidos son lo de la fraternidad.

Linda manera de hacer a las chicas exclusivas, pensé burlonamente, mis dedos volaban mientras tipiaba la respuesta. Esa era la fraternidad de Aaron, y me hubiese sentido jodidamente mejor si él hubiese estado ahí. Todo en lo que podía pensar era que las probabilidades indicaban que David Kessler estaría ahí.

Codiciosos bastardos.

Desearías haberte unido a esa fraternidad?

Joder, no.

Gruñí mientras tipiaba.

Ellos vetan al resto de la población masculina no permitiéndolos en sus fiestas, y las mujeres no tienen otra opción que hablar con ellos. Eso es más débil que la mierda.

Me preguntaba qué estaba pensando ella.

Vas a salir?

Probablemente.

Sabía que me iba a arrepentir, pero iba a preguntar aun cuando me odiara a mí mismo por eso.

Estará Kessler?

No estoy segura. Ellie y yo acabamos de llegar. Diviértete.

La decepción y frustración me llenaron.

Tú también.

Me deslicé por mis contactos. Shawn Williams, uno de mis amigos de química orgánica estaba quedándose en la ciudad por el receso también. Quizá el querría que nos encontráramos en Oasis para tomar una cerveza y jugar pool. Después de una llamada estaba en camino.

***

~Julian~

La casa de la fraternidad estaba a llena. Y la música sonaba tan fuerte que las paredes vibraban. Los estudiantes subían y bajaban las escaleras, la mayoría cargando esos vasos plásticos llenos de cerveza; muchos ya se caían de la borrachera, pero la mayoría solo estaban pasándola bien. Había un barril en el patio, en el sótano y otro en el piso principal.

"Quieres una cerveza?" Ellie gritaba para que pudiera escucharla sobre el ruido. La cerveza no era lo mío pero asentí. En cualquier caso, solo la cargaría por ahí. Mis ojos recorrieron la multitud y vi a David Kessler hablando con unas personas. Todos lo rodeaban, mirándolo con total atención. Sus ojos se levantaron y se encontraron con los míos. Él era atractivo, sin duda. Su cabello era negro como la noche y su piel de un cálido bronce; era alto y fornido, pero no exagerado. Su contextura me recordaba a la de Ryan.

Ya déjalo! Me reprendí. "okey," dije ausente. David se estaba desentendiendo del grupo y dirigiéndose a mí.

Ellie se dio cuenta y me dio un toque con el hombro. "Ya vuelvo."

"Seguro," dije, justo antes de que Dave se aproximara. Tenía una sonrisa brillante que alcanzaba sus ojos.

"Al fin! Estoy tan feliz de verte!" Deslizó una mano por mi espalda y la dejó descansar en la parte de atrás de mi cintura. "Hey. Parece una muy buena fiesta!" Me sentí incómoda. Yo sabía que él estaba interesado en mí y yo quería estar interesada en él, pero otro par de ojos azules fastidiaban dentro de mi mente.

Él se encogió de hombros. "No tanto como usualmente. Montones de personas se fueron por el receso de primavera."

"¡Vaya! No puedo imaginar cómo es normalmente." Hice un gran esfuerzo por mantener una conversación. Sus ojos azul claro me recorrían. Yo usaba un jean y un sweater color vino de casimir, Ellie y yo habíamos dejado nuestros abrigos en el auto.

"¡Sí!" dijo ruidosamente. "¿Quieres una cerveza?"

"Ellie acaba de ir por unas. Ella es mi compañera de cuarto," expliqué incómodamente. Dave asintió y metió la mano que tenía libre en el bolsillo de su jean. Llevaba puesta una sudadera de Sigma Nu.

"¡Te ves grandiosa! He estado acosando a Aaron para que me de tu número."

"¿No lo hizo?" le sonreí.

"No todavía."

Ellie volvió con dos cervezas y me dio una, tomé un trago y asentí hacia Dave. "Gracias, El. ¿Conoces a Dave?"

"Sí, tenemos contaduría juntos. Hola," dijo asintiendo.

"Hey."

"¡Dave!" un tipo flacucho lo llamó desde la escalera. "Se acabó la cerveza del patio. ¿Ayúdame a sacar el último barril?"

"¡Sí!" Se estiró y tomó mi mano. "Lo siento. El deber llama por un minuto. Volveré después." Sus cejas se levantaron. Parecía sincero, y una contradicción a todo lo que decía Ryan.

"Seguro."

"okey, nos vemos luego. Gusto verte Ellie."

"¡Adiós!" dijo felizmente Ellie. Cuando Dave estaba subiendo las escaleras, Ellie quien lo había estado observando al irse, giró hacia mí. "Él está bueno, Julia"

Tomé otro trago del amargo líquido. Cobraron una tarifa de cinco dólares para pagar los barriles, y aun así la cerveza no era muy buena. Hice una mueca y la tragué. "Sí. Lo está."

"¡Lo *está*!" Me miró con incredulidad por mi falta de entusiasmo. Me encogí de hombros. "Lo sé."

"¿Viste a todas esas mujeres midiéndote cuando él estaba hablando contigo? Se veían como si quisieran sacarte los ojos."

Volví a encogerme de hombros. Estaba acostumbrada a las venenosas miradas de las mujeres. Pasaba mucho cuando estaba con Ryan. Suspiré. Reprendiéndome interiormente de nuevo. "Sí. Como sea."

Ellie puso los ojos en blanco. "¿Qué voy a hacer contigo, Julia?"

"¿Qué?"

"El tipo obviamente está interesado, y yo recuerdo que tú me hablabas de él el semestre pasado. Así que ¿cuál es el problema?"

Sacudí la cabeza y tomé otro sorbo. "Ninguno. ¡No hay problema!"

Sus ojos miraron al cielo y sacudió su cabeza incrédula. "Okey. Aquí está a reventar. ¿Quieres ir al patio?"

Ella me había hablado de un tipo de su clase de estadística que era miembro de esta fraternidad, y yo sabía que ella lo estaba cazando. "Seguro."

"¿A menos que quieras esperar aquí hasta que Dave regrese? Que es lo que deberías hacer, en mi opinión." Su mirada decía que yo sería una idiota si no saltaba encima de la oportunidad de conocer a David Kessler en una forma mucho más amplia. Debería. Lo sabía, pero no se sentía bien.

"Estoy bien. Vamos." Señalé las escaleras con la cabeza.

Ellie suspiró. "¡Julia!" obviamente ella estaba disgustada conmigo por mi falta de entusiasmo, y yo solo rezaba para que no me presionara por una mejor explicación. Puede que ella ya lo supiera, pero yo no iba a negar o confirmar sus sospechas. "Ryan no está sentado en su casa esta noche, lo sabes."

Estaba un poco frío afuera, pero no terrible con todos esos cuerpos amontonados como estaban. Podía oler la marihuana en el aire aquí afuera, y la música vibraba a través de uno de los altavoces ubicados en una de las ventanas de arriba.

"Permiso," murmuré mientras me apretaba entre dos grupos de gente tratando de pasar. Rocé a un tipo a mi derecha, mi hombro contra su brazo. "Lo siento," miré hacia arriba sonriendo en disculpa, su cara era vagamente familiar.

"Hey!" sus manos salieron para detenerme con un breve toque en el brazo. "Julia, verdad?"

Lo miré, tratando de ubicar su rostro. Ellie se detuvo a mi lado. "Sí?"

"Soy Nate. Nos conocimos el otro día en el departamento de Ryan y Aaron."

Me devané los sesos pero no pude ubicarlo. Sin embargo, fingí, porque no quise hacerlo sentir mal. "Oh, seguro. Esta es mi compañera, Ellie."

Se rio. "Está bien si no me recuerdas, he tenido un par de clases con Ryan, y Aaron y yo entramos juntos a la fraternidad en primer año."

"Oh, sí. Lo siento."

Había varias mesas de picnic en el patio y Nate gesticuló hacia una de ellas. "Quieren sentarse?" Él miraba a Ellie y yo sonreí, aliviada. Quizá si Nate ocupaba su tiempo, ella tendría menos tiempo de evaluar mi falta de emoción por David Kessler.

"Me encantaría!" dijo feliz y nos dirigimos a una de las mesas del patio. La línea para la cerveza atravesaba todo el patio, y tuvimos que recorrerla.

Pasé las siguientes dos horas escuchando hablar a Nate y a Ellie. Él era lindo y parecía completamente interesado en ella. Observé la interacción entre la gente, mirado la fiesta. Pasé toda la noche sin otra cerveza a pesar de que Nate ofrecía traerme otra cuando iba a llenar de nuevo su vaso y el de Ellie. Podía decir que ella estaba algo mareada.

Bastante tarde esa noche, Dave Kessler se dirigió al patio y entre la ola de estudiantes para detenerse a mi lado. Se sentó en el banco con una pierna a cada lado y se deslizó realmente cerca de mí. Podía oler su colonia y la cerveza.

"Te perdí allá adentro!"

"Sí, Ellie quería venir para acá afuera."

"Así que conoces a Nate?" señaló con la cabeza a su compañero.

"Tiene un par de clases con un amigo mío. Nos conocimos una vez."

Yo tenía un codo sobre la mesa y David se estiró y pasó un dedo por una de mis muñecas, la que colgaba de la mesa. Cuando alcanzó mi mano la tomó en la suya, llevándola a descansar con la suya sobre su pierna, sus ojos nunca se apartaron de mi cara. Sonrió y me pregunté si estaría borracho?

"Eres muy bonita." Su sonrisa se amplió, pero yo me sentía avergonzada bajo su intensa mirada. Mis mejillas se sentían calientes. Su pulgar comenzó a frotar el interior de mi palma y sus ojos cayeron a la parte que mostraba un pequeño escote en mi sweater. "Muuuuy bonita," dijo cuando sus ojos encontraron los míos otra vez. Desvié la mirada al otro lado de la mesa hacia Ellie, nerviosamente. Él parecía intenso, y aunque no me molestaría llegar a conocerlo mejor, me preguntaba si ya estaba haciendo planes para una ardiente y pesada sesión de besuqueos. O más. La advertencia de Ryan resonaba en mi cabeza.

"Gracias."

"Así que, ayúdame a recordar. Cómo es que Aaron te conoce?"

"Él es el hermano de mi mejor amigo."

"Oh, Cierto. Ryan es gay?" me sonrió con una mueca.

Exhalé muy entretenida, mi expresión mostraba con claridad lo absurdo del cometario. "Difícilmente."

"Hmmm. Estás segura? Yo jamás podría ser solo tu amigo." bromeó

"Positivo. Acaso no lo has visto? Él te conoce."

Las cejas de Dave se levantaron. "Ya te ha advertido que te alejes de mí?"

Asentí con una pequeña sonrisa jugando en mis labios. "Algo como eso."

"Espero que no lo hayas escuchado." Dijo sugestivamente "Se suponía que Aaron iba a conseguirme tu número hace meses."

"Para ser honesta. Él si te mencionó" No quería que el acosara a Aaron por mi culpa, así que me aseguré de hacerle saber que él se había esforzado. "Dijo que querías salir."

"Sí, me gustaría. Te animas a eso?"

Aquí estaba mi oportunidad de dejar de babear por Ryan. Me tomó un poco de esfuerzo, pero pegué una sonrisa en mi rostro. "Sí. Eso me gustaría."

La sonrisa de Dave se hizo más brillante. "Sí?"

Asentí, reuniendo todo el entusiasmo que pude manejar. "Ah jah"

"Bien." La mano que sostenía la mía se movió a mi espalda y frotó de arriba hacia abajo. Su mirada se suavizó. Traté de relajarme pero me tensé ante el toque.

"Parece que Ellie ha tomado demasiado. Probablemente deba llevarla a casa." Saqué el teléfono de mi bolsillo trasero. No estaba segura si buscaba la hora o un mensaje de Ryan. Era más de la 1:30 AM. La fiesta terminaría pronto, y Ellie, sentada frente a mí, al lado de Nate, estaba riéndose tontamente de algo que él dijo.

La mirada de Dave estaba intensamente clavada en mi cara, y pude sentir que él estaba pensando en sus opciones. "Le vendría bien comer algo. Por qué no vamos a desayunar todos?"

Asentí. "Okey. Hey, Ellie!" la le hablé para llamar su atención. "Ustedes quieren ir a comer algo?"

"Seguro!" dijo Nate al mismo tiempo que Ellie contestó.

"Sí!"

"Grandioso. Solo debo ir a asegurarme de que alguien vea que la casa esté despejada a las 2. Si nos atrapan, perderíamos el título."

Se levantó pero antes de irse se detuvo para apretar mi hombro. "Vuelvo enseguida."

"Okey." Quizá Dave tenía una mejor cabeza sobre sus hombros de lo que Ryan creía.

Ellie estaba inclinada hacia Dave y él se agachó para besarla. Fue torpe y baboso, considerando que ambos estaban ebrios. Mi teléfono finalmente vibró en mi bolsillo.

Dónde estás?

Aun en la fiesta. Vamos a desayunar.

Puedo unirme?

Mi corazón se hundió preguntándome quién estaría con él. Tendría que enfrentarme a alguna chica toda envuelta sobre él sí aceptaba? Mi pecho se constriñó mientras traté de respirar profundo. Bueno, quizá eso era justo lo que yo necesitaba. Necesitaba inmunidad sobre la atracción que sentía por Ryan, y probablemente serían necesarias varias pequeñas dosis de verlo con otras mujeres. Además, Dave estaría conmigo.

Después de un segundo, tipié mi respuesta.

Seguro.

En menos de quince segundo Ryan había respondido.

Dónde y cuándo? Stacks no está abierto.

A Ryan y a mí nos gustaba desayunar en este lugar llamado Stacks, pero no estaba abierto a esta hora, de hecho no estaba abierto nunca después de la tarde.

Lo sé. Ihop? Nos vamos pronto.

El de Redwood City?

Es el más cercano.

Okey. Nos vemos en 30 minutos.

Metí el teléfono en mi bolsillo trasero. La gente la estaba pasando bien, pero la fiesta se estaba acabando. Dave volvió con sus llaves en la mano.

"Estás lista? Yo puedo conducir," dijo.

"Tengo que quitarle a Ellie sus llaves. No está en condiciones de conducir. Podemos vernos allá?"

"Por qué no vamos todos juntos?"

Si yo fuera cualquier otra mujer, estaría clamando por pasar más tiempo junto a este hombre, pero la verdad era que yo no lo conocía tan bien, y con Ellie tan ida, sería mejor si yo condujera su auto, y luego desde allí hasta el departamento.

"Sería mejor si Nate y tú nos siguen en el auto." Sugerí. "Podríamos ir al Ihop que está cerca del departamento."

Los labios de Dave se presionaron brevemente. Era claro que estaba molesto, pero Ellie no estaba en condiciones de conducir. Me levanté rodeé la mesa y la tomé por el brazo. "Vamos, Ellie. Es hora de irnos."

La ayudé, y Nate la sostuvo cuando se tropezó tratando de salir de la banca de la mesa. Comenzó a reírse a carcajadas. Yo no la había visto tan intoxicada desde nuestra primera fiesta como universitarias.

"Okey," Dave accedió, finalmente. "Si prometes que saldremos el fin de semana."

En minutos, Ellie estaba en el asiento del copiloto y Dave y Nate siguiéndonos camino a desayunar.

"Por qué no solo me dejaste ir con Nate?" arrastraba las palabras y su cabeza rebotaba contra la ventana.

"Estás un poco borracha, Ellie."

"Oh, Dios. Me siento enferma"

"Necesitas comer."

"Agh," gimió, poniendo una mano en su cabeza. "Creo que voy a vomitar."

"De verdad?"

"No." gimió "No lo sé."

Casi llegábamos al restaurant, y pronto ya estaba estacionando. El auto de Ryan ya estaba allí, y él y un tipo que no reconocí estaban reclinados contra el vehículo, esperándonos. Ninguna mujer a la vista por ningún lado.

Estacioné a tres puestos de donde estaba Ryan y él comenzó a caminar hacia nuestro auto justo cuando Dave estacionó detrás del auto de Ellie.

La puerta de Ellie se abrió de golpe, y ella salió dando tras pies antes de que yo pudiera salir a ayudarla. Ryan estuvo allí de inmediato, y sus brazos fueron alrededor de sus hombros.

"Hey, El. Estás bien?" Preguntó.

"No. Necesito el baño."

Ryan me miró y luego Dave y a Nate. "Hey," los saludó. "Vamos Ellie. Te ayudo a entrar. Jul, deberías ir con ella."

"Sí. Dave, podrían Nate y tú tomar una mesa?" pregunté.

"Seguro," Dijo él.

Los ojos de Ryan se dispararon brevemente hacia mí. "Él es Shaw," nos presentó brevemente, mientras todos entrabamos al restaurant.

El estacionamiento estaba comenzando a llenarse con la multitud que venía del bar. Todos entramos, y Ryan ayudó a Ellie a estabilizarse. "Puedes caminar?"

"Eso creo."

La tomé del brazo y comencé a guiarla hacia el baño al otro lado del restaurante. "Vamos," le dije. "Ya volvemos." Dije en disculpa mientras nos alejábamos. Solo esperaba que Ellie no volteara el estómago antes de llegar al baño.

~Ryan~

Esto era jodidamente incómodo. Al menos, se sentía incómodo, aunque los otros tipos parecían inconscientes.

Mi temor de que David Kessler estuviese en la fiesta estaba confirmado. Presioné mis labios ante la frustración. Tan seguro como el infierno que él no había desperdiciado tiempo. Hablé de cosas superficiales con ellos y presenté mejor a Shawn. Nate también lo conocía de otro de los cursos de ciencias que teníamos juntos, pero Dave era estudiante de negocios, así que no se habían conocido. La anfitriona nos llevó a una mesa y yo lancé mi abrigo en la silla de mi derecha. Dave tomó la que seguía a esa. Cuando nos sentamos nos entregó un menú a cada uno y colocó uno frente a cada silla vacía.

"Enviaré a la mesera cuando las damas vuelvan del baño. Disfruten su comida," dijo y luego se fue.

Podía sentir los ojos de Dave clavados en mí, así que mis ojos se levantaron hacia él y sostuve su mirada. Estaba desafiándome, y yo lo asumí, sin dudar. Él obviamente se sentía amenazado y yo me regocijaba en ello. Exhaló fuertemente lo que me decía que él sabía exactamente lo que yo estaba pensando.

"¿Hace cuánto tiempo llevas conociendo a Julia, Ryan?" Fue apenas un bola baja que yo estaba muy dispuesto a recoger.

"Lo suficiente." Sabía que era una respuesta grosera, pero no me importaba una mierda. No era su asunto que yo la hubiese conocido al inicio del segundo semestre el año pasado, y de verdad, ¿por qué importaba eso? Mis ojos todavía estaban pegaos a su cara, y mi expresión era estoica.

"Que gracioso, yo estaba pensando lo mismo. Ella es genial."

"Concuerdo," dije con firmeza.

"Ellie es asombrosa, también," Intervino Nate, al sentir la tensión entre Dave y yo. Abrí el menú y traté de concentrarme en las imágenes y palabras ahí.

"Se veía un poco verde esta noche," contesté.

"Supongo que le di mucha cerveza, pero estábamos pasándola tan bien." Respondió Nate.

Mis ojos volaron a David otra vez. "Julia parecía estar bien."

"¿A dónde fueron esta noche?"

"Fuimos al Brewery y jugamos pool," intervino Shawn.

"Sí ya que no podíamos ir a su fiesta. Tremenda estafa tienen ahí." La esquina de mi boca se torció.

"¿Qué quieres decir?" Quiso saber Dave. Ahora todos mirábamos los menús y la mesera vino por nuestra orden de bebidas. Yo ordené café para Ellie, Julia y para mí y ella se fue, diciendo que regresaría con nuestras bebidas para tomar nuestra orden de comida.

Me recliné en la silla, aun intentando contestar su pregunta. "No me subestimes. Tu sabes." Fui estoico en mi respuesta. "No dejar que otros tipos asistan a la fiesta les da una audiencia capturada de chicas."

Dave hizo una mueca y se encogió de hombros. Era un escurridizo bastardo. Donde Nate era flojo y baboso, David Kessler era controlado y agudo, a pesar de su porte casual. "Funciona. He estado tratando de hablar con Julia por dos semestres."

Shawn era del tipo callado e introspectivo, e ignoraba lo que estaba pasando. Él estaba lidiando con una mala ruptura y se mantuvo reservado todo el tiempo. Por otro lado, Nate podía ver como todos mis músculos estaban contraídos, y eso lo tenía incómodo. Estaba inquieto en su silla.

"Estoy al tanto," contesté cortante. No tenía derecho a decirle que se alejara de Julia, pero quería que supiera que yo estaría vigilando lo que pasara. "Ella tiene clase."

"Sí." Sus ojos se estrecharon.

"Mira, he escuchado sobre ti y te he visto en acción. Trátala correctamente y no tendremos problemas."

"Qué es lo que pasa entre ustedes dos? Caíste de su gracias, ah?"

"No. No tengo problema contigo, Kessler, pero Julia es una buena persona. No es solo un culo. Entendiste?"

"Ryan, aligérate. Las mujeres son culos. Todavía no puedo creer que no hayas tratado de darle a eso."

Vi a Ellie y a Julia salir del baño así que tenía que decir lo que quería, y callarme ya. "Solo diré esto una vez; trátala con respeto o vas a tener que vértelas conmigo."

"Oooh," se burló, poniendo ambas manos delaten de él, moviendo los dedos en un gran "jódete."

Mi cuerpo comenzó a hervir, pero una pequeña sonrisa se deslizó en mi boca. *El pequeño pendejo!* Parte de mí deseaba que él me presionara solo un poquito más, aunque la parte lógica de mi cerebro me decía que me apartara. No porque me importara un coño lo que él pensara, sino porque este era un lugar público y peor, Julia estaba aquí. No necesitaba quedar como un culo delante de ella.

"No estoy jodiendo," mi voz era baja, para que las chicas no pudieran oír, pero asemejaba un gruñido. Me sentía claustrofóbico. Quería estirarme sobre la silla vacía entre nosotros y partirle la boca.

Ellie sacó la silla vacía entre Nate y Shawn y se tiró en ella, al mismo tiempo yo señalé con la cabeza la silla vacía junto a mí, silenciosamente indicando que Julia debía sentarse junto a mí. Dave Kessler en el lado opuesto ya no tenía salvación a este punto.

"Ordené café para ambas," les dije a las chicas.

"Lo siento," murmuró. Se inclinó sobre su brazo doblado y parecía a punto de desmayarse.

"Gracias, Ryan," dijo Julia.

La mesera volvió y todos ordenamos desayuno, y la conversación estuvo llena de generalidades. Es normal hablar solo de mierda cuando uno no conoce a la gente que le rodea; esa era la manera de llegar a conocerlos, pero yo me recliné en mi silla y me aislé.

Para disgusto de David, empujé mi menú abierto frente a Julia. No intentaba molestarlo, pero él se tensó muy visiblemente. Julia no notó mi acción o su descontento porque compartir el menú era algo que nosotros hacíamos normalmente. Si me pusiera en los zapatos del otro tipo, yo también estaría enojado. Yo sabía que debía dejar de sobrepasar mi lugar, pero los hábitos son difíciles de romper. Si el tipo que coqueteaba con Julia era un buen tipo y yo lo sabía, quizá no me sentiría tan territorial, pero este imbécil no iba a conseguir lo que quería de ella mientras yo estuviera en el mapa.

Cuando la comida llegó, la mayoría de nosotros comenzamos a comer, y yo cerré la boca y traté de estar al margen de la interacción de Julia y Dave. No era fácil, yo estaba destrozado. Me di cuenta que me quería ir lejos de ahí, pero una parte más grande de mí no podía dejarla sola con él. Kessler era astuto, tenía que concederle esa. Él avanzaba furtivamente a su lado y le hablaba en un tono muy bajo diseñado para mantenerme a mí y a todos sin escuchar lo que le decía. La conocía tan bien como a cualquiera, y podía decir por sus risas nerviosas y sus mejillas sonrojadas que él estaba coqueteándole fuertemente, quizá hasta presionando. Mi puño se cerró alrededor de la servilleta que estaba en mi mano.

Ellie estaba en la mesa con su cabeza descansando en su antebrazo con sus párpados pesados y la usé para atraer la atención de Julia ya que estaba en el imbécil del otro lado.

"Ellie, estás bien?" le di una mirada de reprobación a Nathan. "Amigo, no debiste dejarla ponerse así."

Se veía incrédulo. "Nos estábamos divirtiendo. Tú eres demasiado rígido."

"Estoy bien, Quiero irme a casa."

"Nate, por qué no llevas a Ellie a casa, y yo te sigo con Julia," Sugirió Dave antes de voltear hacia Julia y tomar su mano. Su voz bajó unos cuantos decibeles. "Quiero estar a solas contigo un rato."

Gracias a Dios, Julia sacudió su cabeza. "Ella me necesitará para ayudarla a entrar en el dormitorio y en la cama."

Quise ofrecerme para ayudar pero tenía que llevar a Shawn a su casa, y yo revisaría cómo estaban ellas al terminar eso, maldición. Dave fue capaz de esconder su molestia de Julia solo porque estaba concentrada en Ellie, pero yo podía ver a través de él.

Me incliné hacia Julia. "Llevaré a Shawn a su casa y luego comprobaré como están ustedes."

"No necesitas hacerlo, Ryan." Julia sonrió suavemente pero había una tristeza tras sus ojos que me molestaba.

"Qué pasa si no puedes meter a Ellie tu sola?"

"Dave y yo podemos seguirlas y nos aseguraremos que entren bien," dijo Nate.

"Suena como un plan." Contestó Dave con una arrogante sonrisa e internamente, yo hervía.

Terminamos de comer, y mientas yo estaba arrastrado a la conversación con los otros, mis oídos se colaban a escuchar la baja conversación entre Julia y Kessler. Él hacía planes para sacar a Julia el fin de semana siguiente.

Inhalé profundo, esperando que se calmara la incómoda opresión en mi pecho y que se arreglara el errático latido de mi corazón que me estaba poniendo enfermo. Tenía que lidiar con la demente atracción que sentía por Julia, y tenía que encontrar una forma de superarlo. Pasé una mano por mi cabello, mis mejillas se inflaron cuando exhalé fuertemente el aire de mis pulmones.

Hice un pacto conmigo mismo. Tenía que concentrarme en los estudios y canalizar mi energía social en citas. Salir con otras mujeres lograría tres cosas; mi calendario social se llenaría de actividades donde sería imposible incluir a Julia, volvería a poner mi mente en nuestra amistad, y aliviaría el dolor físico que se había convertido en un problema.

-8-

Hechos Concretos

~Julian~

De alguna forma, yo estaba sobreviviendo. Me estaba esforzando mucho por balancear eso de ser amiga de Ryan pero las señales que venían de él eran tan confusas; estaba confundida la mayoría del tiempo. Él se ponía celoso pero definitivamente había una brecha entre nuestra amistad y su vida social. Nos apegamos a nuestro horario de cafés los domingos, pero muy pronto, ya no tendríamos clases de literatura juntos, y se había hecho imposible planear clases juntos porque nuestras especialidades eran muy diferentes.

Estaba triste y frustrada, dividida no sabía si gritarle, o llorar hasta morir cuando estaba sola y nunca volver a verlo otra vez. La última era imposible, incluso si el estar con él comenzaba a herirme. Me dolía cuando estaba con él y cuando no estaba. Después del café hoy, estuve de acuerdo en ir al departamento de Ryan y Aaron para preparar una cena para todos. Luego de eso, pasé dos horas interrogando a Ryan para su examen final de Química Orgánica, y ahora, ambos estábamos estudiando para otros finales.

Mis ojos cayeron sobre Ryan. Estaba tirado en su cama, boca abajo, y yo estaba sentada en el escritorio de su cuarto tratando de trabajar en uno de mis ensayos de Comunicación. Los cables de ambas computadoras estaban conectados a la pared detrás de mí en un enredado desastre. La luz en la habitación era tenue y provenía mayormente de las pantallas de nuestras laptops.

Cerré los ojos. Me ardían por las horas de estar mirando la pantalla, igualmente los músculos de mi cuello y hombros también protestaban. La luz de la computadora de Ryan convertía sus perfectas facciones en una paleta de sombras oscuras y claras que contrastaban. Froté mi cuello mientas mi mente convertía su imagen en un recuerdo porque sería la próxima imagen de mi creciente portafolio. Me hundiría si Ryan alguna vez veía esos dibujos. Estaría hundida si Ellie, Jenna o cualquiera llegaba a verlos. Eran tan personales, y aparte mis sentimientos estarían al descubierto, yo solo no quería que nadie más los viera. Con el verano ya flotando sobre mí, tendría tres meses sin Ryan, y sin duda el número de mis dibujos aumentaría.

Había estado tratando fuertemente de superarlo, trataba de no estar enamorada de él, pero medía a todos los hombres por él. Yo sabía que era tóxico, pero no podía evitarlo y no podía hablarle a nadie sobre eso. Ryan era tan perfecto. Mi corazón crecía solo por mirarlo.

Yo básicamente me estaba forzando a salir con Dave Kessler usualmente, y habían pasado dos meses de aquella incómoda noche cuando fui el sándwich entre él y Ryan en Ihop. Ahora, Ryan desaparecía cuando Dave estaba cerca, y eso había sido un acuerdo no dicho entre nosotros.

Si solo pudiera hacer que me importara Dave. Lo dejaba tocarme, nos besábamos con jugueteos pesados, pero a la hora de la verdad, yo no había sido capaz de ir de lleno a tener sexo. Estúpidamente, me sentía culpable, así que, cuando Dave me presionó, solo dije que no estaba lista. Él no era Ryan. Incluso al pensarlo, yo quería golpearme a mí misma. Podía ver la irritación de Dave escrita por toda su cara cada vez que Ryan me llamaba o me escribía cuando él y yo estábamos juntos. Estaba comenzando a darse cuenta y tuvimos tres peleas por Ryan desde que comenzamos a vernos. Una recientemente, hoy temprano cuando él quiso que yo fuera a la casa de la fraternidad, pero yo ya tenía planes de estudiar con Ryan. Eso terminó conmigo colgando la llamada en media frase y apagué el teléfono casi todo el día desde allí.

Los finales eran la próxima semana, y yo estaba internamente agradecida de ir a Kansas para el verano. Mis padres eran divorciados así que yo crecí ahí, así que cuando elegí un lugar para la universidad, quería que fuera más cerca de mi papá. Ryan se quedaría en el campus y tomaría clases de verano, pero quizá distanciarme de él me haría bien.

Era tarde, y cuando bostecé, Ryan entendió.

"¿Estás cansada?"

Asentí y dejé caer mi cabeza en mis brazos doblados, pero volteé a mirarlo. "Sí, ¿tu no?"

Ryan cerró su laptop y la colocó en el piso antes de arrastrarse por la cama hasta el extremo más cercano al escritorio. Volvió a echarse boca abajo y puso su mentón en su mano, sus ojos azules oscuros en la penumbra de la habitación.

"Sí. Estás preocupada. ¿Qué pasa?"

Mi corazón se abatía y dolía al mismo tiempo. Parte de mí desearía que Ryan no me conociera tan bien, pero no había nada que yo amara más que estar con él.

Uno de mis hombros se levantó. "Solo pensando en el verano y esas cosas."

Ryan rodó sobre su espalda y se movió en la cama, dejando una almohada vacía, le dio unas palmadas al espacio vacío a su lado. Silenciosamente invitándome a compartirlo. No pude evitarlo. Deseaba sentir el calor de su cuerpo a centímetros del mío, oler la esencia de su piel, estar cerca.

Me moví el poco espacio necesario y me acosté a su lado. Él colocó la vieja bolsa de dormir que usaba como edredón sobre nosotros. Estaba abierta así que cubría completamente la cama. Me acosté de lado hacia él, acurrucándome en la cobija y mirándolo. Podía sentir el calor que irradiaba entre los dos y llenaba el espacio entre las sábanas, pero tuve mucho cuidado de no tocarlo.

"¿Cosas?" preguntó murmurando. Alcanzó el pequeño control remoto que usaba para encender el puerto de Ipod en la repisa cerca del TV al otro lado de la habitación. Música suave flotaba por la habitación y antes de que pudiera detenerme, en mi mente flotaron imágenes de Ryan haciéndoles el amor a mujeres sin rostro en esta habitación, con música en esta cama.

Inhalé una temblorosa respiración y asentí. "Sí."

"¿Estás preocupada por lo que pueda pasar con Dave en el verano?"

Sacudí mi cabeza, mis ojos nunca se apartaron de la cara de Ryan. "No. Supongo que debería, ah?" La auto preservación debería haberme enseñado a ser una mejor mentirosa.

El sacudió su cabeza, su mano se estiró para alcanzar y apretar la parte de arriba de mi brazo bajo el edredón. "Él no es el indicado," dijo simplemente.

Él tenía razón. Dave no era el indicado. Yo estaba mirando al indicado.

"Puede que tú no seas objetivo."

Asintió. "Yo te dije en febrero lo que pensaba."

Le fruncí el ceño. "Sí, pero tú crees que puede opinar en esto?"

"Como tu amigo, yo quiero lo mejor para ti."

¡Paf! Yo ya estaba comenzando a odiar la palabra A. Exhalé fuertemente y giré sobre mi espalda. "¿Y?"

"Y, él es de los que usan."

"No ha sido así."

"Él es de los que usan," lo dijo de nuevo, estableciendo que era-un-hecho.

"Tú eres muy bueno para hablar, Ryan. Yo nunca te he visto con alguien. Quiero decir, siendo amigos y todo, tú me dirías si tuvieras una novia. La traerías a donde yo esté. ¿Cierto?"

"Tú no traes a ese sometido a donde yo estoy." Su voz era irritada.

"Tú nunca estás cerca. No es como si te hubiese dicho que te alejes."

"No soy fan de la animosidad. Yo no te he dicho que te alejes, tampoco, pero es más fácil, no es así?"

Me volteé hacia él otra vez. "Supongo. Tú tienes una novia de la que yo no sepa? Porque si la tuviste, no debería yo al menos saber acerca de ella? Jenna me diría."

Él no dijo nada y solo se quedó ahí acostado mirándome. "Ella dijo que ustedes habían salido en un par de citas dobles con Aaron y ella, pero que siempre es una chica diferente."

"Y?" preguntó con indiferencia.

"Y, no eres diferente a Dave. Él ha estado viéndome por dos meses. Tu record es qué? Seis horas?" sabía que mi voz estaba llena de sarcasmo, pero no pude esconderlo.

Él no se veía molesto conmigo pero estudiaba mi rostro. "La verdad es, que es raro hablarte acerca de eso."

El aliento me abandonó. Acaso pensaba que yo iba a convertirme en un mar de lágrimas acerca de él y sus zorras? Si fuera así, podría estar más humillada?

"Por qué? Yo sé que estas con una chica diferente cada fin de semana, entonces por qué no quieres presentarme? Crees que si no las conozco, lo ignoro de alguna manera?" forcé una risa. "Ryan, *por favor.*"

"Julia, no es eso. Y, sí, salgo con chicas, pero no son mis trofeos."

"Sí, eso has estado diciendo. Y sé que prácticamente te ruegan. Discúlpame. Eso está mucho mejor." Mi barbilla sobresalió por su propia voluntad. Estaba molesta, y comencé a levantarme, pero la mano de Ryan me alcanzó rápidamente para detenerme. Sus dedos se envolvieron alrededor de mi brazo.

"No estaba tratando de herir tus sentimientos. Solo creo que tú y yo somos unidos, y es raro para ellas. Es más fácil mantener esto entre tú y yo separado de esas cosas."

Era raro y doloroso para mí, también, aun si él no estaba al tanto de eso. Honestamente, yo no necesitaba o quería estar cerca de eso, pero a una parte de mí le hería sentir que él me escondía cosas. Estaba sentada ahí, quieta como una piedra, y su mano seguía rodeando mi brazo. Finalmente la halé liberándola. "Eso tiene su parte negativa, también. Dave y yo tuvimos una gigantesca pelea hoy. Se pone furioso porque no quiero que venga cuando hago planes contigo." Si todo estaba magnífico, deberíamos ser capaces de poder andar todos juntos. Las mujeres deberían lidiar con eso y Dave debería lidiar con eso. El asunto era que Ryan y yo éramos unidos, y era difícil ocultar eso. "Él no quiere que pase tiempo en tu casa a solas contigo. Así."

"Que se joda."

"Eso es lo que él dice de ti."

"Lo siento."

"De verdad?"

"No. Me importa una mierda si ese insignificante está incómodo."

"Es exactamente por eso que no puedo tenerlo cerca de ti!"

"Ustedes son algo serio o qué?" sus palabras eran más medidas.

"No lo sé." Suspiré. "No acabas de decirme que él no era el indicado."

"Ves? Estabas escuchando."

"Pero, eso aún no resuelve nuestro problema. Tú y yo deberíamos ser capaces de ser amigos y tener relaciones al mismo tiempo."

"Si realmente te gusta el tipo, yo lidiaré con ese pendejo."

"Ryan." Me sentía exasperada. Me sentía una de esas ratas de laboratorio corriendo en la rueda.

"Si te trata bien, entonces yo estoy bien con él."

"No serás un patán, si de verdad empezamos a pasar rato con él?"

Ryan suspiró, y aun en la oscuridad, yo podía sentir su lucha interna como si permeara el aire a nuestro alrededor. Quería estirarme y tocarlo, mi mano ardía.

"Entonces si te gusta." Fue una declaración, no una pregunta.

"No estoy segura. Él es agradable."

"Siempre y cuando él sea genuino, y no haya-ah…" pausó y tomó mi mano. "Julia no sé cómo decir esto sin que suene mal."

"Solo dilo, Ryan." Tan bien como nos conocíamos, era ridículo que él no dijera lo que tenía en mente, aunque este tema no había sido un gran tópico de discusión para nosotros antes de ahora.

"Si él solo está tratando de llevarte a la cama, y entonces luego te trata como el infierno, lo voy a matar a golpes," soltó. "No solo a él. A quien sea que te trate así."

No puede evitar la sonrisa. Si Ryan supiera como me hacía sentir eso.

"Pensé que te enojaría que dijera eso," dijo sorprendido.

"No estoy segura de cómo me siento al respecto." Me acosté otra vez y halé la punta del edredón sobre mí, Ryan se movió para darme más. "Quiero decir, lo he pensado. El sexo no significa nada."

"Quizá no para algunas personas, pero tú eres diferente, Julia."

"Tú lo haces verdad? Entonces, por qué yo no?"

"No quiero que te lastimen. No es igual para los tipos. Las mujeres no pueden separar el amor del sexo como los hombres."

"De verdad? Entonces a quién te estás tirando? Tú insistes en que no estás lastimando a nadie. Eso es una contradicción."

"Bueno, quiero decir…"

"Ryan, no puedes tener dobles estándares con hombres y mujeres, y aplicar un set de reglas a mí y otro a las chicas con las que duermes, cierto?"

Podía decir que estaba sonriendo porque sus dientes blancos brillaban. No se podía escapar de esta. Le gané. Mi teléfono comenzó a repicar, y lo ignoré. No estaba de humor para el round 2 con Dave.

Cuando Ryan no contestó, decidí arriesgarme. Iba a probar sus sentimientos y sacarlo. "Yo quisiera poder tener sexo con Dave y poder seguir siendo tu mejor amiga. Porque…"

"Sí, lo entiendo."

"Lo haces?"

"Sí."

Sentía como si estuviese a punto de decir mi más profundo secreto. "Has considerado que podríamos ser amigos con beneficios, Ryan?"

Su cabeza giró hacia mí inmediatamente, dudó por un breve momento, y sus ojos se estrecharon. "No. No puede pasar. Tú eres la mejor amiga que jamás he tenido. Incluso más que Aaron." Dijo seriamente. Dijo que no podía pasar, pero no dijo que no lo pensaba.

"Y?"

"Y, eso significa mucho para mí."

"Y tu les das y te vas. No sería tan fácil irte y seguir siendo mejores amigos. Verdad?"

"No exactamente. Gracias por tu alta opinión de mí."

"Yo sí tengo una alta opinión de ti, pero creo que no eres diferente d los otros tipos que tienen sexo por tirar y ya. No tienes que negarlo."

Sus ojos brillaron, yo podía ver los engranajes dar vueltas detrás de ellos.

"De alguna forma, sí, pero tú crees que lo hago a propósito. Quiero decir, si pasa, pero yo no hago a las chicas deliberadamente mi objetivo solo para meterme en sus camas. Y si algo más saliera de eso, yo no lo evadiría necesariamente, pero sería una complicación. Estoy enfocado en la universidad, y solo tengo tiempo para una sola mujer en mi vida. Esa eres tú."

Mi corazón se infló, pero qué era lo que realmente estaba diciendo? "Qué quiere decir eso, Ryan?"

"Significa que me gustan las cosas de la manera que son."

Asentí, resignada a nuestra situación. "A mí también. Aunque, eso haría las cosas más fáciles. Al menos no me estaría gritando por pasar tiempo contigo."

"Qué sientes por este tipo?" Su expresión era seria y preocupada.

"Él está bien. Es atractivo, y ha sido agradable, cuando no está celoso de ti."

"Celoso significa que no irá por sexo sin una relación. Quizá le importas genuinamente Jul. Estoy jodidamente sorprendido de haber dicho eso." La voz de Ryan era gentil.

"Supongo," contesté. Desearía que eso me importara.

"Jul, piénsalo en las vacaciones de verano, y si, cuando vengas en otoño desear pasar menos tiempo conmigo para facilitárselo a Dave, yo entenderé."

"Ryan, eso ya lo intentamos, no es así?" mi garganta se cerró dolorosamente y mis ojos comenzaros a picar. Yo no quería estar sin Ryan. Sabía que él era la razón por la cual yo no podía abrirme a una relación con nadie más, pero no importaba. No me importaba pasar tantas noches llorando, sola con el corazón roto y mi libreta de dibujo. Ryan era todo lo que importaba. Los momentos en los que estábamos así, eran todo lo que importaba. "No resultó bueno para ninguno de los dos."

"Lo sé. Pero no quiero apartarte de Dave si eso es lo que realmente quieres."

"No sé lo que quiero."

"Okey. Pero dejaré de ser un patán egoísta. Si no quieres estar con él, es una cosa, pero no deberías darle el beso de despedida porque tú y yo seamos amigos. Eso no es justo."

"Okey." Mi corazón se apretó. Esto significaba que si él encontraba una chica que le importara, la amistad pasaría a un segundo plano también.

"Pero aun lo mataré a golpes si te lastima."

~Ryan~

Julia estaba dormida en mi cama y estar tan cerca de ella me estaba afectando. Salí de la cama y fui por agua. Ella aún estaba completamente vestida y yo tenía el pantalón puesto, pero podía sentir el calor irradiando de ella, y mi pene reaccionaba como si ella hubiese cerrado su mano alrededor de él en un puño. No podía soportarlo.

Llené un vaso con agua y tomé un trago. Amaba tener a Julia aquí. Amaba nuestras conversaciones aun cuando se ponían demasiado fuera de la zona de confort.

Amigos con beneficios.

Apenas podía creer que Julia mencionara esa mierda. Lo había pensado al menos mil veces. Me la había hecho pensando en tener sexo con ella cientos de veces, probablemente. Pensamientos de Julia desnuda y moviéndose debajo de mí, suspirando mi nombre en satisfacción, sus manos en mi piel, sus caderas levantándose para encontrar las mías eran un delicioso tormento. Mi pene se infló para llamar la atención dolorosamente, aun ahora. Joder!

El problema no había desaparecido a pesar de nuestros concentrados esfuerzos por reducir nuestro tiempo juntos. Quizá lo había hecho peor. Yo pensaba en ella todo el jodido tiempo. Gruñí y puse ambas manos en el mesón luego de dejar el vaso en el lavaplatos, suspiré profundamente. No sabía qué hacer al respecto, aparte de seguir haciendo lo que estaba haciendo. Mi mano se cerró alrededor del doloroso agresor, pidiéndole a Dios que pudiese apagarlo como con un interruptor o algo, quizá pasar las noches así no era tan buena idea, pero maldita sea me encantaba tenerla aquí. Me gustaba su compañía, y esperaba verla. No era como si yo pudiese tomarlo o dejarlo. Era que necesitaba verla, o al menos saber que iba a verla; o no estaría contento.

Tocaron la puerta, y el sonido me impresionó. Me apresuré a la puerta, buscando por ahí algo que tirarme encima. Normalmente, me importaría una mierda abrir la puerta sin camisa, pero mi descontrolada erección suponía un problema. Había una camisa de botones sucia que tiré dos días atrás en la silla grande de la sala y la agarré para ponérmela antes de que quien sea que estaba ahí tocara de nuevo. Julia, Aaron y Jenna estaban dormidos, y eran las 3 AM, por el amor de Dios.

Cerré tres de los botones y me apresuré mientras caminaba a la puerta. "Ya voy!" susurré fuertemente. "Quién es?" pregunté al estar al lado.

"Dave Kessler."

Mis cejas se dispararon hacia arriba. Por supuesto que era él.

Abrí la puerta pero dejé la cadena enganchada en su lugar. "Sí?" pregunté a través de la abertura de la puerta.

"Abre, Matthews."

"No. Son las tres de la maldita mañana."

"Cuántos años tienes, cien?"

"No, pero tengo un examen final en cinco horas."

"Julia está ahí?"

"Ah…" dudé por un breve momento. *Que se joda*, pensé. "Sip." Yo estaba a punto de hacer lo impensable, y solo el grado de suciedad estaba en duda. "Está dormida en mi habitación."

Lo miré tranquilo a través de la puerta, me incliné sobre el marco con mi brazo derecho sobre mi cabeza. Su cara se llenó de motas rojas.

"Quiero hablar con ella. Ahora."

"Eso no va a pasar. Estuvimos despiertos hasta tarde, y ella también tiene un examen temprano. Habla con ella mañana."

Su puño se estrelló contra la puerta haciendo un ruidoso golpe.

"No seas un imbécil," dije calmadamente. "Despertarás a todo el mundo. Vete a casa."

"Ven afuera. Vamos!"

Exhalé y mis labios se torcieron. *Este cabrón hablaba en serio?* "Ve a casa, Dave. Habla con Jul mañana."

Golpeó la puerta otra vez, tratando de empujarla y romper la cadena, pero yo era un contrapeso del otro lado, y no se movió. "Abre la puerta, Matthews! Que mierda está pasando entre Julia y tú?"

Mis cejas se levantaron. "Mira, idiota. Puedo salir y puedes tratar de pelear conmigo. Vas a perder. O, puedo llamar a la policía y que te encierren. Tercera opción," bajé la voz y hablé lentamente, "-puedes hablar con Julia mañana."

"No contestó el teléfono en todo el día. Estaba preocupado por ella."

"Sí, ella dijo que pelearon." Se tensó ante mis palabras. "Cuando ella está conmigo, no tienes nada de qué preocuparte."

"Qué coño pasa entre ustedes dos? Está tirando contigo a mis espaldas cuando ni siquiera me deja tocarla?"

Supongo que podía ver por qué él estaba tan lívido, pero se sobrepasó. Yo estaría furioso si las posiciones estuviesen invertidas, y había una parte de mí que quería cualquier excusa para patear su trasero. Abrí la puerta, recogí el brazo y lo golpeé duro -un golpe justo en la nariz. Se tambaleó hacia atrás y aterrizó de lleno en su trasero.

Me incliné hacia abajo para poder decirle en voz baja. "Piensa, imbécil." Me toqué la sien mientras él me miraba con rabia. "Si Julia y yo estuviéramos tirando, crees por un segundo que ella te estaría viendo a ti? Si ella no te deja tocarla, tienes un problema más grave que no tiene nada que ver conmigo. Ella no está a tu alcance y disposición por un día y vienes corriendo aquí con una pajita en el hombro?" Me reí. "Supéralo."

Mientras yo hablaba Dave se levantó del suelo. "Eres un idiota condescendiente, Matthews."

"No, no lo soy. Solo conozco a Julia. Ella dijo que tú eras agradable, y que le gustas, pero no siente algo por ti. Creo que es obvio para ambos." "Jódete!" Kessler estaba aún más furioso ahora, y con un gruñido, recogió su brazo y me lanzó un puñetazo. Atrapé su puño con mi mano abierta, y fácilmente lo usé para empujarlo hacia atrás y lejos de mí con toda la fuerza que tenía. Los músculos de mi brazo y pecho se tensaron, pero yo era más alto y tenía más ventaja. Lo lancé más lejos por el pasillo, y él se tambaleó cuando le solté la mano. Esta vez no cayó pero golpeó contra la pared opuesta.

Volví a mi departamento y comenzaba a cerrar la puerta cuando Aaron entro a la habitación. "Qué pasa Ryan?"

Volteé hacia el hombre que estaba fuera. "Estás actuando como una perra. A las mujeres les gustan los pitos. Has que te crezca uno." Le cerré la puerta en la cara. "Hijo de puta." Murmuré.

"Quién era?"

"Kessler," dije disgustado. "Si siquiera roza esa puerta, llamaré a la policía. No me interesa si es tu hermano de fraternidad."

Aaron cruzó los brazos sobre su pecho. "Esto es por Julia?"

"No. Es por un cretino haciendo berrinches en medio de la noche." Froté la parte de atrás de mi cuello.

"Jul todavía está aquí?"

"Sí. Está dormida. Ambos tenemos exámenes temprano, y estuvimos estudiando hasta tarde."

"Tú estaría furioso si tu chica estuviera en la cama de otro. Sí tuvieras una chica, claro está."

Me encogí de hombros. "Supongo. Pero él sabe que somos amigos. Éramos amigos antes de que su trasero apareciera en escena."

"Las cosas cambian. La gente avanza."

"De qué lado estás? Estar en esa fraternidad hace que ahora le estés chupando el pito a ese?"

Aaron caminó y me pasó hasta la cocina, sacó el cartón de leche. "Solo estoy diciendo, que estarías enojado si fueras él, y si ella está saliendo con él, quizá él tenga derecho a estar enojado porque ella pase la noche contigo."

"Lo que sea, Aaron."

"Has considerado que Julia no tiene citas por tu culpa?"

Me detuve y lo miré mal. "Creo que no te das cuenta que ella *está* saliendo con ese pendejo sentado de culo en el pasillo." Apunté a la puerta y la mirada de Aaron era inquisitiva. "Julia y yo podemos manejar esto, así que no te metas, Aaron."

"Claro que lo harán. Solo piénsalo, Ryan. Lo que tienes tú con Julia, no es una amistad. Estás actuando como un novio celoso."

"Tú no sabes una mierda de esto." Dije entre dientes. "Estamos haciendo lo que funciona para nosotros, y no es asunto de nadie más. Me voy a la cama."

"Con Julia?" me estaba molestando y ya no iba a escuchar más.

"Eso supongo!" dije de espaldas a él. Ya estaba en la puerta de mi habitación. Él tenía razón. No había dicho nada que yo no me hubiese dicho a mí mismo antes, pero que no me gustaba oír. Ambos nos quedaríamos en el campus en el verano, y Jenna y Julia se irían. Necesitaba ese tiempo para aclarar mi cabeza y controlar todas las emociones que parecían hervir cada vez que Julia estaba cerca. Quería verla, pero quería que fuera, fácil y relajado. Recordando todo el tiempo que nos habíamos conocido, siempre había estado atraído hacia ella, pero se hacía cada vez peor. Estábamos más cerca, habíamos admitido lo que podíamos dentro de nuestra comodidad.

La puerta se cerró tras de mí y la habitación se cubrió de oscuridad excepto por la roja luz del reloj digital que mi mamá me dio hace dos años. Podía distinguir la figura de Julia acurrucada bajo la manta, así que me deslicé sobre ella, y me acosté a su lado cerca de la pared. Puse la manta sobre mí, puse mi brazo sobre mis ojos y traté de repasar el material almacenado en mi cabeza para el examen. Quizá los isotopos, teoría molecular orbital y reactivos intermedios podrían contenerme de fantasear con la mujer acostada a unos centímetros de mí.

_-9-_

Perspectiva

~Julian~

Era un nuevo año escolar. Ellie y yo rentaríamos un nuevo departamento afuera del campus, y habíamos vuelto un mes antes para encontrar uno. Yo estaba emocionada por mi regreso a Stanford, a Ellie y al grupo… a Ryan. Dave y yo habíamos dejado de hablar gradualmente, y casi me sentí culpable porque sentí un gran alivio. Por mucho que había tratado, no pude distanciarme emocionalmente, incluso cuando la distancia física era de mil quinientas millas. No pude convencer a mi corazón de olvidar a Ryan, así que me di por vencida tratando.

Dos meses de estar separados solo con Skype para conectarnos una vez por semana no habían cambiado nada. Domingo de Skype era como Domingo de Café; nunca faltamos a eso. Ambos nos escribíamos por mensajes de texto varias veces al día pero nunca como cuando ambos estábamos en clases. Las noches por Skype no se sentían diferentes de las noches que estábamos juntos. Nos reíamos, veíamos películas, y hablábamos de todo. Él me enviaba por correo electrónico copia de sus notas e incluso le ayudé a estudiar a través de la pantalla. El tiempo y la distancia hicieron más llevadera la vergüenza que sentía por la última conversación sobre sexo que tuvimos antes de irme, y volvimos a ser nosotros. Éramos Ryan y Julia… Julia y Ryan. Nada iba a cambiarlo, así que acepté mi destino. Disfrutaría el tiempo con él, aguantaría cuando mi corazón se rompiera y estaría agradecida por cada momento que estuviéramos juntos.

Cuando volé a San Francisco, papá estaba trabajando y esperaba que Ellie me buscara en el aeropuerto, pero quien estuvo allí fue Ryan. Fue una feliz sorpresa; no pude evitar derretirme cuando me abrazó como saludo, y cuando me levantó del suelo lo apreté con mis brazos y cerré los ojos en silenciosa felicidad. Olía increíble y se sentía asombroso. No quería soltarlo jamás. Era el cielo, aunque yo estaba sonrojada y se sintió un poco raro cuando nos separamos. Me preguntaba si Ellie le había dicho que Dave y yo habíamos roto, porque yo no se lo había dicho, y Ryan no había preguntado por él en nuestro camino de vuelta desde el aeropuerto o en la semana que yo llevaba aquí. Ni siquiera una vez.

Era sábado y toda la pandilla iba a un mercado de pulgas y un par de tiendas de descuentos porque Ellie y yo necesitábamos decorar el departamento, barato. Ellie tenía su juego de cuarto que sus padres le enviaron desde Los Ángeles, teníamos un par de sillas que no hacían juego para la sala, y un pequeño televisor. Aparte de eso, no teníamos nada. Mi papá me había dado mil dólares para comprar los muebles, pero eso no alcanzaría para mucho. Yo había estado un poco enojada por el monto, hasta que me avisó que él vendría de visita la semana luego de iniciadas las clases para, en sus palabras, "llenar los vacíos".

Ellie, Jenna y yo estábamos sentadas en el asiento trasero del auto de Ryan, y Aaron con él en el asiento delantero. Me gustaba mi posición en el asiento posterior al copiloto, me daba una buena vista de Ryan y podía observarlo libremente. Ellie me atrapó mirándolo una vez, y sentí el calor levantándose a mis mejillas. Miré hacia abajo, y luego afuera por la ventana, pero ella alcanzó mi mano y me dio un apretón. Solo esperaba ser mejor escondiendo mis sentimientos de los demás. Era inevitable que Ellie pudiera sospechar. La había visto observarme cuando Ryan estaba cerca, y cada vez era más y más difícil esconder los sentimientos que se mostraban en mi rostro como un faro. Ella me conocía mejor que nadie, excepto Ryan. Mis pulmones se expandieron mientras tomé un rápido y profundo aliento. Esperaba por Dios que él no pudiera verlo. Miré de nuevo a Ellie y le ofrecí una débil sonrisa.

Había varios camiones en fila, alineados hacia abajo mientras tenían su mercancía en exhibición. Era una cuestión por temporada que hacía una granja al suroeste de Palo Alto en la interestatal 280, y un gran pedazo de la propiedad estaba reservado para estacionar. Navegar a través de la turba de gente para ir a la entrada era algo lento, y Ryan escogió un puesto de estacionamiento al final del lote.

"Si encontramos algo grande, será un infierno cargarlo, Ryan." Se quejó Jenna.

"Lidiaremos con eso si pasa, cariño." Respondió Aaron.

"Son solo un par d cientos de yardas, Jen" agregó Ryan.

"Okey, yo no voy a cargar nada pesado, solo aviso."

"No querríamos que te partieras una uña." Se burló Ryan mientras apagaba el motor. "Dios no lo permita." Sus ojos azules buscaron los míos por el espejo retrovisor y me sonrió. "Jul levantará todo lo que sea carga pesada."

"Entonces para qué coño te necesitamos?"

"Decoración," respondió Ryan, entretenido.

Jenna resopló y yo solté una risa al ver su cara. Él era fuerte y todos sabíamos que serían Ryan y Aaron quienes cargarían todo si encontrábamos algo que valiera la pena comprar.

"Sí, claro." Dijo Jenna secamente.

Ryan vino a mi lado y pasó su brazo por encima de mi hombro y alrededor de mi cuello, apretándome a su lado. "Auu, Jul siempre me necesita, Jen."

Sus danzantes ojos azules se dirigieron a los míos y sonrió, sus brillantes dientes mostrando una blanca sonrisa. "Verdad, Jul?"

"Desafortunadamente," traté de sonar molesta, pero una sonrisa estiraba mis labios, y mi corazón golpeaba fuertemente dentro de mi pecho. Si él solo supiera. Traté de distraerlo empujándolo lejos y picándolo en las costillas. "Me estás haciendo sudar."

No trató de alcanzarme otra vez, pero una sonrisa secreta se posó en sus labios mientras caminaba a mi lado. "Ese es un buen pensamiento," murmuró en voz baja.

Mi mente voló a la discusión de "Amigos con beneficios", y su broma me molestó. Él fue quien descartó la idea, así que podía mantener sus coquetos mensajes confusos para él mismo.

"Exactamente, qué estamos buscando?" Quiso saber Jen mientras entrabamos, había que pagar una pequeña cantidad para entrar, pero yo no tenía mi bolso. Lo último que necesitaba era cargar esa cosa por aquí, metí la mano en el bolsillo delantero de mi pantalón corto de jean.

"Muebles, ollas, sartenes y platos. Cosas básicas."

"Puedes cocinar todas tus comidas en nuestro departamento Julia, tenemos sartenes," Aaron bromeó.

"No pusiste esa paca completa de dinero en tu bolsillo verdad?" preguntó Ellie.

Aaron resopló. "Por qué no lo dices un poco más fuerte Ellie? Jesús!"

"Y bien?"

Tenía razón. Yo no debería tener lo mil dólares en el bolsillo, pero no quería la fastidiosa cartera. La mano de Ryan se cerró sobre mi muñeca antes de que sacara el dinero. Sacudió su cabeza y pagó por Ellie y por mí, además de por él, para entrar al mercado.

"Qué bueno que algunos tipos tienen modales," le soltó a Aaron quien tenía su brazo enganchado sobre los hombros de Jenna, y la haló para poder besarla mientras caminaban. Era incómodo pero eso no detuvo a Aaron. Ryan y yo caminamos detrás de ellos. "Agh, ya busquen una habitación. Tendremos que ver eso todo el día?"

"Sí," dijo Aaron con ironía, aun tratando de besar a Jenna, quien se reía felizmente.

Pasamos por varios pasillos sin encontrar nada, había un gran mezcolanza de basura y no entendí por qué alguien la querría, algunas cabinas tenían lámparas interesantes, platos, marcos y otros misceláneos.

Encontré un juego con una vieja mesa y silla en solo cien dólares. No era nada para admirar pero era funcional. Y era realmente todo lo que necesitábamos.

"Es tan feo, Julia," se quejaba Ellie.

La miré directamente. "Es barata. Tengo que guardar parte del dinero para una mesa de arte. Eso es más importante para mí que incluso la cama."

"Así me siento acerca de mi teclado," murmuró Ryan, estaba cerca pero dándome la espalda mientras miraba unas cosas en un cubículo.

Yo quería la mesa de arte, pero más que nada, quería darle a Ryan para navidad unos cursos del MCAT que eran costosos —un par de cientos de dólares. Ya había aplicado para trabajar en el periódico del campus durante el año escolar, y ayudaría con los gastos del día a día y así podría recurrir a mis ahorros para inscribirlo en las clases. Era un regalo grande, pero era uno que realmente quería darle. Consideré que esto podría darle pista de mis sentimientos, pero él era el mejor amigo que tenía. Nada me haría más feliz que hacer eso por él.

"Me sorprende que no quieras ser músico, Ryan," dijo Jenna.

"Él *es* un músico, Jen." No puede evitar decirlo. Él era músico y uno bueno.

Ryan volteó a verme. Su expresión era seria y contemplativa.

Quería decir algo para sacarme del profundo hueco en el que acababa de caer, pero no pude encontrar palabras.

Jenna puso los ojos en blanco. "Lo sé, Julia. Me refiero a que podría tener una banda."

"Él podría." Estuve de acuerdo. "Entonces, Ellie, nos llevamos esta mesa o qué?" traté de cambiar el tema. "Podríamos conseguir un mantel para ponerle encima." Miré más de cerca las sillas. Los asientos estaban cubiertos en una fea tela marrón, pero parecía que podría quitárselos y recubrirlos. "Y podemos pintar las sillas y recubrir los asientos."

"Eso es mucho trabajo."

"Probablemente tengas razón, princesa, pero tú no lo harás" intervino Ryan irónicamente, lanzándome una mirada. "Creo que ese es un buen plan, Julia. Te ayudaré a pintarlas. Y haremos la mesa, también."

Una sonrisa feliz se posó en mi cara, y asentí. "Bueno."

Saqué un billete de cien de la paca en mi bolsillo, y guardé lo que sobraba.

"Okey. Si así lo crees," acordó Ellie.

La vieja mujer acordó guardarlo mientras mirábamos el resto de las cosas y le colocó un letrero de vendido hecho en un plato de cartón.

Cuando dejamos el cubículo, Ellie y Jenna estaban caminando frente a nosotros y Aaron estaba mirando un cubículo de parafernalia deportiva. Gentilmente toqué a Ryan con mi hombro. "Gracias."

"Ellie está exigiendo mucho. Y no la veo aportar."

"Sus padres no están muy bien. Solo pueden pagar su educación."

"Vamos, Jul. Deja de hacer eso." Ryan inclinó su cadera contra una muy golpeada camioneta Pick Up llena de mercancía de otro vendedor. "Si es tan duro ahora para ella, por qué no es un poco más humilde?"

"No todo el mundo es perfecto, Ryan"

"No, pero podría ayudar más."

"Ella no es tan creativa como yo. Toma las cosas por su valor visible."

Asintió y pasó una mano por su cabello. Hacía más calor a medida que la tarde avanzaba. "Cierto. Ellie ve lo que *es*. Tú ves lo que podría ser"

Mi corazón se detuvo dentro de mi pecho. Me pregunté por qué Ryan podía leerme como un libro abierto, cómo me entendía siempre cuando otros no podían. A veces, la forma de hablar de Ryan lo hacía parecer mucho mayor, como si tuviera un alma vieja llena de lecciones aprendidas en otras vidas. Era una cosa más que lo diferenciaba de todos los demás que yo conocía. Ambos éramos introspectivos y quizá eso era parte de nuestra conexión.

"Am… sí. Con un poco de amor y cuidado todo puede ser más de lo que es. Eso me hace rara?"

Sus dientes se deslizaron por su labio inferior y sacudió su cabeza. "No. Te hace, tú."

Se me escapó un a risa nerviosa y caminé para inclinarme también al camión a su lado. "Sí. Rara."

"No rara. Solo tú, y eso es algo bueno, créeme."

Aaron tomó un balón de futbol y volteó hacia nosotros. "Esta cosa está firmada por lo 49ers, el equipo completo!"

"Amigo, cómo sabes que es el equipo completo, o si es legítimo? En serio," lo reprendió Ryan.

Aaron pausó, sujetando el balón considerando las palabras de su hermano.

"Lo es." Dijo el hombre sentado detrás de Aaron. "Puedes ir por internet y verificar que no sean firmas falsas."

"Ves?" dijo Aaron.

"Ah ja, seguro." Ryan no estaba convencido y su cara estaba llena de burlona desconfianza. "Salgamos de aquí. Está haciendo mucho calor, y tengo hambre."

Decidimos que llevaríamos dos sillas en la parte trasera de la camioneta, Ryan y Aaron harían otro viaje para buscar las otras dos sillas y la mesa para poder tener los asientos de atrás doblados hacia abajo.

Todavía no teníamos platos así que los chicos nos dejaron en su departamento. Le di a Ryan las llaves de mi departamento para que pudieran llevar las dos sillas y luego meter lo que faltaba a nuestro departamento vacío. Jenna entró para lavar la ropa de Aaron y Ellie y yo fuimos a la tienda a comprar las cosas para el almuerzo.

Estábamos en el pasillo de los productos, y yo estaba escogiendo las cosas para la ensalada y los sándwiches de pollo a la parrilla que planeaba hacer.

"Julia, por qué no solo compras fiambre de pavo? Esto parece demasiado trabajo."

"Qué? Tú vives de semillas y pasas. Te conformarías con nitratos y serrín?"

"Asqueroso." Su cara se contorsionó de horror. "Cuando lo pones así, no."

"Eso pensé. Solo desearía tener tiempo de marinar el pollo."

Tomé tomate orgánico, lechuga, pepino y cebolla roja. Planeaba hacer una vinagreta Dijon para la ensalada, y una cubierta de limón y pimienta para el pollo. Si tuviera más tiempo usaría vino blanco y lo dejaría marinar en el refrigerador toda la noche. Suspiré en resignación, sabiendo cuan mejor podría ser. Quizá la próxima vez.

No tenía tiempo de hacerla desde el principio, así que tomé una ensalada de tomate preparada, y por el tiempo que había pasado con Aaron, sabía que él querría algo dulce. A Ryan también le gustaban los dulces pero eran la parte favorita de Aaron al comer. Pensé en algo rápido y fácil para postre.

"Te complicas demasiado. No lo entiendo. O sí?" dijo Ellie conociendo las cosas.

Yo estaba de espaldas a ella así que no pudo ver cuando mis ojos se abrieron. "Me hace feliz hacer cosas por mis amigos. Especialmente cuando todos ustedes me han ayudado tanto."

"Yo no hice nada, y es para nuestro departamento."

"Lo es, así que deberías ser más considerada y ayudarme. Qué hacemos de postre?"

"Galletas?" Tomó una caja de galletas y la volteó para ver la receta.

"Mmmm…. Hace mucho calor para encender el horno, por eso haremos la parrilla afuera."

Fuimos al pasillo de harina, mezcla para pastel, especies y otras cosas para hornear.

"Disculpa, Julia, pero entonces por qué demonios estamos en este pasillo?"

Tomé un pudín instantáneo.

"Quizá nos podemos poner creativas con las cosas instantáneas."

"Dios mío! Vas a hacer algo que no comience desde cero? Voy a morir!" Estaba siendo dramática y una mujer que nos pasó por al lado se rio.

"Hoy no tengo tiempo." Puse la caja de pudín de vainilla que estaba sosteniendo en el carrito y luego tomé el resto de las cosas que necesitaba. Finalmente nos dirigimos nuestro nuevo departamento. No era lejos del campus, más o menos a una milla de él y casi la misma distancia del departamento de Ryan y Aaron.

Yo estaba ocupada aplastando Oreos dentro de su propia bolsa con un rodillo cuando Ryan y Aaron llegaron.

Ryan fue al lavaplatos a lavarse las manos. "Qué estás haciendo?"

Lo miré mientras el observaba curiosamente la bolsa llena de migas negras. Volví a pasar el rodillo sobre las migas y el sonido de rotura hizo que sus cejas se levantaran en indagación. Solo sándwiches y ensalada.

Él miró el tazón de migas junto a mí y la bolsa de Oreos vacía al lado. "Oreos aplastadas en tostadas, Ñam."

Resoplé y puse los ojos en blanco. "Puedes encender la parrillera?" Ryan y Aaron economizaban mucho pero tenían una parrillera. Hacer parrilladas parecía ser un requerimiento de todo hombre. La mayoría de los hombres que yo conocía podrían usar una parrilla si no tenía ninguna otra habilidad culinaria.

Saqué el envase cuadrado lleno de pudín de vainilla del refrigerador y le agregué todas las migajas de Oreos encima. Mientras las esparcía para cubrir el pudín, Ryan sonrió. "Qué es eso? Se ve bueno."

"Pudín sucio."

"Pudín?" intervino Aaron desde la sala. El departamento era pequeño así que nos escuchábamos fácilmente.

"El pudín es para debiluchos!"

Me reí suavemente mientras presionaba las migajas de galletas contra el pudín con la palma de mi mano. Había otra capa en el centro del pudín así que quizá eso complaciera a Aaron. "Okey, renombraré a esta oficialmente Torta Sucia. Feliz?"

"Depende de a qué sabe?"

"Aaron! Deja la intensidad. Tienes a Jenna lavado tus pantalones y a Julia alimentando tu trasero. De qué te puedes quejar?" Ryan se inclinó sobre el mostrador suficientemente cerca para que yo pudiera oler su colonia. Yo había terminado así que fui al lavaplatos a lavar mis manos y luego a guardar el postre en el refrigerador.

"Esto fue algo que se me ocurrió rápido." Casi me sentía apenada.

"Julia pudimos haber comprado hamburguesas y traerlas aquí."

"Lo sé, pero quería hacer esto por ustedes chicos. No es gran cosa. Vas a encender la parrilla?" recordé.

Los ojos de Ryan eran intensos cuando me estudiaba. Siempre me ponía nerviosa cuando me miraba así, y parecía hacerlo cada vez más. Me sentía desnuda, como si pudiera leer mi mente o robar mi alma.

"Aaron!" Ryan llamo a su hermano. "Enciende la parrilla para Julia, Puedes?" Su atención volvió a mí. "Quieres ir a la ferretería por pintura y lijas al terminar de comer? Podríamos comenzar a arreglar las cosas."

"Suena bien."

No pasó mucho tiempo antes de que Ryan estuviese asando las pechugas de pollo, y Ellie y yo sacando los platos, cubiertos y condimentos, los chicos no tenían mucho en el refrigerador pero yo había comprado todo lo que necesitábamos para los sándwiches.

Ellie abrió el contenedor de ensalada de patatas y metió una cuchara adentro. Rebané un tomate con un cuchillo. Era viejo y sin filo, así que el resultado no fue estelar. Jugo y semillas se escurrieron en el pato resultando en un charco de jugo. "Quizá mañana podríamos ir a la tienda de descuento."

"Pensé que haríamos eso después de almorzar."

Levanté un hombro. "Podemos, pero Ryan se ofreció a ayudarme a comenzar con el trabajo de la mesa y las sillas. Tú, Aaron y Jenna pueden ir sin nosotros, si quieres."

Me miró fijamente mientras abría un paquete de servilletas que habíamos comprado. "Ryan y tú, ah?"

La miré brevemente a los ojos, y luego desvié la mirada, decidiendo sacar la lechuga y separar unas hojas. Y las puse al lado del tomate en el plato.

"No realmente."

"Sí, lo es." Sacudí mi cabeza y me sequé las manos con una de las servilletas. "No. No lo es, Ellie."

"Entonces por qué insistió en buscarte él en el aeropuerto?"

"No lo sé. Somos amigos. Si fuera gran cosa estoy segura que te hubiera dejado hacerlo." Traté de mantener mi voz estable y no dejar ver nada de mi inquietud interna.

Jenna estaba afuera con los chicos y entró a la cocina. "Me muero de hambre!" se detuvo y miró entre Ellie y yo. "Qué pasa?"

Sacudí rápidamente mi cabeza. "Nada."

"Supongo que tú, Aaron y yo iremos a la tienda de descuentos y R y J se quedarán trabajando en la mesa."

"Hmmm. Ya veo." Sus ojos azules se estrecharon.

"Agh!" estaba exasperada. "Qué es lo que le pasa a todo el mundo? Nada es diferente entre Ryan y yo."

Ellie asintió. "Exactamente, Julia"

"Sip," agregó Jenna.

"Qué? Ryan sugirió que trabajáramos en eso. Puede que no pueda ayudarme mucho luego que comiencen las clases. Y qué?"

"Entonces serán Ryan y tú solos," dijo Jenna.

"Sí. *Trabajando.*"

"Sabías que Ryan me llamó y me preguntó si podía buscarla en el aeropuerto, Jenna?" Ellie dirigió la pregunta a Jenna.

"No me sorprende. Por qué ustedes no se juntan y ya de una vez?" Jenna sonrió, "ya acabaste con ese tipo Dave, verdad?"

"Sí. Y qué? Ryan y yo somos amigos y tenemos esta dinámica con todos ustedes que yo no quiero arruinar. Además, él no quiere." Resistí las ganas de encogerme de hombros. "Lo hablamos el semestre pasado, podemos dejar de hablar de esto, por favor?"

Ambas se veían sorprendidas. Jenna abrió mucho los ojos, y la boca de Ellie formó un "oh."

"Él no quiere." El tono de Jenna era escéptico "Um, no lo creo."

"Le preguntaste, Julia?" Ellie estaba incrédula.

"Fue un chiste, pero fue bastante claro que él no quiere llegar ahí."

"Se rio de ti?" Ellie era más ingenua que Jenna, quien continuaba estudiándome. Casi podía sentir sus ojos haciéndome un hueco.

"Los tipos no rechazan el sexo. Como, jamás," dijo Jenna secamente.

Lo hacen cuando son tus mejores amigos, gritaba mi mente. "Como dije, fue un chiste. Podemos dejar de hablar de esto antes de que entren los chicos?"

Ellie se rehusó a olvidarlo. "Ryan no te es indiferente, Julia. Lo tiene escrito por todas partes."

Inhalé fuertemente. *Ojalá fuera verdad.* Sabía que él se preocupaba por mí, pero sexualmente, yo era tan atractiva para él como una caja de cartón. "Nah. Ryan es un imán de mujeres. Ni siquiera se da cuenta."

"Eso es mierda. Él lo sabe, está bien," contestó Jenna. "Lo he visto en acción cuando salimos en citas dobles con él. Esas chicas no tiene oportunidad cuando él lo pone a funcionar."

"Aun cuando no lo hace. El día que Julia y yo lo conocimos, una chica casi tropezaba con ella misma para llamar su atención." La conversación se había vuelto entre Ellie y Jenna, y yo cada vez estaba más y más incómoda. "Fue vergonzoso ver."

Mi cara se comenzó a calentar, y yo sabía que pronto se pondría roja. "Okey, suficiente. Ryan es realmente apuesto. Las mujeres lo desean. Él y yo somos buenos amigos. Fin. Y tengo que ir al baño. Saldré en unos minutos."

"Julia," me llamó Jen desde atrás. "No quisimos molestarte."

Las ignoré mientras caminaba, sus voces se alejaron cuando cerré la puerta tras de mí. Mi pecho dolía cuando miré al espejo. Mi cara estaba roja y mi corazón palpitaba tan fuerte que se sentía como si quisiera salir del pecho. La situación era suficientemente difícil sin que mis amigas me martillaran con eso. No quería hablar de eso. Nada iba a cambiar, y ya yo lo había aceptado, pero eso no significaba que no doliera.

Abrí el agua y puse mis manos bajo el chorro. Presioné la fría y húmeda mano sobre mi frente y luego en cada mejilla. Tenía que controlar esto rápido.

~Ryan~

Julia estuvo callada durante el almuerzo. Todo estuvo delicioso. La cosa esa de la torta sucia fue asombrosa. Nos sentamos en círculo, cada uno tomando cucharadas de la mezcla de Julia del tazón comunitario. Todos bañando a Julia en elogios, especialmente Aaron.

"Oh mierda, Jul!" dijo entre cucharadas. "Dios mío."

"Te vas a venir en los pantalones y vas a comer?" Lo regañé sardónicamente. "Dios, Aaron."

Ellie y Jenna se carcajearon y los labios de Julia se torcieron en una tímida sonrisa. No dijo mucho mientras limpiamos el desastre, arrojando los platos de cartón en el basurero que Aaron y yo habíamos puesto en una de los estantes de abajo. Ellie recogió los utensilios y los dejó en el lavaplatos. Aunque eran plásticos, planeaban lavarlos para re-usarlos. Me preguntaba qué había pasado que cambió el humor de Julia. Todos salimos al mismo tiempo, Aaron, Jenna y Ellie se fueron en el auto de Ellie, y Julia estaba conmigo en la camioneta. El aire acondicionado estaba encendido las ventanas cerradas, pero Julia miraba por la ventana.

"Te sientes bien, Julia?"

"Hmm?" giró la cabeza hacia mí. "Qué? Estoy bien."

"Te ves profundamente inmersa en tus pensamientos. Podemos hacer esto en otro momento si tú quieres."

Sacudió su cabeza. "No, está bien. Solo pensaba. He estado pensando en el horario de clases y quiero tomar más clases de arte, pero solo me quedan cuatro horas de electivas. Solo decidía si debería molestarme en hacerlo."

Yo estaba escéptico. Julia nunca dejaba que cuestiones de clases la preocuparan como lo estaba ahora. Ella era tan decidida. Sabía que estaba decepcionada cuando no pudo hacer la doble especialidad en artes y negocios por la estructuración de las escuelas en la universidad, y ellos no permitieron el cruce, pero no lo había mencionado en meses.

Cuando dijo que quería una mesa de arte más temprano en ese mismo día, decidí comprarle una el próximo mes para su cumpleaños o para navidad. Me puso codicioso pensar que podía darle algo que la haría tan feliz.

"Sé cuánto amas el arte." Había visto algunas cosas de las que ella dibujaba. Un día la primavera pasada, tuvimos un picnic en el parque, y ella dibujó a un par de niños que jugaban cerca de nosotros. Yo estaba asombrado de lo realmente buena que era. Los dibujos eran rápidos, pero con un poco más de trabajo, parecerían fotografías. Ella era muy talentosa y eso me hacía querer estar aún más cerca de ella. Teníamos tantas cosas en común. Amábamos la misma música, éramos unidos a nuestros padres, y ambos teníamos grandes sueños para el futuro.

"Lo hago. Pero es difícil. Nada de eso contará para la graduación excepto más allá de las cuatro electivas de crédito sin restricciones, y ya las tengo de mi primer año. Eso, y esa clase de Anatomía humana."

"Vi un poquito de tus dibujos. Eres muy buena."

Sonrió delicadamente. "Gracias, Ryan."

"Lo digo en serio. Es mi responsabilidad como tu mejor amigo decirte si apestas en algo." Traté de molestarla porque su introspección me mataba.

"¿Eso funciona en ambos sentidos?"

Le di una rápida mirada, con una sonrisa apareciendo en mi cara. "Tú que crees?" Ella tenía su cabello recogido sobre su cabeza, con mechones escapando por todos lados. Me preguntaba si las mujeres hacían ver su cabello todo desordenado para ser provocativas, porque funciona. La curva de su cuello y sus brazos desnudos en la camiseta que usaba —el apretado material ajustándose a las curvas de su cuerpo y dejaba un poco de escote a la vista, todo haciéndome ultra consiente de mi atracción por ella. Mis manos apretador el volante extra fuerte y mi pene saltó contra mi voluntad. Joder, necesito olvidarlo.

"Sí." Traté de distraer su atención de mi incomodidad cambiando el tema. "Qué color deberíamos buscar para la mesa y las sillas?"

Decidimos ir primero a una tienda de telas para ver la tela de la cual Julia re tapizaría las sillas antes de escoger la pintura de la madera. Después de encontrar una tela con estampado de color verde azulado y círculos color crema sobre un fondo marrón, decidimos, marrón oscuro.

Tuve que recordarme cinco veces dejar de mirar a toda esa piel desnuda que tenía hoy durante el viaje de hora y media que estuvimos de compras. Era tentadora, y además del delgado top color vino tenía un pantaloncillo de jean y sandalias. Me atrapé a mí mismo mirando fijamente dos veces.

Mi determinación de ser su amigo estaba aun firmemente arraigada, pero en el verano la extrañe más de lo que deseaba admitir. El tiempo separados pudo haber hecho el dilema peor. Si, era definitivamente peor. Me di cuenta cuanto extrañaba su cara e incluso su olor. Me mantuve ocupado con los estudios y en citas, pero siempre ansiaba nuestras sesiones de Skype y yo detenía lo que fuera que estaba haciendo si llegaba uno de sus textos.

En el camino de regreso al departamento, nos detuvimos por una capa de papel de periódicos para proteger el piso de la sala de la pintura. Era el área más grande en el departamento y sería más fácil esparcirlo. Compramos lijas en varios grados de espesor, una espátula y brocha y un cuarto de pintura de esmalte marrón. Comencé a trabajar con la espátula raspando toda la pintura vieja que fuera posible mientras Julia re-tapizaba las sillas.

Comencé a sudar y algo de la pintura se pegaba y metía por mis dedos. Me detuve y me quité la camisa, disfrutando del rock and roll en su Ipod, la usé para limpiar el sudor de mi cara y pecho. Ella cantaba las canciones y yo trataba de ignorar la forma en que su trasero estaba en el aire mientras ella estiraba la tela para medirla y cortarla del tamaño apropiado, le di la espalda y continué empujando la lija sobre la dura superficie de la madera.

"Voy a necesitar una de esas pistolas de grapas, Ryan. Mierda! Debimos pensarlo antes."

Mi teléfono estaba en el mesón de la cocina y yo podía escuchar la vibración de la llamada entrante. "No hay forma de que terminemos con esto esta noche Jul." Me levanté y fui por mi teléfono.

Suspiré cuando vi que era Darcie, una chica con la que salí casualmente durante el verano. Okey, para ser honesto conmigo mismo, estaba teniendo sexo casualmente con ella, y no se la había mencionado a Julia para nada. No había intentado verla en la semana completa en que Julia había regresado. De hecho, apenas y había pensado alguna vez en ella porque estaba pasando tanto tiempo con Julia. Era un milagro que no llamara antes de este momento. Dudé mientras sonaba en mi mano, preguntándome qué debería hacer? Miré a Julia quien estaba usando una de las piezas que ya había cortado como patrón para cortar otra pieza.

Le di la espalda y contesté.

"Sí?" La música estaba alta pero yo no quería levantar la voz.

"Hey, amante. Te olvidaste de mí?" La voz de Darcie ronroneaba en el teléfono. Ella era bonita y lista, pero por alguna razón, yo no podía verla de otra forma que una compañera sexual. Lo deseaba. Intenté por dos meses convertirlo en algo que fuera más que sexo, pero nunca pasó.

"He estado ocupado, lo siento." Dije, mirando por encima de mi hombro. Julia estaba sentada en el piso trabajando en uno de los cojines de la silla, desenrollando un montón de relleno blanco que había comprado en la tienda de telas. Una ola de culpa me envolvió, pero no estaba seguro si era por Darcie o por Julia. Era ridículo de cualquier modo porque Julia y yo éramos amigos y no llevaba conociendo a Darcie por tanto tiempo. Salimos unas pocas veces pero no era mi novia.

"Demasiado ocupado para mí?"

"He estado ayudando a mudarse a alguien"

"Alguien que yo conozca? Puedo ir a ayudar."

"Ah, está bien," dije. "Y no, no las conoces, y ya lo tenemos listo. Aaron y Jenna también están ayudando."

"Bueno, ven cuando termines. Mi compañera no está." Su voz era dulce y sugestiva. Hace dos semanas su empalagosa voz pudo haberme parado el pito, pero justo ahora, en este segundo, con Julia a siete metros de mí, se sentía mal. Sacudí mi cabeza y suspiré. Esto era parte del problema. Tenía que superar el sentirme así o me iba a volver loco. Julia y yo habíamos acordado no cruzar la línea entre amigos, así que yo necesitaba sacudírmelo.

"Sí, okey."

"Yei!" dijo Darcie felizmente. "A qué hora? Para asegurarme de estar lista."

Se refería a estar lista para tener sexo. Ella era todo acerca de sexo. No estaba seguro si le gustaba o si pensaba que eso era todo lo que necesitaba para tener a un tipo interesado.

"Diez?"

"Okey."

"Escucha, tengo que irme, estoy en el medio de algo."

"Qué?"

"Te diré cuando te vea."

"Key. Nos vemos, Ryan. Estoy emocionada por verte."

"Sí. Adiós." Terminé la llamada y volví a la sala. Mi aprehensión debió mostrarse en mi cara porque Julia se veía preocupada.

"Todo bien?"

"Sí. Era una chica que he estado como viendo durante el verano."

"Oh," dijo Julia, sus manos pausaron por un momento, pero luego continuó trabajando rápidamente.

Su cabeza estaba agachada y no pude ver su cara.

El calor se levantó por la piel de mi cara. Me sentía avergonzado, como si hubiese hecho algo malo. Comencé a lijar la mesa otra vez, pero me sentía como la mierda. No estaba seguro qué coño pasaba ni por qué dudaba tanto en decirle a Julia acerca de Darcie. Darcie y yo éramos casuales. Y yo no lo veía ir a ningún lado.

Me moví por la mesa para trabajar del otro lado, y ahora Julia estaba en mi línea directa de visión. Seguía trabajando sin hablar o mirarme para nada. Muy dentro de mí, quería hablarle de Darcie – decirle que no era una relación, pero iba contra mi última resolución de ignorarlo. Necesitaba ignorar esto, y seguir con la vida como era usual.

Seguimos trabajando sin hablar, dejando que la música detrás de nosotros fuera el enfoque. Cuando Julia comenzó a cantar de nuevo, me sentí mejor, y la tensión en mi estómago comenzó a ceder. No estaba seguro si ella estaba herida o solo incómoda, pero descubrí hace tiempo que mantener mi actividad de citas y a mi mejor amiga separadas era lo más fácil para ambos. Treinta minutos después Aaron, Jenna y Ellie atravesaron la puerta.

"Hey! Julia. Encontramos un sofá por solo setenta y cinco dólares! Tengo una lámpara y una mesa de café, también!" la emoción de Ellie era evidente en su cara.

Jenna entró con un par de bolsas y las dejó en el suelo. "Yo encontré un par de viejas camisetas que podemos usar como trapos para limpiar y para pintar."

Julia miró hacia arriba, sonriéndole a las chicas, pero no me miró a mí para nada.

"Eso es grandioso! Ya casi termino de cortar las telas para tapizar y de colocar el relleno pero necesito una de esas pistolas de grapas para fijarlas en la madera. Les gusta la tela? Traté de mantenerme neutral con un poco de color. Me imaginé que luego podríamos agregar más con accesorios a todo."

"Esa es una gran idea. De verdad me gusta. Ryan, parece que has estado ocupado también!" Ellie vino a inspeccionar mi trabajo. Tenía ya casi toda la pintura raspada y la parte de arriba lista, pero las patas de la mesa y las sillas todavía necesitaban se lijadas para comenzar a pintar.

"Todavía falta mucho por hacer." Yo estaba sin camisa y sudado, con la garganta seca. "Trajeron algo de tomar?"

"Aaron tiene una docena de cervezas y unas sodas," dijo Jenna.

Justo cuando ella habló, mi hermano apreció por la puerta cargándolas dos cajas de latas, con tres bolsas de Mc Donalds arriba.

"Tenemos que volver y buscar el sofá, Ryan. Sin embargo, sobresaldrá de la camioneta, pero podemos atarlo." Dijo Aaron, caminando hacia mí, y mirando alrededor de la habitación.

"Okey. No hay problema." Tiré la lija al basurero cercano a mí, entre la mesa y el lugar donde Julia estaba trabajando en el suelo. Ella lo había estado usando para poner las sobras de la tela y el relleno mientras trabajaba cortando los asientos.

Era casi hora de cenar y mi estómago rugía, dejé a las chicas en la sala y fui a ayudar a Aaron. No había nada para organizar o guardar en el mesón, así que tomé la bolsa de hamburguesas de sus brazos y la puse en el mesón. Juntos guardamos las cervezas y sodas en el refrigerador.

"Lograste adelantar bastante?" quiso saber Aaron.

"Sí. Pero el lijado y pintura no se podrán terminar esta noche. Quizá mañana si trabajamos todos en eso."

"Podríamos trabajar todos hasta tarde esta noche."

"No puedo."

"Por qué?"

"Vamos a comer, y te cuento en camino a buscar el sofá." Ya yo estaba abriendo una cereza y desenvolviendo la hamburguesa. Y le di un gran mordisco.

"Hey, chicas! Tengo comida."

Las chicas hablaban entre ellas cuando entraron a la habitación. Julia fue al refrigerador y sacó una soda de dieta. "Gracias por buscar la comida y las bebidas, Aaron."

Él sonrió ampliamente. "No hay problema! Con todo lo que me alimentas, te debo más que una hamburguesa, Julia."

"Me gusta hacerlo," dijo ella.

"Porque eres asombrosa! Dale unas lecciones a Jen."

"Yo te voy a dar a *ti* unas lecciones," respondió secamente Jen.

Todos nos reímos y luego nos sentamos en el suelo, con las piernas cruzadas e inclinados en los gabinetes por espaldar, mientras comíamos nuestras hamburguesas y papas fritas.

"Tenemos que recoger el sofá esta noche. Chicos ustedes pueden hacer eso?"

"Seguro. Podemos ir al terminar de comer. Cuando volvamos Julia puede terminar los asientos, y si todos trabajamos en eso, podemos terminar el lijado esta noche, y entonces podemos pintar mañana."

Mordí el último pedazo de mi hamburguesa cuando terminé de hablar.

"Yo quería salir esta noche," Jenna le dijo las palabras directamente a Aaron. "Es sábado en la noche."

"Yo como que le había prometido a Jenna que saldríamos esta noche, Ryan," Aceptó Aaron.

"Sí, está bien, Ryan," dijo Julia.

"También me gustaría salir!" agregó Ellie. "Podemos ir todos."

"Am, Yo iba a trabajar en la mesa hasta que estuviese lista, pero el resto de ustedes vayan." Miré directamente a Julia, sus ojos verdes encontraron los míos. "Tú, también, Jul."

Ella sacudió su cabeza. "Ni hablar. No te voy a dejar trabajando mientras yo salgo. Trabajaré, contigo."

"Okey, pero solo unas horas más y es todo por esta noche."

"Seguro," dijo.

Me levanté y fui a la otra habitación a botar los envoltorios y la caja vacía de papas en la basura. "Aaron estás listo? Vamos a buscar el sofá. Lo empujaremos contra la pared hasta que terminemos con la mesa y las sillas.”

“Solo unos pedazos más, Ryan.” Ya casi terminaba con su segunda hamburguesa.

“Ryan, te detendrías a buscarme una de esas pistolas de grapas si te doy el dinero? Estaba a punto de decirle que no tenía que darme nada pero me detuve. Al menos delante de todos, no diría que yo la compraría. Solo le devolvería el dinero luego.”

“No sé cuánto cueste pero aquí hay treinta dólares.” Me entregó el dinero y lo metí en mi bolsillo. “La tienda de descuento está cerca de algún almacén o ferretería Aaron? A cuál fuiste?” pregunté.

“Mundo Descuento. El de la calle Baker. Creo que hay una como a una milla de ahí.” Contestó Aaron.

Asentí y me puse la camisa. Esperaba que no oliera muy mal, y levanté mi brazo para oler.

Jenna soltó una carcajada sincera. “Apestas, Ryan?”

“No podría decirlo.” Dije con honestidad. Mi cara hizo una mueca, y caminé hasta Julia. No había nadie más en la habitación a quién le preguntaría si apestaba. Ni hablar. “Y bien?”

“Oh, yo me llevo el honor. Muchas gracias.” Se inclinó y aspiró dos veces. “Nop, estás bien. No apestas más de lo usual.” Y me empujó por el hombro, riéndose.

Noté a Ellie estudiando la interacción entre Julia y yo y encontré su mirada fijamente. “Qué? Tú también quieres oler?”

Ella resopló. “si claro, Ryan!”

“Okey, entonces deja de mirar.”

Julia había retomado su trabajo en el suelo, y su cabeza se levantó para mirar de Ellie hacia mí y viceversa.

“Solo pienso que es gracioso. Tú y Julia. Es como si fueran-”

“Si dices hermanos, puede que tenga que lastimarte,” respondí antes de poder evitarlo, pero mi tono era bromista. Saqué las llaves del bolsillo delantero de mis kakis.

“Iba a decir una vieja pareja de casados.”

"Muy difícil, Ellie," dijo Julia. No podía decir si su risa era nerviosa, avergonzada o burlona.

Ignoré su comentario.

"Estoy de acuerdo con Ellie!" dijo Jenna con una sonrisa. "Yo no los entiendo a ustedes para nada. Debería juntarse."

No era su asunto entender nada, y no me importaba lo que cualquiera de ellos pensara acerca de nuestra relación. Otra vez, tuve esa sensación rara en el estómago que yo odiaba. La cabeza de Julia estaba hacia abajo otra vez y no podía ver que pensaba. "Aaron estás listo?"

"Sip." Lanzó los papeles de sus hamburguesas en el mesón y me siguió hacia afuera.

Cuando llegamos a la camioneta, miré a Aaron justo antes de meter la llave en la ignición. "Aaron, puedes pedirle a tu novia que deje de decir mierda como esa?" Estaba irritado y se notaba.

Salí del estacionamiento y viré a la izquierda.

"Estoy seguro que no quiso decir nada con eso, hermano. Ella ve como son Julia y tú juntos, eso es todo. Todos lo hacemos."

"Tú no sabes una mierda. Mi relación con Julia no es asunto de nadie."

"Por qué estás tan molesto, Ryan?"

Respiré profundo. "No lo estoy. Ya es suficientemente duro sin el resto de ustedes inyectando porquería que tengamos que canalizar. Déjennos tranquilos."

"He estado pensándolo por más de dos años. Por qué coño es que no estás con ella?" lo miré con una mirada que decía que se callara la jodida boca, pero no lo hizo.

"Me refiero a que, tú *estás con* ella."

"No lo estoy. La razón por la que no puedo salir con ustedes esta noche es porque voy a ver a Darcie."

Estuvo callado por un rato, y yo me concentré en el camino.

"Qué sientes por Darcie?"

Si dijera la verdad, sonaría como un patán.

"Me gusta. Es sexy y nos divertimos."

"Y qué sientes por Julia?"

Mi mandíbula se disparó hacia adelante. Aaron era excelente para hacerme pensar. Sacudí la cabeza sin contestar.

"Bien?"

"Bien, qué? Qué quieres que diga?"

"Quiero que respondas la pregunta."

Tragué grueso y estacioné frente a la tienda de descuento.

"Me importa Julia. Ella es mi mejor amiga."

"No piensas que es ardiente?"

Estacioné y giré hacia Aaron con rabia. "Sí! Pienso que es ardiente, pero eso solo complica todo!"

"Cuando te estás tirando a otras mujeres, estás pesando en Julia? Cuando te haces la paja piensas en ella?"

Lo miré mal. Nunca antes había querido golpear a mi hermano, pero estaba a punto. Esto no era nada que yo no hubiera pensado antes.

"Eso no importa, Aaron. Mis relaciones románticas no duran mucho. Y Julia es alguien a quien quiero definitivamente."

"Escúchate a ti mismo, Ryan. Dios, me siento el Dr. Phil, tus relaciones se desbaratan porque no estás *involucrado* en ellas. Julia es la razón por la que no te importa nadie más. No entiendes eso?"

Mi piel se sentía en llamas, el calor se levantaba por mi pecho hasta mi cuello hasta finalmente llegar a quemar mi cara. Físicamente me quemaba. Suspiré y miré a través del parabrisas, mi quijada trabajando sobre marcha.

"Estás en negación. Todos lo vemos."

"No voy a joder mi amistad con Julia y no voy a decírtelo otra vez! Deja el tema. No lo vuelvas a mencionar, y dile a Jenna que mantenga la boca cerrada!"

Sacudió su cabeza en disgusto. "Cuando te estés tirando a Darcie esta noche, recuerda lo que te dije. Fíjate en quién estás pensando."

"Dije cierra la jodida boca Aaron!" Yo estaba furioso, pero con Aaron o conmigo? No lo sabía. "Sé lo que hago." Mi tono era fiero y estaba furioso de que me hiciera enfrentar algo que había estado tratando de tapar desde el jodido siempre.

Me miró con incredulidad. "Okey, como sea, Ryan." Haló la manilla y comenzó a salir del auto. "Le estás haciendo daño a Julia, en caso de que no lo hayas notado," me frunció el ceño.

Apagué el auto y salí. Yo echaba humo, pero me sentí enfermo mientras caminamos a la tienda. Lastimar a Julia era lo último que quería hacer.

"Pero, como jodidamente-sea" murmuró en voz baja.

Dentro, busqué un par de jeans para usar mañana cuando pintara y los eché sobre mi hombro. No había vuelto a hablarle, pero cuando Aaron vio lo que yo hacía me siguió. Fui a la sección de camisas de hombre y busque una de mangas cortas. Era una fea de rayas y de talla pequeña.

"Eso no te quedará, Ryan" murmuró.

"Gracias, sr. Obvio. No es para mí." me sonrojé ante la implicación de mi próxima compra.

Asintió, sabiéndolo, sus cejas se levantaron y su boca se presionó formando una fina línea. "Te apuesto cien dólares a que no es para Darcie."

Caminé rodeándolo y fui a la caja a pagar los pantalones y camisetas.

Aaron entregó la factura pagada por el sofá. "Estamos aquí para recoger esto. Estuve aquí más temprano."

"Seguro. Tenemos un puerto de carga en la parte de atrás del edificio." Apuntó a la parte trasera. "Den la vuelta. Yo abriré la puerta y lo veré ahí."

Aaron fue con la chica y yo fui al auto. El calor que se acumuló dentro por la paliza del sol era sofocante. No ayudaba que yo sentía como quinientos kilos de peso en el pecho. Encendí el auto y el aire acondicionado. "Jodeeeeeer!" me grité a mí mismo. Me lancé hacia atrás en el asiento y me froté la cara con ambas manos. "Maldito seas, Aaron!"

Me senté ahí por unos buenos cinco minutos hasta que recuperé el control para manejar hacia atrás de la tienda y recoger a mi hermano y al sofá.

***

~Julian~

Estaba oscuro, pero yo tenía tres velas encendidas que titilaban en la pared y el techo. Estaba acostada en el nuevo, viejo sofá, sola en mi departamento. Aaron, Ellie y Jenna se habían ido para ir a uno de los clubes de baile tres horas antes. Y Ryan se había ido hace una hora ya que su teléfono no paraba de sonar.

Fue incómodo, pero finalmente le saque que la persona que llamaba era la chica que había estado viendo en el verano. Sí me dolió, pero no estaba impresionada. No estaba sorprendida de que él no me hablara sobre ella así como yo no le hable de mi ruptura con Dave.

Mi pecho se sentía vacío y mi garganta ardía. Mis ojos se quemaban con las lágrimas no derramadas. Estaba tratando tanto de no llorar. Jodido llanto. Jodido sentimiento del infernal. Estaba mirando el destello de la luz de la velas en las cosas de la habitación, pero todo se borró ante mis ojos con la aparición de las lágrimas.

Me destrozaba el corazón pensar en él con alguien más. Sentía que me moría. No podía respirar cuando rodé a un lado y recogí mis rodillas hasta mi pecho. Las envolví con mis brazos, cerré los ojos y las lágrimas estuvieron forzadas a salir, rodando por mi cara. Una bajó por el puente de mi nariz hasta el brazo del sofá donde descansaba mi cabeza. Era incómodo sin una almohada pero apenas lo noté. Respiré un tembloroso aliento, y sentí como un cuchillo entrando a mis pulmones cuando se resistieron a expandirse.

No importaba que me hubiera dicho a mí misma que lidiaría con eso. Aun dolía como el infierno. Lo amaba más de lo que era saludable, y todo estaba embotellado adentro. Sorbí las lágrimas que caían de mis ojos silenciosamente hasta que finalmente los sollozos comenzaron a remover mis hombros, y el sonido llenó la habitación. No lo podía evitar y quizá dejarlo salir era el alivio que yo necesitaba. Toda esta miseria contenida tenía que ir a algún lado. Ryan me causaba tantas emociones, y yo era adicta. Adicta a la emoción de verlo, adicta al amor que sentía, adicta a su cara, y adicta a la forma en que solo él podía hacerme sentir… e incluso en este horroroso y debilitante dolor. Incluso lo necesitaba de alguna retorcida manera.

Me refería a que lo amaba, y dosificar el dolor significaría perder el amor. Quizá perder a Ryan. Significaría estar lejos de él, de terminar nuestra amistad, e incluso así, dolería. No estaba segura si renunciar a él de golpe sería mejor que esto. Sería miserable cada minuto y no solo en noches como estas. Hasta la graduación, sabiendo que él estaba cerca, pero tratar de estar lejos de él era peor que lidiar con esta mierda cuando él salía. Traté de recuperar el aliento y me senté, limpiando mis lágrimas con ambas manos.

Fui a la cocina por un vaso de agua, pero vi las pocas cervezas que quedaban en el refrigerador, y tomé una. Odiaba la cerveza, pero quizá me ayudaría a dormir-con suficiente profundidad para no soñar. La abrí y tomé un largo sorbo. Sabía amarga, hice una mueca. Aun así, me tragué media lata. Necesitaba algo para ocupar mi mente. Solo había una cosa que funcionaba en noches como estas. Puse mi cerveza en el piso bajo una de las ventanas donde estaba una de las velas y levanté una. Fui descalza a mi habitación a buscar mi libreta de dibujos y lápices de carboncillo antes de volver.

Bajé la vela y me senté junto a ella, en el piso y recostada contra la ventana, abrí la libreta y tomé un lápiz. Escogí rock suave en m ipod, y aparecieron los suaves acordes de Mirrors. Era un eran un cover de la canción de Justin Timberlake que Ryan encontró por accidente y a ambos nos gustó más que la original. Era acústica y Ryan incluso la toco una vez, sin partituras, y había sido capaz de seguirla perfectamente.

Las armonías eran calmantes. Inhalé profundo y dejé caer mi cabeza hacia atrás tratando de formar la imagen en mi cabeza que quería dibujar. La canción llenó el cuarto y me recordó a Ryan. A nosotros. No había manera de no verlo. A pesar de esta jodida lucha, tenía que ingeniármelas. Sabía que podía contar con Ryan, y que siempre estaríamos ahí el uno para el otro, sin importar qué. Ese hecho tenía que hacerme superar noches como estas.

Comencé a cantar con la canción mientras ponía la imagen en papel. Me sentí más calmada, mi corazón se asentó y el dolor comenzó a ceder.

Era media noche cuando terminé y coloqué el retrato de Ryan en mi portafolio. Me incliné contra la pared, deseando tener la mesa de arte para guardar allí la libreta y los lápices. En lugar de eso los llevé conmigo a la habitación para ponerlos en la última gaveta de mi peinadora. Una ducha caliente y a la cama, luego el sol se levantaría en otro domingo. Ryan vendría y terminaríamos el trabajo de la mesa… Quizá haría el desayuno si viniera suficientemente temprano.

~Ryan~

Lo hice. Pero una vez que terminé, tenía que largarme de esa mierda. *Maldición Aaron.* Él tenía razón. Me sentí intensamente claustrofóbico con los dedos de Darcie agarrando mis brazos y espalda. Tuve que voltearla y tomarla desde atrás para poder hacerlo. Fue ridículo. Yo había estado con varias mujeres en los últimos dos años, y sí, quizá pensaba en Julia una u otra vez. No podía mentirme a mí mismo acerca de eso. Pero esta noche ella estaba en todas partes, en todo.

Quizá hubo veces en que solo tuve sexo con alguien porque lo que sentía por Julia se estaba volviendo demasiado para mí, pero aparte de eso, las palabras de Aaron todavía me gritaban a todo pulmón. El minuto en que Darcie y yo terminamos, me quería ir. Me sentía como un patán a muchos niveles, pero no importaba. Yo rara vez me quedaba toda la noche durante el verano, pero ahora, no había manera en el inferno de que eso sucediera.

Era apenas media noche. Llegué más tarde de lo planeado y estuve con ella menos de una hora. Aun así, tenía que irme. Me levanté, me quité el condón, y lo arrojé a la basura. El departamento de Darcie estaba al lado opuesto del campus en referencia a mi departamento con Aaron y el de Julia y Ellie.

"Ryan?" Darcie me llamó suavemente desde la habitación. El baño no estaba conectado, y gracias a Dios, su compañera no estaba porque yo estaba desnudo.

"Sí?" contesté, encendiendo el agua. Me eché un poco en la cara y luego usé papel para limpiar mi pene lo mejor que pude antes de descartar el papel.

"Vuelve a la cama."

Volví al cuarto oscuro y busqué mi ropa. "Tengo que irme," dije sentándome en el borde de la cama para ponerme rápidamente mis boxers y luego me levanté subiéndolos. Me agaché para recoger mis jeans.

Se apoyó sobre su codo, pero sin luz en la habitación yo no podía ver su expresión. No podía ver su cabello rojo o sus ojos. No quería. "Llegaste tarde aquí, y ahora te vas temprano?"

"Sí. Tengo trabajo que hacer mañana temprano. Hoy." Agregué.

"Y, qué? Solo soy una tirada rápida para esta noche?"

"Darcie, tú me pediste que viniera. Te dije que estaba trabajando." Yo estaba impaciente, me metí la camiseta por la cabeza, y metí los brazos por las mangas.

"Lo sé. Porque quería verte. No te he visto en toda la semana. Qué es diferente?" podía oír la decepción en su voz.

"Lo siento. Estoy ocupado esta semana. Estoy ayudando a alguien a arreglar su departamento antes de que comiencen las clases."

"Quienes son los amigos?"

"Principalmente, mi mejor amiga, Julia Abbott."

"Una mujer?"

"Sí." Pasé mi mano por mi cabello. "Encontramos unos viejos muebles y estamos intentando restaurarlos. Es mucho trabajo y prometí estar ahí temprano."

"Por qué no la habías mencionado antes?"

Joder, quería decirle la verdad? Qué demonios, mi cerero no podía inventar una mentira. "Porque mantengo a Julia separada de las mujeres con las que salgo."

Darcie se sentó completamente derecha, juntando las sábanas para cubrir su pecho. "Por qué? Es celosa?"

Más vómito de verdades iba a salir y no podía evitarlo. "No necesariamente. Sin embargo, tú podrías serlo."

"Acaso es como una reina de belleza o algo?"

"O algo," acepté. "Mira Darcie, de verdad no quiero adentrarme en eso"

"Quizá yo sí." Y encendió la lámpara de la mesa de noche.

Suspiré y puse las manos en mis caderas, exasperado. "Okey, bien. Qué quieres saber?"

"Entonces ella es bonita?"

"Sí, y lista y genial. Puedo decirle lo que sea."

"No todo, si no le dijiste acerca de mí."

Encontré su mirada firmemente y sacudí mi cabeza. "No."

Se veía herida y molesta, con el ceño fruncido. "Por qué no es tu novia si es tan genial?"

"*Porque* ella es demasiado grandiosa es la razón." Mierda! Sabía que estaba mal que dijera eso tan pronto como terminé de decir las palabras. No necesitaba la luz encendida para ver la rabia en la cara de Darcie. "Solo…tengo que irme."

"Tienes problemas, Ryan!" escupió Darcie. "Eres un imbécil por tratarme de esta manera!"

Volteé en mi camino a la salida, molestándome ahora yo. "Cómo te traté? Aparte de no decirte acerca de Julia? Solo hemos salido unas cuantas veces, y tu querías tener sexo tanto como yo. Ambos lo sabíamos. Siento que estés molesta, pero yo no te he hecho nada."

Salí de su habitación y atravesé la puerta del departamento sin mirar atrás, esperando que nunca más me llamara otra vez.

Cuando llegué a casa, me metí a la ducha dejando que el agua caliente cayera sobre mí, empapando mi cabello. Quería sacar todo resto de sexo con Darcie de mi cuerpo. Me enjaboné abajo, y luego me incliné a la pared de la ducha, mi mano fue hasta mi corazón.

Agh! Pensé. Tenía que tomar las riendas de esto. De verdad tenía que ayudar a Julia a terminar de pintar la mesa al día siguiente, y a pesar del orgasmo que había tenido, no estaba listo para dormir. Aaron no había vuelto, y me preguntaba si lo haría. Quizá se quedaría con Jenna.

Me sequé el cabello y me puse una vieja sudadera sin camiseta, no me molesté en peinarme pero sí me cepille lo dientes antes de ir a la sala y agarrar el control remoto. Me lancé en el sofá, comencé a recorrer los canales. Me sentía desbalanceado, y eso apestaba.

Era peor desde que Julia y yo tuvimos la charla sobre "amigos con beneficios" el semestre pasado. Era como si ahora fuera una posibilidad estar con ella de esa manera. *Podría pasar.* Ella no lo habría mencionado si no lo hubiese pensado. Ella debía querer que pasara y yo también. Desesperadamente. Pero la quería en mi vida más de lo que quería tirar con ella. Puede que incluso la necesitara en mi vida. Ella era el balance y era por eso que me estaba sintiendo tan jodido justo ahora. "Ignorarlo," me dije a mí mismo. "Ignorarlo."

"Ignorar qué?" preguntó Aaron. Había entrado silenciosamente y yo apenas escuché la puerta.

"No estoy hablando contigo."

"Realmente maduro, Ryan."

"Qué quieres de mí, Aaron? Cuál es tu propósito con esto?"

"Ninguno. Solo trato de evitar que hagas algo de lo que te arrepentirás."

"Demasiado tarde. Hablaste demasiado más temprano hoy."

"Ah," dijo sabiendo lo que pasaba. "Viste a Darcie?"

"Sip," contesté cortante, mientras seguía cambiando los canales.

"Te la tiraste?"

"Sin comentarios."

Aaron fue a la cocina y volvió con un vaso de agua. "Cómo te hizo sentir eso?"

"Jódete, Aaron. No quiero hablar de eso."

"Bueno, no le puedes hablar a Julia sobre esto, y necesitas hablar. Estás acabado."

Me senté y lancé el control remoto en la mesa de centro. "Okey. Sí, estuve con Darcie. Y gracias a ti no me pude sacar a Julia de la cabeza!" Elevé mis manos al aire mientras reprendía a mi hermano.

Se rio, y se sentó en la silla cercana al TV. Quería golpear su pretensiosa cara. "Oh, eso no fue por mí… es por ella, come-mierda."

"Mira, Aaron, no quiero hablarlo más. Esto es entre Julia y yo. Solo mantente al margen, entiendes? No es asunto tuyo." Esperaba que mi voz mostrara algo de mi frustración y mi necesidad de que él respetara mis deseos. "Ya es demasiado difícil así como es."

"Sí, eso puedo verlo."

"Pero nada va a cambiar, y tú solo lo estás haciendo peor. Déjanos manejarlo."

"Ryan, Julia y tú son inevitables. Cuándo lo vas a aceptar?"

"Lo he hecho. Sé que vamos a estar uno en la vida del otro para siempre. Sin importar lo que tenga que hacer o no hacer," dije formalmente. "Ella puede sufrir si avanzamos con esto más allá de la amistad y no funciona. Yo no podría vivir con eso."

"Tú también podrías sufrir. No es eso lo que quieres decir?"

"Quizá, pero yo no importo. Julia sí."

"Ya los dos están sufriendo."

Lo estábamos. Lo sabía, pero era un tipo de dolor diferente a no estar uno en la vida del otro. "Qué? Eres una chica, ahora? Nosotros estamos bien. Lo discutimos. Solo jodidamente apártate. Por favor." Mi garganta se apretó. Esto era, quizá, lo más honesto que yo había sido sobre mis sentimientos por Julia. Conmigo mismo, y con alguien más. Y dolía. Estaba enfermo de repetirle eso a mi hermano y esperaba que dejara que esto fuera el final de esto. "Déjalo ir."

Aaron se levantó y caminó por detrás del sofá. Me puso una mano en el hombro desnudo y apretó. "Okey. Me voy a la cama."

"Buenas noches."

"Vamos a trabajar en lo de Julia y Ellie mañana."

"Yo no hago planes por ti, pero yo lo haré. Antes de irme, ella dijo que haría el desayuno."

Se detuvo a medio camino en el pasillo. "Qué va a preparar?"

"Muffins, huevos y tocino, creo."

"Ahí estaré, entonces. Le gustó la camiseta que le compraste en la tienda de descuento?"

"La compré para pintar, Aaron. Obviamente era una camisa de tipo."

"Sé para qué la compraste. Le gustó?"

Recordé como se iluminó su cara cuando se la entregué. "Sí. Sí, a ella le gustó."

-10-

Una Noche de Salida en Stanford

~Ryan~

Odiaba este jodido lugar! La música lastimaba mis oídos y estaba tan lleno que casi se juntaban todos los cuerpos. La clase de incómodamente lleno que solo soportabas si estabas borracho hasta el culo como para que no te importara si otro tipo se frotaba contra tu cita. El club era ostentoso, bordeando en cursi, pero para mí, se sentía como un regreso a lo disco de 1970, hacia Fiebre del Sábado por la Noche. Excepto que no tan bueno, y el tipo de ritmo que atontaba de un compás plagado de especies de gruñidos, que tenía una pequeña semejanza con música real.

Normalmente, no me atraparían ni muerto aquí, pero mi cita Leah, lo eligió, no yo. Era oscuro, los muros de un color vino tinto profundo con una pista de baile en la parte de atrás que solo era una continuación del piso de madera. El DJ y como veinte personas rebotaban hacia arriba y abajo eran lo único que lo separaba la pista del resto del lugar. Sofás bajos se alineaban alrededor de las mesas cuadradas, plagadas de hombres y mujeres bebiendo demasiado y dejándose llevar. Casi me retuerzo visiblemente.

Unos dedos se apretaron posesivamente alrededor de los míos mientras guiaba a mi cita a través del gentío, abriendo camino con mis hombros entre la multitud hasta un sofá vacante cerca de la pista de baile. Hubiese preferido estar a mayor distancia de los altoparlantes, pero mientras mis ojos se ajustaban a la leve luz, me di cuenta que los asientos de verdad eran difíciles de alcanzar, y estaban tan llenos, que la gente estaba pegada a la pared y metidos de a dos y tres hasta el bar. La oscuridad solo la rompían unas luces intermitentes que se reflejaban en la bola de espejos sobre la pista de baile. Mi cerebro peleó con la urgencia de dar la vuelta e irme, pero en vez de eso, gesticulé para que Leah tomara asiento.

"Iré por unos tragos. Quieres uno?" levantó su mirada hacia mí. Era bonita, con delicada estructura ósea y rizos rubios que rebotaban y apenas alcanzaban sus hombros. Era delgada tipo modelo, y además de que desperdicié veinte dólares en una comida que ni tocó, no era tan atractiva.

Su padre era alguien importante en la legislatura de California pero, por lo que saqué de nuestra conversación durante la cena su madre pasaba todo el día en el spa y hacía poco. Mi padre la aprobaría superficialmente, pero mi madre levantaría una cínica ceja, especialmente después de conocer a mi mejor amiga. Sustancia-Julia tenía montones de eso, y la mayoría de las mujeres que yo conocía no merecía ni pararse en su sombra. Jodí mi oportunidad de que mi madre alguna vez apruebe a alguna otra al presentarle a Julia cuando la llevé en Navidad el año pasado. Quizá por eso ni me molestaba.

La mujer delante de mí se veía propiamente cuidada y arreglada, completamente peinada, incluso si sus huesos se asomaban más de lo que yo preferiría. Yo sabía, demasiado bien, que las apariencias podían engañar, y mientras yo esperaba profundidad, su personalidad era demasiado narcisista para mi gusto. Seguro, mis compañeros me echaban mierda por mi apariencia todo el tiempo, y yo seguía la corriente por diversión. Mayormente porque hacía que Julia se sonrojara y me encantaba molestarla. Me costaba admitirlo, incluso a mí mismo, pero una parte de mí se enorgullecía de que ella me encontrara atractivo. Era mutuo, y ambos lo sabíamos, pero de alguna manera manejábamos hacerlo a un lado cuando estábamos juntos. Por mucho que tratara de negarlo o superarlo, aun sufría una seria atracción hacia ella. Era un alivio muy necesitado por mí dejarme creer que Julia debía lidiar con la misma mierda que yo.

Solo había conocido a Leah desde que el semestre comenzó unas semanas atrás, pero ya había entendido que detestaba ser la perfecta princesa de mami y papi y que buscaba rebelarse en grande. Podía dar la impresión de frágil, pero al principio de la noche me había dejado atónito haciendo mierda a mis expectativas. Las sugestivas expresiones de sus ojos y las constantes excusas para tocarme me dejaban con la duda sobre si terminar entre las sábanas era lo que yo realmente querría. La intuición me decía que lo mantuviera dentro de mis pantalones o lo lamentaría. Mi padre nos había enseñado a Aaron y a mí a cuidarnos de mujeres con poca o ninguna ambición.

Las rojas puntas de sus dedos lastimaban mi desnudo antebrazo, debajo de las mangas enrolladas de mi camisa azul media noche – camisa que Julia me dio la navidad pasada. Ya era una de mis favoritas. Ella tenía una blusa del mismo color, y yo mencioné que me encantaba el color, pero me refería a que me encantaba en *ella*. Dijo que hacía juego con mis ojos, y mi corazón palpitaba fuerte ante la admisión. Ella era asombrosa. Me había dado la camisa y un curso pagado en línea para los MCAT's. Yo mismo los había buscado y sabía que costaban varios cientos de dólares. Estuve pasmado ante su generosidad, aunque después me di cuenta que ella solo estaba siendo Julia. Mis padres habrían pagado por tutores o cualquier otra cosa que yo necesitara para prepararme, pero mi plan original era pagarlo yo mismo. Me conmovió tanto que Julia lo hiciera. Ella amaba la mesa de arte que yo le regalé, también, pero no podía compararse con los cursos para MCAT. Era gracioso. Ella no compró la mesa de arte porque usó todo el dinero para pagar los cursos y yo preferí comprarle la mesa que pagar los cursos, sabiendo que mis padres los comprarían. Todavía me hacía sonreír el pensar en eso. Fue como la versión moderna del cuento de El regalo de los Reyes Magos, y Aaron me lo restregaba en la nariz a cada oportunidad que tenía.

Julia y yo todavía estábamos manejando eso de tener separadas nuestras citas de nuestra amistad. Era duro porque yo quería saber todo acerca de ella, pero la verdad era, que la ignorancia podría ser una bendición y yo sería un estúpido si presionara para saber más. Ella era increíble y otros tipos le caían encima como locos. Lo veía a donde quiera que fuéramos.

La boca de Leah, se movía pero no podía escucharla por el ruido y por mis pensamientos que vagaban.

Me incliné hacia abajo y su espeso perfume se esparció a mí alrededor. Era fuerte y justo como Leah; sutil desde la distancia pero exagerados de cerca.

"Qué?" mi voz en un grito.

"Lo que sea que tu pidas estará bien." Hizo eco al volumen de mi voz.

Resoplé en silencio y asentí con una fingida sonrisa mientras me dirigí al bar. Ella ni siquiera podía decidir que beber? Estaba molesto, para ser honesto, y ahora estaba garantizado que tendría con un pulsante dolor de cabeza antes de que la noche terminara. Me encontré deseando haberme quedado en casa e invitar a Julia para comer pizza y ver una película en vez de esto.

El semestre pasado perfeccionamos nuestro pacto silencioso y ahora era una regla no dicha que había algunas cosas de las que no hablábamos. Mientras que a veces eso me mataba, significaba que podíamos pasar más tiempo juntos. Últimamente, se me ocurre que nos habíamos acercado demasiado más, y nuestra cómoda amistad comenzaba a convertirse en más. Yo quería estar con Julia. Ella era divertida, graciosa, hermosísima e inteligente. Mientras más trataba de mantener las cosas a nivel superficial, más notaba su pequeño y firme trasero o cómo usaba la punta de su lengua para lamer el chocolate caliente de sus carnosos labios. Cada vez era más difícil estar cerca de ella y no tocarla. Las ganas se hacían insoportables. Se sentía como el progreso natural entre nosotros, y ella me excitaba más de lo que cualquier plástica aspirante a Barbie podría. Pero ese era justo el problema. Si fue malo el año pasado, ahora era pavoroso. Era como una bendita tortura que yo necesitaba como alguna clase de tóxica adicción. Si no era cuidadoso, iba ser cuestión de tiempo antes de que hiciera algo estúpido.

Inhalé profundamente y pasé una mano por mi cabello de camino al bar. Estaba al fondo, en la puerta opuesta. Me incliné para obtener la atención del bartender y ordené dos Budweisers.

"Me puedes dar un vaso con una de esas dos, por favor?" pregunté fuertemente.

"Seguro."

Mientras esperé a que él trajera la cerveza, saqué mi dinero y desdoblé un billete de diez dólares. Una mesera a mi lado estaba sirviendo un montón de shots de limón en su bandeja antes de volver a la pista. Mi boca se torció mientras entregué el dinero y me preparé para tomar ambas cervezas, una de ellas con un vaso descansando al revés sobre ella.

Por supuesto, me reprendí en silencio a mí mismo. La esquina de mi boca se torció en una sarcástica sonrisa. Otro recordatorio. Gotas de limón eran el trago favorito de Julia. *No podía tener un jodido descanso?*

Volteé, levantando mi cerveza a mis labios al mismo tiempo, listo para tomar un largo trago en mi camino a la mesa, cuando una dura mano en mi pecho me paró en seco en mi camino, y casi derramo cerveza en mi camisa.

"Qué estás haciendo aquí?"

Miré hacia abajo a los acusadores ojos de Ellie, su ceja derecha estaba levantada agudamente.

"Ah…" comencé, impresionado, pero automáticamente mis ojos comenzaron a buscar a Julia. "Tomando una cerveza? No sabía que esta mierda de lugar te pertenecía."

Las manos de Ellie se posaron en sus caderas y su mandíbula se cuadró. "Tú nunca vienes aquí. Es por eso que… Oh demonios!"

"Sí, yo odio este maldito lugar. Nunca lo escogería, pero mi cita quería venir. Jul está contigo?"

"Ella está pasando un buen rato y no te necesita revoloteando por ahí."

Mis cejas se juntaron cuando miré hacia abajo con el ceño fruncido a la muy bajita mujer. "No lo estoy! No lo hago." Finalmente tomé un trago de la botella, y miré a mí alrededor en el bar.

"Sí. Seguro que no."

"Cuál es tu problema?" pregunté, irritado.

"Solo déjala ser, Ryan. Sería mejor si ella ni siquiera supiera que estás aquí. Estaría muy ocupada preocupándose porque tú pasaras un buen rato."

"Como sea. Desde cuándo pasar el rato con ustedes está fuera de los límites?"

"Desde que comenzaste a ponerte como todo un neandertal simio de mierda cada vez que algún hombre siquiera mira en dirección de Julia."

Ignoré las implicaciones y me sonrojé, incómodo por su aguda observación y ahora preocupado de que ella le hubiese dicho algo similar a Julia. O peor, que mis sentimientos fuesen obvios para todos. Desde la situación de "Dave", traté fuertemente de limitarme. Eso fue hace casi un año ahora, la cercanía que compartía ahora con ella era mayor.

Recompensé a Ellie con una sonrisa irónica. "Hay algo ahí que me vaya a enloquecer?" el cabello en la parte de atrás de mi cuello comenzaba a erizarse.

"Ves, eso es. *Nada*! Ella es adulta. Nada debería enloquecerte, Ryan. Ella debería hacer lo que ella quiera, y como su amigo, tú deberías apoyarla."

"Siempre y cuando no vaya a salir lastimada, es genial." La despisté poniendo mis ojos en blanco, pero la sola dirección de la conversación me hacía sentir intranquilo.

"Es genial." Me burló secamente, mirándome directo a los ojos y sacudiendo la cabeza, y aparentemente esperando que yo soltara alguna condición sobre lo que acababa de decir. Me estaba cansando de la inquisición.

"Siiiiiiii, " siseé. "Ahora sí puedo volver a mi cita, Ellie? Por Cristo!" Comencé a avanzar alrededor de ella, pero aun así ella se colocó en mi camino, y me tomó del brazo. "Qué?" ya estaba comenzando a enojarme, y me preguntaba qué era lo que ella estaba escondiendo de mí.

"Dónde están sentados?"

Usé mi cerveza para apuntarle el lugar. "Por allá, en ese sofá cerca de la pista de baile."

"Mierda."

"Qué? Qué es lo que se supone que no debo ver? Acaso algún imbécil está tratando de embriagarla? Vi salir esa bandeja de shots de limón desde el bar hace un minuto."

"Ella se está divirtiendo y bailando. Soltándose un poco. Si ella te ve, solo cálmate y déjala ser."

Mi boca formó una firme línea mientras noté la dirección de la mirada de Ellie. Si ella estaba preocupada por mi reacción, entonces había algo de qué preocuparse. Hice una media vuelta y mis ojos se estrecharon mientras buscaban entre la multitud hasta que finalmente encontraron a Julia.

Estaba parada cerca de una mesa cerca de la pista de baile del lado opuesto a donde había dejado a Leah sentada en uno de los sofás. Mi aliento se cortó mientras la miré. Se veía impactante, con un corto vestido negro mostrando millas de sus piernas desnudas. No podía ver sus pies desde donde yo estaba parado, pero sabía que tenía puestos algún tipo de asombrosos zapatos altos. Su cabello estaba desordenado como si acabara de tener sexo recientemente, y casi dejo caer mi cerveza, asimilando cuan frecuentemente fantaseaba yo con esa misma imagen. Levanté mi cerveza y me limpié la boca con la parte de atrás de mi muñeca.

"A la mierda." Dije en voz baja.

"Sí," Ellie murmuró sacudiendo su cabeza de nuevo. "Esto no puede ser bueno."

Vi como la cabeza de Julia caía hacia atrás cuando se rio de algo que dijo el hombre al lado de ella, su cabello llegaba casi hasta su cintura. Luego él le pasó un trago. Julia lo tomó, brindó con él, y lo lomó todo antes de bajar al vaso a la mesa.

"Ryan!" Ellie agitó su mano frente a mi cara hasta que volví a mirarla a ella. Ella apuntó hacia mi cita. "Vete! Estás siendo grosero con esa chica."

Mi pecho se sentía tan raro; curiosamente apretado, y mi corazón golpeaba enfermizamente fuerte dentro de mi pecho, como una pelota de tenis que había sido metida en una fina lata luego pateada colina abajo. Era increíblemente doloroso y completamente ajeno. Yo estaba acostumbrado a sentirme protector, y usualmente no me gustaban los tipos que estaban con ella, pero esto comenzaba a doler. A doler físicamente.

Había conocido a Julia por dos años, y esta no era la primera vez que la veía toda ataviada. Yo sabía que ella era fascinante. Yo tenía ojos, y mi pito tenía vida propia, a pesar de mis intentos por tratar de domarlo desde el minuto en que la conocí. Pero lo que me jodía era que ella estaba aquí sin mí, y la estaba pasando grandioso. En este vaporoso hueco de hormonales tipos universitarios buscando su próxima conquista, todos ellos comiéndose con la vista sus piernas y las suaves curvas que se abultaban bajo la ajustada tela que brillaba en todos los lugares correctos. Ella era un objetivo principal. No me dolía que su rostro fuera tan hermoso, ni que su cabello largo gritara por ser tocado. Miré a los hombres cerca de ella y los que estaban sentados en el sofá le miraban descaradamente sus piernas, y mi pecho estaba a punto de explotar y mi cara se sentía caliente. Sentí que cada ojo masculino en el lugar estaba sobre ella. Era cuestión de tiempo hasta que uno de esos cabrones tratara de tocarla en una forma que no me gustaría.

Ellie me empujó suavemente en el pecho con ambas manos, y yo arrastré mis ojos desde Julia hasta su cara de nuevo.

"Puedes solo portarte bien, Ryan?"

"Qué? Quiénes son esos tipos?" no los reconocí pero el más alto, el de cabello oscuro, el que trajo la bandeja de shots, se inclinó para hablar con ella, y posó su mano ligeramente en su cadera.

"Solo son tipos para bailar. Son estudiantes de Stanford, también."

Mis ojos aterrizaron en el que estaba tocando a Julia. "Yo nunca los he visto antes."

"Sí, bueno es un campus grande. Entonces, estamos bien?"

Aclaré mi garganta. "Sí. Pero si algo pasa… búscame."

"Ryan." Ellie puso los ojos en blanco en reproche.

"Es eso o Leah y yo nos unimos a su fiestecita ya." Ella se veía enojada y eso me importaba una mierda. "Es lo mejor que tengo. Tómalo o déjalo."

"Estoy segura que a tu cita le encantaría eso, Ryan. Dios!"

"Apenas la conozco, Ellie. Julia está primero."

Me miró directo a los ojos. "Importaría si la conocieras desde hace diez años?"

"Probablemente no," dije sin pensar, aun observando lo que ocurría en la mesa al otro lado del club.

Ellie suspiró y su pecho se levantó visiblemente. "Bien, al menos eso es honesto."

La ignoré y volteé hacia mi cita, quien rebotaba haciendo un ridículo baile de silla. *Jodidamente vergonzoso*, pensé. Se veía ridícula. Sin duda, me arrastraría a bailar, lo que haría que la solicitud de Ellie de que me mantuviera bajo perfil, se fuera al infierno. Mentalmente me encogí de hombros, mientras le entregué a Leah su cerveza. Este lugar era pequeño, así que lo más probable era que Julia me viera de todas formas. No estaba seguro de no querer que lo hiciera. Quería que ella supiera que yo estaba aquí si ella me necesitaba, pero se sentiría extraño estar cerca de ella cuando ambos andábamos con otras personas. Era incómodo, y me di cuenta que yo deseaba que solo estuviésemos los dos, Tenía la abrumadora urgencia de correr a través del bar y asegurarme que el tipo supiera que le convenía mantenerse derechito con Julia, pero eso sería raro y embarazosos. No podía hacerle eso a mí cita, o a mi mejor amiga. En lugar de eso me conformé con clavarle los ojos en la espalda al tipo.

El sofá era demasiado bajo para mí. La cosa sobresalía como 18 pulgadas del suelo, y mis piernas se sentían atrapadas entre el final del mueble y la mesa. Leah sonrió y puso su mano en mi pecho en un incómodo intento de re-dirigir mi atención hacia ella. Le sonreí débilmente, saqué mi teléfono, y jugueteé con él, luchando contra las ganas de enviarle un texto a Julia. No sería la primera vez que salía con mujeres y buscaba un momento para ver cómo estaba ella. Justo ahora, no soportaba las fachadas o formalidades. Mis dedos picaban por escribirle un texto.

"Ryan quieres bailar?" Mis cejas se fruncieron hacia Leah, mientras mis pulgares marcaban la clave del teléfono. "Quizá en un rato," le solté sin importancia; distraído entre mi teléfono y observando lo que Julia hacía. Ellie estaba sentada en la mesa, y Julia aún estaba parada junto a ella. Su compañero se inclinó y le susurró algo al oído. Fue más íntimo de lo que yo quería presenciar, su mano deslizándose por su muslo desnudo hasta el inicio del vestido. Dudé medio segundo antes de presionar ENVIAR. Halé mi camisa por la parte de adelante mientras mi pecho se apretaba dolorosamente.

Qué estás haciendo?

Cuando ella se enterara de que yo estaba aquí y que sabía exactamente qué era lo que ella estaba haciendo se iba a poner furiosa porque le pregunté, pero a este punto, yo no pensaba mucho más allá de mí necesidad de ver si ella me decía la verdad.

La música cambió a un compás más lento con algo más de melodía. Observé al tipo tomar la estilizada mano de Julia en la suya y halarla lentamente hacia la pista de baile, más cerca de mí. Mis ojos los recorrieron a ambos; los celos apretaron más mis entrañas y mis músculos se contrajeron. En el bar, yo apenas miré en su dirección, pero ahora, estando con Julia, él tenía mi indivisible atención.

"Realmente me gusta esta canción," murmuró Leah, sus dedos ahora como gusanos haciendo su camino entre dos de los botones de mi camisa para acariciar levente mi pecho por dentro. "Mmmm… se siente agradable." Su voz era insinuante y me di cuenta que intentaba desesperadamente llamar mi atención hacia ella. Me tragué lo que quedaba de mi cerveza y le sacudí la botella vacía a la mesera. Le mostré dos dedos y ella asintió en comprensión de la señal.

Tomó toda la fuerza que yo tenía poder despegar mis ojos de Julia, pero si no lo hacía, no iba a poder evitar hacer algo que no tenía derecho de hacer.

Giré hacia Leah, quitando sus dedos de mí camisa y enredándolos con los míos. Le sonreí tratando de concentrarme en sus ojos marrones en vez de en el imbécil envuelto alrededor de Julia a unos buenos veinte pies frente a mí. Leah estaba chachareando infinitamente sobre un viaje a Europa que hizo con su grupo de amigas en vacaciones de navidad, cuando la mesera trajo las cervezas. Las puso frente a mí y yo agarré la más cercana, queriendo embriagarme y sabiendo que no lo haría. Cómo podría cuidar de Julia si estaba hecho mierda?

La música cambió otra vez, y levanté mi cabeza de Leah, dejándome mirar a la pista y a la mesa donde Julia había estado. Ella ya no estaba ahí. El tipo tampoco. Me quedé sin aliento y el pánico se apoderó de mí, mientras me senté derecho, tratando de zafarme de Leah, quién estaba medio encima de mi pecho ahora, con una de sus piernas sobre mi rodilla.

"Ryan, vamos a volver a mi casa," su voz baja y llena de sexualidad. Lástima que eso no hizo ni una maldita cosa para distraerme, su mano que recorría mi muslo superior solo me enojó al querer librarme de ella.

Sus dedos se apretaron sugestivamente mientras se acercaban a mi entrepierna, y sus labios besaban mi mandíbula. "Si no quieres bailar quizá podamos encontrar algo mejor que hacer."

Mi cerveza se deslizó de entre mis dedos, y traté de alcanzarla pero era otro conjunto de estilizados dedos sin llameantes uñas rojas. Para el momento que mis ojos subieron y se enfocaron, Julia estaba tomando despreocupadamente un sorbo de mi botella. Sus soñadores ojos verdes me apreciaron, con mi cita casi en mi regazo. Apenas noté a Leah porque toda mi atención estaba en Julia, y luego sus ojos se levantaron como 12 pulgadas a la derecha, aterrizando en Leah. Julia odiaba la cerveza, pero aun así aquí estaba ella, marcando su posesión con algo tan simple como tomar un sorbo de mi botella de cerveza. Probablemente ni siquiera sabía el efecto que tenía en mí a un nivel tan básico, pero yo lo amaba jodidamente. Algo se oprimió profundamente dentro de mi pecho y mi pene se levantó en mis jeans.

"Ryan! Vas a dejarla hacer eso?" Leah exigió indignada, sus ojos volaron para acosar a Julia.

Mis labios se levantaron en una ligera sonrisa, Julia le hizo eco cuando nuestras miradas se encontraron.

"Sí, ella… ah, ella puede hacer eso," confirmé sin énfasis, divertido porque la confianza de Julia me hacía querer carcajearme. Yo estaba jodidamente emocionado.

Leah resopló a mi lado y se lanzó en los cojines del sofá, removiendo su pierna de la mía.

"Bueno, la conoces?"

"Sí. Si, la conozco." *Vaya, que si la conozco.*

Julia tambaleó un poco, y pude ver que había tomado más de lo que necesitaba. Aun, me sonreía, su brazo se dobló desde el codo, sosteniendo mi cerveza cerca de su pecho, sin beber, solo sosteniéndola en ese lugar. Mi instinto fue de alcanzarla y estabilizarla.

Rabiosamente, Leah empujó mi hombro y escupió veneno en dirección de Julia. "Nos vas a presentar? Es tu hermana?"

Julia comenzó a reírse. "Pffft! Me veo como su hermana?"

"Entonces quién eres?" mi cita le exigió, con expresión dura. Observé el intercambio, ansioso por ver qué diría Julia.

"Oh, somos…" me devolvió la cerveza y caminó detrás de mí para sentarse en el espaldar del sofá y deslizar su mano sobre el hombre que Leah había empujado. "Bueno, vamos a ver… somos… mmmm…" sus palabras no era retadoras pero sus ojos se abrieron, esperando que yo terminara la frase. "Qué somos exactamente, Ryan?"

"Esta es mi mejor amiga Julia. Jul, esta es Leah." Dije las palabras cuidadosamente, pero no pude apartar mis ojos de la cara de Julia. Sus facciones estaban llenas de diversión y malicia.

"Su cita," escupió Leah.

"Felicidades." Julia se enfocó en Leah y batió un dedo en su dirección. Estaba algo borracha. "Necesitas una dona."

Una carcajada explotó desde mi pecho porque no pude evitarlo. *Necesitas una dona.* Yo pensé que era hilarante, pero Leah estaba claramente enojada.

"Qué dijiste?"

"Tú en serio necesitas una dona."

Leah se veía indignada y furiosa, pero mis hombros se removían visiblemente de la risa cuando Julia volvió su atención hacia mí. "Puedo hablar contigo un segundo?"

"Disculpa," murmuré hacia Leah, mientras me levantaba y seguía a Julia un poco más lejos. "Estás siendo cuidadosa?"

"Es solo una coincidencia que Twiggy y tú estén aquí esta noche?"

Tragué grueso ante la acusación en su tono. Estaba borracha, pero sus ojos aun quemaban los míos. "Sí. Yo no tenía ni idea que ibas a salir hoy, pero me alegra estar aquí. Quién es ese tipo?" Quería preguntarle por qué dejaba que la tocara de forma tan familiar pero apreté la mandíbula.

"Él es un tipo. Collin, creo? No es gran cosa." Se encogió de hombros sin afectarse, y su mano vino a descansar sobre mi camisa. Supo que yo debía ser reafirmado mientras sus profundos ojos verdes me miraban implorantes. "No te preocupes, Ryan."

Me contuve de cubrir sus dedos con los míos, "Me preocupo."

"Lo sé." Se inclinó y envolvió sus brazos por mi cintura en un breve abrazo y la esencia de su perfume me envolvió. "Me alegra verte. Te llamo mañana."

Quería envolverla en mis brazos y sostenerla cerca. Quería decirle que tuviera cuidado, que dejara de tomar tanto, especialmente alrededor de gente que no conocía, pero mis manos cayeron y cerré mi boca, mientras ella me dejaba y volvía con Ellie y los dos tipos sentados en su mesa.

En las siguientes dos horas, traté de calmar a Leah bailando con ella lo absolutamente necesario y comprado tantos cocteles como fueran necesarios para permanecer sentados en el sofá lo más posible. Cambié a Jack y Coca cola, y mi humor empeoró a medida que el tipo se involucraba más con Julia. Cuando Leah aceptó la invitación de otro hombre para bailar, no la pude culpar, no podía importarme menos. Creo que inconscientemente me saboteé a mí mismo cuando le dije que la razón por la que no quería bailar era porque tenía dolor de cabeza. Gracias a Dios era muy egoísta para sugerir irnos.

Fue una bendición disfrazada cuando Leah corrió luego de ser invitada a bailar, y yo estaba más allá de que me importaran los límites de la zona de amigos que Julia y yo habíamos establecido firmemente. Observé a Ellie acompañar a Julia, quien tambaleaba visiblemente en su camino al baño, y tomé la oportunidad para averiguar en qué andaba el imbécil, ahora conocido como Collin. Yo tenía una ligera relajación pero nada como lo que debería tener con la cantidad de alcohol que había consumido. Me acerqué a donde estaba hablando con un amigo en el bar. *Seguro molestaba por aquí frecuentemente.* Pensé. Su espalda estaba hacia mí mientras tomé el asiento a su lado en el bar. Se estaba riendo con su amigo, quién le palmeaba fuertemente la espalda.

"Oh, sí. Esta está en la bolsa. Estaba hecha mierda. Y acabo de deslizarle una X. Amigo, va a estar chupando mi pito en una hora y agradeciéndolo. Quizá el tuyo también." Ambos explotaron en carcajadas, apenas pude contenerme de agarrarlos y chocar sus cráneos uno contra el otro.

Me detuve, parpadeé, necesitaba estar seguro que lo había escuchado bien. Dijo que le acababa de dar éxtasis a Julia? Giré lentamente esperando que no hubiese visto cuando Julia habló con Leah y conmigo antes. "Disculpa, dijiste que tenías algo de X?" pregunté flojamente y con mis ojos relajados.

"Oh, sí!" era obviamente un idiota, diciéndolo tan fuerte. "Quieres?" acercó su hombro al mío para que nuestros cuerpos cubrieran lo que me mostraba luego abrió su mano revelando cinco pastillas blancas. "Veinte dólares cada una."

Miré cuidadosamente a ambos hombres, apretando los dientes mientras mis puños se cerraron. Resoplé, queriendo desmayar al maldito en el sitio. "No, gracias. No necesito esa mierda para excitar a mi chica," lo provoqué, parte de mí queriendo que el tipo me atacara. Nada me haría, más feliz que reventar esa sonrisa engreída de su cara, pero también sabía que tenía que sacar a Julia del club antes de que eso la empezara a joder. Dios!

"Yo tampoco, pero solo hace desaparecer a las inhibiciones." El pendejo se inclinó en el bar y sonrió. "Puf, hace que las perras hagan mierdas increíbles."

Inhalé profundamente, luchando por mantener el control mientras la ira explotaba dentro de mi pecho. Joder, como quería desprenderle las extremidades.

Julia estaría furiosa cuando sacara su pequeño trasero de ahí, pero eso era exactamente lo que yo iba a hacer.

Miré hacia los baños, y Ellie y Julia acababan de salir del de damas y volviendo a la mesa. Collin se enderezó y comenzó a caminar bordeándome. "Avísame si cambias de opinión, hombre. Pero hazlo rápido, nos vamos pronto."

Contemplé cual sería mi próximo movimiento. Leah bailaba felizmente con otro tipo. Caminé lentamente hacia la pista de baile justo mientras Collin ponía sus brazos alrededor de Julia, sus manos recorriendo su trasero y espalda. Sin duda la droga ya estaba haciendo efecto porque ella se aferraba a él mientras el metía su cara en su cuello y alcanzaba la parte de debajo de su vestido.

"Leah," toque su hombro y ella miró a otro lado, "Nos vamos,"

Me frunció el ceño, indignada. "No me quiero ir. Estoy comenzando a divertirme. Vete tú."

"No me sentiría bien dejándote aquí."

"Puedo cuidarme sola. Rodney me llevará a casa." Le batió las pestañas al rubio flaco que fingía bailar con ella. "Cierto, Rodney?"

"Sí." Él asintió y me miró directo a los ojos. "Sí, seguro. Puedo llevarla a casa."

Me sentí incomodo dejándola ahí, pero Julia iba a ser un ardiente desastre en unos minutos si es que no lo era ya.

"Como sea." No tenía tiempo que perder, y giré y fui hasta Julia. Desde atrás, le arranqué los brazos del cuello de Collin y la apreté contra mí, mi brazo derecho se deslizó alrededor de su cintura, y a él lo empujé.

"Suéltala, imbécil. Hora de irnos, Julia."

Ella peleó contra mi agarre. "No me quiero ir! Me siento grandiosa! Yo me quedo!"

"Tenemos que irnos!"

"De todas formas, quién coño eres tú, niño lindo? Su papá?"

"Jódete." Lo descarté fácilmente. "Ellie dónde está el abrigo de Julia." Julia peleaba contra mi brazo que la sostenía fuertemente. Mis músculos se flexionaban pero me reusé a dejarla ir.

"Tenemos que sacarla de aquí, ya"

"Por qué?" preguntó confundida.

"Solo busca su abrigo. Te explicaré después."

Collin agarró a Julia y trató de ayudarla a liberarse. Ellie desapareció entre la multitud y luego reapareció con el abrigo de Julia. Yo usé mi mano libre para empujar al cabrón por el hombro y se tambaleó hacia atrás. "Dije, que te quites, jodido imbécil! Puedes dejarme ir con ella, o llamaré a la policía y después te moleré el culo a golpes." Saqué mi teléfono. "Tu elección."

Para entonces, Julia ya no luchaba tanto. "Me siento rara." Ella comenzó a mover su mano frente a su cara, mirándola como si estuviese en trance, y seguía apartando los brazos para poder ver sus manos. "Mi mano. Todo deja brillo y arco iris."

"Cuánto bebió?" le pregunté a Ellie mientras trataba de que Julia se pusiera el abrigo. Ella estaba demasiado ocupada mirando su mano para cooperar.

"Siete o seis shots, quizá? Pero eso fue hace como tres horas, Ryan."

"No podías haber esperado para emborracharte hasta que el resto de nosotros estuviera contigo? Oh, que se joda esto!" me rendí con el abrigo y lo tiré sobre mi hombro, tomado a Julia firmemente por la parte superior de sus brazos.

"Me siento tan cálida. Todo es tan agradable," Murmuró Julia tratando de alejarse de mí. "Collin! Te amo! Te amo, Collin."

"Ves? Ella quiere estar conmigo, imbécil," Collin replicó. "Ocúpate de tus propios malditos asuntos!" Trató de alcanzar a Julia otra vez.

"No la toques otra vez!" volteé y me dejé ir, estrellando mi puño derecho tan fuerte como pude contra su quijada. Mi mano rozó su boca y sus dientes pasaron por mis nudillos. Él cayó de lleno en su trasero. La mayoría de los clientes estaban muy ebrios para que les importara pero el de seguridad comenzó a venir a nosotros desde el otro lado. Mi mano comenzó a doler cuando estiré mi mano, debí cortar mi piel con sus dientes.

"Ryan! Cómo pudiste?" Julia se encogió y trató de arrastrarse a su lado en el suelo. "Collin!"

Mi mano estaba en llamas y comenzaba a sangrar, pero la halé de vuelta y fácilmente levanté sus pies del suelo. "No va a pasar, Julia. Tú vienes conmigo."

"Qué está pasando aquí?" el de seguridad era grande y musculoso, con la cabeza rasurada. Tenía tatuajes en su cara y cuello y varios piercings en la cara.

"Podrás encontrar drogas en él." Lo señalé mientras comencé a arrastrar a Julia hacia atrás a la puerta. "Él drogó a mi amiga sin su conocimiento. La voy a sacar de aquí antes de que se enferme. Trató de venderme a mí en el bar, también. No voy a disculparme por sentarlo de culo. Nada se rompió, no quiero problemas; solo quiero llevarla a casa."

Ellie muy aturdida vio como todo se venía abajo y me siguió. Mi mano agarraba las muñecas de Julia con una fuerza visceral, arrastrándola hasta la puerta mientras ella peleaba contra mí. "Detente! Déjame sola!"

La ignoré y continué por el oscuro estacionamiento hasta mi camioneta negra.

"Ryan, yo tengo mi auto por aquí. Puedo encargarme de ella."

"Ni de broma, Ellie. Me la llevo a mi casa. Aaron está con Jen esta noche, y esta mierda va a poner las cosas extrañas. Te sientes bien? Te drogaron también?"

"Estoy bien."

"Okey, te llamaré mañana."

"Ryan, no creo que sea una buena idea para ella que se vaya contigo."

"Por qué no?" ignoré las implicaciones pero la mirada en su cara hablaba escandalosamente.

"Adiós, Ellie." Dije sobre mi hombro después de voltear a Julia y comenzar a caminar. Ellie se detuvo para entrar en su auto mientras Julia y yo seguimos hasta el mío. Julia comenzó a luchar contra mis manos, sus uñas se clavaban en mi piel mientras trataba de liberar sus muñecas. "Por qué no me dejas ir a estar con Collin?" estaba comenzando a enojarse. "Qué te importa de todas formas? Estoy sorprendida de que todavía no estés metido profundamente hasta las bolas en esa zorra flaca con la que estabas! Déjame ir Ryan!"

Sin una sola palabra, la subí a mi hombro como a un saco de papas. "No, Julia. Suficiente." Su vestido era corto, apenas cubría su trasero que estaba al nivel de mi cara. Daba patadas con los pies y me daba con los puños en la espalda. "No voy a dejar que seas usada por ese bastardo. Puedes hacer lo que quieras cuando estés lúcida, pero no va a pasar mientras estés cargada de esa mierda. Me agradecerás mañana."

"Se supone que eres mi mejor amigo!" Julia chilló mientras rebotaba un poco en mi hombro mientras yo daba pasos firmes hasta el final del estacionamiento.

"Exactamente."

"Quiero volver y estar con Collin!"

"Calla," ordené sin romper el paso. "Ahora no sabes lo que quieres. Ese maldito tiene suerte de seguir respirando."

Era una noche de invierno, tan fría como podía ser en el norte de California, aparte de aquella fenomenal tormenta del Día de San Valentín en primer año. Estaba como a treinta o cuarenta grados, y

Julia comenzó a temblar mientras la deposité en el asiento de la camioneta y abroché su cinturón. Ella se calmó como si hubiese presionado un botón y ligeramente tocó mi quijada. Pausé para mirar su rostro. Sus dedos se quedaron ahí y yo quería inclinarme hacia su toque pero resistí las ganas.

Yo sabía que era la droga la que había puesto esa mirada de anhelo en su rostro, pero deseaba jodidamente que fuera real. "Te amo, Ryan."

"Hace diez segundos, me odiabas, Jul. Ese imbécil te drogó. Ahora amas a todo el mundo. Ese es el problema." Cerré la puerta, fui al lado del conductor y subí.

Tomó diez minutos llegar al departamento, y para ese momento ella estaba halando su vestido, diciendo que tenía calor, gritando y halando su cabello, segura de que esas cucarachas se le subían encima.

Una vez probé éxtasis en secundaria y me hizo sentir grandioso, hasta que después pensé que hormigas rojas me estaban comiendo vivo, y después todo se convirtió en una mancha psicodélica. Después, me sentí cálido, energético y muy muy cachondo. Me hubiese cogido un hueco en la pared si hubiese sido todo lo que podía encontrar, y esperaba en el infierno que esa no fuera la dirección que Julia tomara. Dada mi reciente y continua lucha contra mi reacción a Julia, yo sabía que yo no era la mejor persona para estar con Julia ahora. Ellie, tenía razón. Pero yo no confiaba en nadie más para cuidarla. Ellie no sería suficientemente fuerte para detenerla si ella quisiera hacer alguna tontería.

Después de estacionar, Julia todavía gritaba. Me apresuré para sacarla del auto, tomándola de las muñecas en un frenético intento por evitar que se arrancara el cabello. "Cariño! Julia! Julia, no hay bichos sobre ti!"

Dejó de luchar y gimió, doblándose por la cintura. Vomitó violentamente a los pies de ambos, el contenido líquido de su estómago se esparció a lo largo del frío concreto, el contraste de temperatura hizo levantar vapor. La sostuve contra mi cuerpo con una mano y con la otra sostuve su cabello. Julia convulsionó contra mí, tres veces más. "Asqueroso," gimió "Oh Dios." Su mano apartó su cabello del lado opuesto al que yo estaba sosteniendo.

Mi cara se contorsionó ante la sucia hediondez, y mi propio estómago protestó. "¿Ya terminaste?"

Asintió débilmente y se incorporó. "No me siento bien."

Me preguntaba si el éxtasis había entrado en su sistema o si había logrado purgar algo. Al menos algo del alcohol estaba afuera ya.

"Lo sé, vamos." Me doble para levantarla en brazos estilo novia. Esta era la primera vez que la cargaba así de cerca de mí. La había montado sobre mí espalda, y nos inclinábamos el uno hacia el otro todo el tiempo, la había abrazado varias veces, pero esta era la primera vez que la tenía completamente en mis brazos. Ella era tan pequeña y se acurrucó en mi pecho como una niña. Se sentía asombroso y correcto, como si ella confiara en mí más que en nadie en el mundo. A pesar del vómito su cabello olía a shampoo y su perfume se esparcía delicadamente.

"¿Qué me dio?" Ella no me acusó de haber mentido acerca de que ese pendejo la drogó.

"X. Estarás bien."

"¿Qué me hará?"

"Algunas cosas ya han pasado. El show de luces y la ilusión de los bichos, aunque no a todos les afecta de la misma manera. Se supone que te haga sentir bien, pero tiene sus efectos secundarios."

Aaron y yo teníamos el departamento en el sótano de una gran casa cercana al campus, y tuve que bajar a Julia para poder abrir la puerta. Se inclinó contra la pared de la casa, mirándome como si nunca antes me hubiese visto, sus ojos bien abiertos e intrigados.

Empujé la puerta para que abriera y esperé que ella entrara, pero no lo hizo. Ella solo se mantuvo mirándome. Señalé que entrara.

"Dios, tú eres hermoso, Ryan." Sus ojos verdes suaves y llenos de amor. Mi corazón se detuvo.

Hacía frío y ella debía estar congelándose. "Nah." Tomé su mano y la hice pasar por el umbral de la puerta. Lo último que necesitaba era a Julia amorosa y sentimental conmigo. No sabía que tan bien sería capaz de resistirlo. Ella era hermosa, tan hermosa; incluso hasta después de vomitar las entrañas, ella hacía detener mi corazón. Quería contarle cómo me quedé totalmente sin aliento la primera vez que la vi esta noche, pero cerré fuerte mi boca. Cualquier cosa que pasar ahora sería por la droga, y yo no nos pondría a ninguno de los dos en esa posición. Julia era la persona más importante para mí, y yo no podía confiar en que estaríamos bien por otra parte si algo físico pasaba. De repente me di cuenta que yo quería que esa mirada en su rostro fuera real, no el producto de una neblina inducida por drogas.

"Lo *eres*." Su voz estaba llena de algo que sonaba como maravilla, y su mano vino a descansar en mi pecho mientras ella miraba fijamente mi cara. Se movió suficientemente cerca como para que su nariz rozara mi mandíbula. "Todo el mundo lo piensa. Cada chica que conozco lo dice. Todas te desean." No podía soportarlo. No podía parame ahí ni un segundo más sin tocarla o girar mi cabeza la fracción de pulgada que era necesaria para que nuestros labios se tocaran. Cerré los ojos un instante.

"Espera aquí, corazón." La moví hasta el sofá y la llevé gentilmente hasta sentarla, luego fui a mi habitación y tomé una sudadera, un par de calcetines y una camiseta de mangas largas de la ropa limpia.

Mierda. Mi corazón golpeaba a una milla por minuto. Pasé una mano por mi cabello antes de salir de la habitación y darle a Julia mi ropa.

"Ryan…" su voz era suave, implorante, su mano subió por mi antebrazo, y electricidad se dispersó por toda mi piel. "Eres tan fuerte."

"Dios, Julia, tienes que cambiarte, okey? Te daré mi cama, y yo me quedaré en la habitación de Aaron. Te sentirás mejor en la mañana."

"Ya me siento bien. Diferente; pero realmente bien. Es como si todos mis sentidos estuvieran al máximo. No siento ganas de dormir. Quiero tocar… ser tocada."

Me preguntaba como la droga interactuaría con el alcohol y estaba agradecido de que ella expulsara tanto al salir del auto.

"Bueno, yo me siento como en el infierno. Mi cabeza me está matando, y realmente me gustaría acostarme." Sabía que mi voz sonaba irritada, pero no sabía de qué otra forma manejarlo y hacer que ella hiciera lo que yo necesitaba que hiciera. Y eso era, preparase para la cama y estar detrás de una puerta cerrada.

Su expresión cayó y yo me sentí como un patán, pero tuvo el efecto deseado, Julia se levantó y se fue, tambaleando ligeramente, entró al baño, "Bien," dijo en un corto susurro, y desapareció en el baño, cerrando la puerta con una innecesaria fuerza detrás de ella.

Volví a mi cuarto, pasando el baño, y rápidamente me cambié a mi sudadera gris y una vieja camiseta. Pensé rápidamente si Leah habría llegado bien a casa, pero estaba más allá de mí hacer que dos mujeres sin ganas de cooperar hicieran mi voluntad. Fue suficientemente difícil con Julia.

Miré el reloj digital junto a la cama. Eran casi las dos de la madrugada. Pasé ambas manos por mi cabello. Estaba preocupado porque no sabía que esperar cuando ella saliera. Ella parecía más relajada de lo que yo me sentía la vez que yo tomé esa droga. Mierda, ayudaría si yo supiera más de eso. Quizá vomitar ayudó a deshacerse un poco de eso, aunque parecía poco probable ya que muchos de los efectos comenzaron antes de que saliéramos del bar.

"Ryan?" La voz de Julia detrás de mí me hizo saltar.

"Dios!" mi mano voló a mi pecho. "Me asustaste." Solo tenía puestas la camiseta y los calcetines, y ambas eran demasiado grandes para ella. Sus piernas todavía estaban desnudas sobre los anchos calcetines, y su cabello estaba mojado. Yo podía ver sus pezones apuntando y lo llenos y redondos contornos de sus pechos bajo el material. Cerré los ojos, sacudiendo mi cabeza tratando de sacar la visión de mi cerebro antes de que mi pito captara alguna idea. No fui cien por ciento exitoso. "Am… te duchaste?"

"Sí."

"Por qué no estás usando esos pantalones que te di?"

"Tengo calor. Demasiado calor"

Sí, podía decirlo otra vez.

Mi habitación era un desastre. Partituras que habían caído del teclado estaban regadas por todos lados despreocupadamente, mezcladas con ropa que me había quitado, y tres pares de zapatos. Me doblé tratando de distraerme, y comencé a recoger todo; juntando las partituras en su lugar y metiendo la ropa sucia en mi hasta ahora vacío cesto. Lancé despreocupadamente los zapatos en el closet, y volteé para encender la lámpara de la mesita y apagar la luz de arriba.

Sus dedos se deslizaron desde atrás de mi antebrazo para tomar mi mano. Delicadamente haló para girarme, y llevarme cerca de la cama.

"No hagas eso ahora. Ven a acostarte conmigo."

Sabía que era la mejor y peor idea del mundo. Mi pecho se levantaba y caía cuando inhalaba y exhalaba. Respiré profundo de esa manera en la que tus pulmones llegan a su capacidad máxima. Los ojos de Julia estaban bien abiertos y oscuro, las pupilas dilatadas- una consecuencia de la droga- pero, su expresión era serena y relajada.

"Julia…" yo dudaba. "Deberías solo ir a dormir."

"Ya te dije que no quiero dormir."

"Lo sé" me senté en la cama y usé nuestras manos entrelazadas para atraerla a sentarse a mi lado. Mi otra mano se posó en su mejilla. "Pero no me puedo acostar contigo esta noche."

Frunció el ceño y su labio inferior sobresalió un poco en un pequeño puchero. "Por qué? Hemos dormido juntos antes."

Porque te deseo tanto y la droga te ha puesto dispuesta; quizá agresiva. No debía decir lo que estaba pensando, pero saqué una versión de eso.

"Porque he tomado demasiado y podríamos hacer algo que lamentaremos a la luz del día. Porque tú eres mi mejor amiga."

Sus ojos brillaron y se volvieron luminosos cuando se volvieron vidriosos. Mi pulgar acarició su mandíbula y me incliné para besar su mejilla. Me dejé olerla, memorizando como se sentía su piel bajo mis labios, la forma en que olía y el ritmo de su respiración.

"No quiero que seas mi mejor amigo," susurró y yo sabía que estaba siendo honesta. Yo sentía lo mismo. "A veces."

"Lo sé. Pero yo sí."

Cuando me alejé, ella asintió, un entendimiento no hablado pasó entre los dos. Me levanté y quité las cobijas, cuidando no mirar mucho cuando ella subió a la cama.

"Tocarías para mí? Apuesto que sonará realmente asombroso ahora."

"Okey. Solo un par de canciones." Me alejé y me senté, dejando correr mis manos sobre el teclado y tocando una canción que sabía que ella amaba. Era una suave melodía, rítmica y calmante.

Toqué por una hora sin decir ni una palabra. Cuando las notas se desvanecieron, miré a la cama, los ojos de Julia estaban cerrados, y las sábanas hasta su barbilla mientras ella estaba acurrucada de lado. Ella era tan impactante. Mi corazón se apretaba dentro de mi pecho mientras me acerca a la cama, mis ojos nunca dejaron su rostro. Quería besarla pero en lugar de eso apagué la luz, usando el pequeño rayo de luz que se filtraba desde la otra habitación para ver al salir.

"Ryan?"

Me detuve sin voltear. "Sí?" dije sobre mi hombro.

"Café mañana, verdad?"

"Seguro. Es domingo, no es así?"

-11-

La Mañana Después

~Julian~

Volteé cuando el sol de la mañana brilló en mis ojos. Me sentía como en el infierno cuando obligué a mis ojos abrirse. Ellos se resistían. Mi cabeza dolía y mi estómago todavía me odiaba. Quería vomitar. La única cosa placentera que me pasaba era que estaba rodeada de la esencia de Ryan. *Debo estar soñando*, pensé. Pero quien se siente como una porquería en sus sueños?

"Agh," gemí suavemente y me volteé, mi cara se hundió más en la almohada. Después de un par más de respiraciones profundas, pude abrir mis ojos. Al principio todo era borroso, los froté y parpadeé un par de veces. Me senté derecha cuando me di cuenta que estaba en la habitación de Ryan. Qué estaba haciendo yo en la habitación de Ryan? Mi corazón se hundió mientras el pánico me invadió.

Mi estómago saltó, y yo salí de la cama y me arrastré hasta el baño, pero me sentía mareada y tambaleaba. De algún modo me las arreglé para llegar hasta el inodoro y vomitar violentamente. Mi cabeza se sentía como si la parte de arriba fuera a salir volando con cada sacudida de mi estómago. Estaba sobre mis rodillas desnudas sobre el frío piso, espasmos secos estremecían mi cuerpo cuando Ryan apareció en la puerta. No veía su cara por mi posición doblada sobro el inodoro, pero escuché su voz, sus pies descalzos y sudadera gris aparecieron en mi visión periférica.

"Julia, estás bien?"

No pude hablar mientras otra arcada estalló. Ryan se puso en cuclillas, y sostuvo mi cabello hacia atrás, manteniéndolo detrás de mí hasta que la miseria cedió. Mis ojos comenzaron a llenarse de lágrimas por el esfuerzo de mi estómago. No solo me sentía como muerta, sino que Ryan estaba viéndome en mi absoluta peor forma. Ryan, de todas las persona.

"No," finalmente pude decir cuando los espasmos acabaron. Me senté en el frío piso y me recosté a la pared detrás de mí. "Creo que me estoy muriendo."

Ryan limpió mi boca con una toalla cálida y las lágrimas cayeron por mi rostro. Se sentó a mi lado, colocó su brazo alrededor de mí, y me atrajo más cerca contra su lado. Me incliné hacia él impotente mientras sus dedos frotaban mi brazo derecho.

"Estás bien."

Sacudí mi cabeza y enterré mi cara en su cuello. "No, no lo estoy. Lo siento."

"No tienes nada que lamentar. Te sentirás mejor después de que comas algo."

"Asqueroso!" sentí su barbilla descansar en el tope de mi cabeza y yo quería llorar. Finalmente estaba en sus brazos y era porque estaba vomitando hasta las tripas. "Lo siento!" dije otra vez, finalmente dejando salir las lágrimas y un sollozo se escapó. "No deberías tener que verme así."

"Hey," dijo suavemente, sus brazos apretándose fuertemente a mí alrededor. "Ya para. Está bien. Para qué son los amigos?" Me estiré y envolví mis brazos alrededor de su cuello. "Ryan." Apreté los ojos y salieron más lágrimas. "Eres demasiado bueno para mí."

"Eso es mutuo, Jul. No te preocupes por eso."

"Nah ah. Yo no tengo que sostener tu cabello mientras tu vomitas hasta las tripas usando solo ropa interior."

"No estás solo en tu ropa interior." Sonrió suavemente, limpiando una lágrima de mi mejilla con su pulgar. Él era tan gentil, y yo quería llorar; literalmente gritar por lo perfecto que él era.

"También estás usando mi camiseta."

Lo único que pude hacer fue asentir y respirar mientras él me sostenía y masajeaba mi brazo. Se sentó conmigo en el suelo por lo menos por diez minutos, solo sosteniéndome, hasta que finalmente, me aparté y me estiré para buscar un pedazo de papel toilette para sacudir mi nariz. Mi cabeza aún se sentía como si fuera a explotar, pero mi estómago si estaba un poco mejor.

"No vas a hacerme tomar jugo de tomate con huevo crudo verdad?" pregunté débilmente. "Creo que vomitaría más si tengo que hacerlo."

"Nah." Se levantó y me ofreció su mano. La tomé y él me levantó, usando mi impulso para atraerme a un abrazo. "Estarás bien. Creo que deberías tomar agua, unas aspirinas y algunas tostadas, si tienes ganas." Mis manos se cerraron alrededor de sus bíceps y estos se flexionaron apretándome más cerca. Se sentía como el cielo. Me soltó delicadamente y colocó mi cabello detrás de mí oreja a un lado de mi cara. "Tienes ganas?"

"Solo el agua y aspirina por ahora."

"La aspirina podría hacerte doler el estómago, si está vació." Tomó mi mano y me sacó del baño por el pasillo y hacia la cocina.

"Okey, Dr. Ryan." Sonreí en secreto, él no podía ver mi cara cuando íbamos camino a la cocina porque yo iba detrás de él, pero yo estaba disfrutando cada segundo de su mano sosteniendo la mía. Era como si una corriente eléctrica corriera entre nuestras manos. Hacía que mi corazón latiera salvajemente en mi pecho, a pesar de que yo sabía que me veía como el demonio. Quizá hasta olía a vómito. Ese pensamiento me horrorizaba ya que acababa de pasar varios minutos en sus brazos.

Dejó salir una pequeña risa y resopló. "Una tostada es todo lo que te obligaré a comer."

"Debería tomar una ducha, pero no tengo nada que ponerme excepto el vestido que tenía anoche. Dónde está?"

Me senté en la mesa, y Ryan fue por un vaso de agua, y volvió con dos aspirinas. Sostuvo las píldoras frente a mí en la palma de su mano y las tomé en una mano y el vaso de agua en la otra. "En el baño, asumo. Tomaste una ducha anoche, así que no hueles a vómito. Relájate."

"Tu hiciste estas?" sonreí y traté de bromear hasta donde lo podía manejar, recordando que él había hecho aspirinas con el tipo con el que Ellie salió brevemente en la época en la que yo salí con Dave. Cómo se llamaba? Traté de recordarlo.

Se rio. "Graciosa. Quizá si sobrevivas después de todo."

"Ryan, casi temo preguntar, pero pasó algo anoche?"

Me senté, y él fue a buscar las tostadas que acababan de saltar. Su espalda estaba hacia mí y pude verlo sin ser vista. Tenía una sudadera gris con una camiseta de Stanford color vino tinto. Yo estaba usando una de sus camisas, dolorosamente al tanto de como la parte delantera cubría mis muslos, pero la mayoría de mis piernas estaban desnudas. No tenía puesto el brasier y estaba extremadamente consiente de como el frío aire del departamento endurecía mis pezones. Podía sentir la tela rozándolos cada vez que me movía y sabía que eran visibles bajo la camisa de Ryan. Estaba curiosa por saber cómo salí de mi vestido anoche.

"Sucedió bastante," dijo con firmeza, "Un montón de cosas, no me gustaron."

Mierda. Acaso dormí con Ryan? "Pero qué, exactamente." Presioné.

"Estabas borracha hasta el culo, y para empeorarlo, un cabrón te dio éxtasis."

Mis ojos se abrieron completamente. "Qué?"

"Lo sé. Por la borrachera y lo que él te dio es la razón por la cual no recuerdas mucho."

Me sentí avergonzada. "Sí, recuerdo estar en el club con Ellie, y estar bailando con un tipo…"

"Collin," agregó Ryan, su cara se contorsionó en una mueca, mientras se sentaba a mi lado y puso un plato de tostadas con mantequilla frente a mí.

"Collin," repetí y alcancé una tostada.

"Él te estaba agarrando el trasero por debajo del vestido." Ryan sonaba molesto. "No lo recuerdas? Porque la visión esta tatuada en mi cerebro."

Acababa de morder una tostada y pausé antes de masticarla. "Am," tragué. "No, no recuerdo mucho después de verte a ti y a tu envuelto de novia sentados en el sofá mirándome mal."

Ryan se rio. "Yo no te miraba mal."

"Así me pareció. Tu nena sí lo hacía, con seguridad. Quién era ella?"

"Ella es solo una chica que conocí, Julia. Olvídalo. Fue nuestra primera cita, y no voy a verla más."

Ryan estaba tomando café, y mi nariz se encogió ante el aroma. Usualmente amaba el café, pero era repulsivo en mi estado actual. "Por qué no?"

"Porque tú le dijiste que se comiera una dona. Estaba completamente ofendida."

Sonreí. "En serio? No sé qué le ves a esas tipas flacas y necesitadas de todas formas, para ser honesta."

"Hiciste saber tu desaprobación un par de veces anoche." Ryan estaba relajado, inclinando un codo en la mesa mientras me veía comer.

"Solo te estoy cuidando." Sonreí. La tostada tuvo el efecto deseado. Finalmente me sentí un poco mejor. Con mi dedo índice lo pique en el bíceps.

"Hey!"

"Dime la razón verdadera. No te lo creo." Mordí más tostada y mastiqué, observando su cara a ver si podía leer sus emociones.

"No veré a Leah otra vez porque la dejé botada en el club para sacarte a ti de ahí."

Mis ojos se abrieron. "Vaya."

"Sí. No sé qué le viste a ese pendejo que solo quería meterse en tus pantis."

Me reí casi ahogándome con la tostada. "Vamos, Ryan. Tú estás bien familiarizado con las pantis- una amplia variedad de ellas. Casas con techo de vidrio y toda aquella cosa." Levanté una ceja para enfatizar mi punto.

"En serio, Julia, él te drogó. Si yo no hubiese estado ahí, te hubiera sacado de ahí y violado. No deberíamos estar bromeando acerca de esto."

Viendo su preocupación real, me enserié. "Tienes razón. Me alegro de que estuvieras ahí."

"Yo también." Alcanzó mi mano y la tomó, le dio un apretón gentil. "Voy a esperar fuera del bar a ese cabrón el próximo fin de semana y, patearé su trasero."

Hablaba en serio, pero yo creí que era adorable. Él realmente vale la pena?"

"No, pero me hará sentir mejor."

Noté una gran cortada sobre los nudillos de su mano derecha. "Qué es eso?" apunté.

"Lo golpeé una vez, y sus dientes me rompieron."

"Lo siento." Y froté mis pulgares ligeramente sobre ellos.

"No lo hagas."

"Entonces, cómo terminé en tu camiseta? Nosotros no... ah... o sí?"

Ryan se levantó y llevó su taza de café al lavaplatos. "No! Me conoces mejor que eso," me regañó. Tenía razón. Lo hacía. "Tú si me pediste que durmiera contigo, sin embargo." Con su espalda hacia mí, no podía ver su cara y me preguntaba cómo se sentiría acerca de eso. Solo escucharlo decir las palabras, me afectaba. Mi corazón se aceleró y el calor me envolvió, la parte de debajo de mi cuerpo comenzó a palpitar con las persistentes ganas.

"Pero no lo hiciste? Nosotros hemos dormido en la misma cama antes, Ryan."

"Verdad. Cuando no estabas volando con éxtasis." Se inclinó contra el borde del lavaplatos.

"Me estás diciendo que mi gran y fuerte Ryan no habría sido capaz de resistir?" Mi corazón retumbaba en mi pecho. No estoy segura qué me hizo tan valiente, pero quería saber la respuesta.

"No sé qué habría hecho, y no quiero saber." Aclaró su garganta y volvió a darme la espalda. "Qué quieres hacer hoy?"

Claramente, el tema ya estaba cerrado. "No tienes que estudiar para los MCAT's?"

"Después, seguro. Podemos tontear por unas horas. Si tú quieres."

"Sí. Eso sería divertido. Entonces debería ayudarte a estudiar? Me necesitas?"

Asintió, sus profundos ojos azules sostenían los míos como un imán. "Sí, eso sería bueno. Debería llevarte a casa para una ducha? O, puedo darte un par de mis pantalones y camiseta hasta que te lleve a casa a cambiarte."

"Elijo aquí, mientras más rápido tome la ducha, menos ofensiva me sentiré. Estoy convencida que huelo bastante agrío."

"No. Incluso anoche cuando estabas vomitando, olías a tu perfume," solo Ryan diría eso. "Te lo dije, tomaste una ducha anoche antes de ir a la cama."

"Okey, entonces me ducharé aquí, y mientras tanto, tú pensarás en algo qué tú quieras hacer hoy."

"Podríamos conducir hasta San Francisco."

"Okey." Asentí. "Eso suena divertido."

Cualquier cosa que significara un día con Ryan era lo que yo quería. "Fishersman's Wharf sería divertido, pero hará mucho frío para caminar por ahí?"

"Veremos cómo te sientes después que te asees, pero podríamos abrigarnos bien. El sol está brillando así que eso puede ayudar."

Aaron atravesó la puerta de entrada. A veces él era muy exagerado, bullicioso y escandaloso, pero paró en seco cuando me vio en nada más que la camisa de Ryan. "Hey," dijo dudoso. "Ah, estoy interrumpiendo algo?" Nos miró a ambos.

"Nop." Mis ojos le imploraban a Ryan que mantuviera la humillación de anoche entre nosotros dos. "Solo que anoche tomé demasiados shots de limón. A Ryan le dio lástima mi vomitivo ser y sostuvo mi cabello, eso es todo."

"Oh," dijo Aaron, pero estaba mirando a Ryan para ver su reacción. "Shots de limón, ah?"

"Sip," acordó Ryan. "Estamos pensando en conducir hasta San Francisco hoy. Quieren venir Jen y tú?"

"Sí, quizá. La llamaré."

Tomé una rápida ducha y me puse la ropa que Ryan me dio. Los pantalones apenas se sostenían en mis caderas y tenía que estar sosteniéndolos hacia arriba. Gracias a Dios la camiseta cubría cualquier parte de piel desnuda que pudiera mostrar. Como no tenía ropa interior limpia tuve que ir sin ella. Tomé el secador de cabello que colgaba sobre las toallas al lado del espejo y lo encendí, usándolo para quitar la niebla del espejo y lo devolví a su lugar.

No tenía ni una gota de maquillaje y no podía hacer nada al respecto hasta que llegara al departamento. Cuando llegué a la sala Ryan estaba vestido con jeans y un sweater azul marino. Resaltaba el color de sus ojos, y el efecto era impactante. Él estaba esperando por mí en el sofá mirando un juego de football en TV, me detuve a unos pies de él. Él levantó la mirada notando la ropa ancha, los tacones colgando de una de mis manos, y el negro, brillante vestido colgando de mi brazo. No había llevado cartera la bar la noche anterior, así que metí mi identificación, el dinero que me quedó y mis pantis sucias en mi brasier. Era una situación absurda, pero no había nada que pudiera hacer al respecto.

"Ah, esto va a ser interesante. No tengo zapatos." Agité los tacones frente a él.

Él mostró una gran sonrisa. "Espera." Se levantó y volvió a su habitación, saliendo con un par de calcetines gruesos y un par de Adidas. "Prueba esto." Me los entregó.

Exhalé una pequeña risa. "Ryan estos son gigantescos. Tendré que arrastrarlos como un niño pequeño."

"Ponte los calcetines al menos."

"Entonces qué? Se van a mojar todas. Tendré que ir descalza. Solo correré rápido."

"Ponte los calcetines, Jul."

Torcí la cara y me senté para hacer lo que él pidió.

"Aaron, voy a llevar a Julia a casa a cambiarse. Te llamaré cuando esté lista para ver si ustedes vienen con nosotros!" Ryan le gritó desde el pasillo a su hermano.

"La llamé." El sonido de su voz se ahogaba tras la puerta cerrada. "Sí vamos. Me muero de hambre, vamos a desayunar primero."

Ryan me miró. "Te sientes suficientemente bien para eso?"

"Sí, me siento mucho mejor." Caminó por el pasillo y abrió la puerta de Aaron. "Okey. En Stacks en una hora."

"Hecho!" respondió Aaron.

"Probablemente no necesite una hora, Ryan."

"Sin embargo, Jen sí." Puso los ojos en blanco y mi corazón creció. Iba a estar con él todo el día y nada me podía hacer más feliz. Quizá la borrachera valió la pena. Caminamos a la puerta y Ryan se detuvo. Su brazo se deslizó por detrás de mí cintura y se inclinó para que el otro pasara por detrás de mis rodillas.

"Me vas a cargar hasta el auto?" dije mientras me levantaba del suelo, como si yo fuera una pluma.

"A menos que tengas una mejor idea?"

Miré a su rostro, pero en ese momento no pude pensar en nada que decir. Sacudí mi cabeza.

"Bueno, abre la puerta." Coloqué los zapatos en mi regazo y me estiré para hacer lo que Ryan pidió. Hacía frío pero apenas lo noté.

"Mierda," murmuró Ryan. "Olvidé sacar las llaves de mi bolsillo. Am…" Lo consideró por menos de un segundo y me sentó sobre el auto. Era como sentarse en un bloque de hielo.

"A la mierda, esto es frío." Comencé a temblar casi de inmediato. "Apresúrate! Apresúrate! Apresúrate!"

Rápidamente abrió la puerta y la dejó abierta. "Qué parece que estoy haciendo?" Puso sus brazos alrededor de mi cintura y trasero y me haló del auto. Me sorprendió así que grité cuando me deslicé hacia abajo y apreté sus hombros, sus manos se acomodaron en mis nalgas. Fue raro y torpe, pero cómico, como una vieja película de Los Tres Chiflados. Recogí mis rodillas para impedir que mis pies tocaran el suelo mojado. Ryan se rio. "Bien? Pon tus piernas alrededor de mi cintura."

Lo hice pero no pude evitar reír ante lo absurdo de la situación, y Ryan reía conmigo. Tuvo que cargarme la distancia alrededor de la puerta para sentarme en la camioneta. En segundos me había sentado. "Apuesto que le dices eso a todas las chicas." No podía evitar bromear con el comentario.

Sonrió. "JA JA, Jul," se burló. "Eres comiquísima!"

Risas y carcajadas brotaban de nosotros mientras Ryan removía mis piernas de su alrededor. Aun estábamos riendo cuando el encendió auto y condujo la corta distancia hasta mi departamento, pero no hablamos en todo el camino.

Cuando él estacionó nos miramos el uno al otro. "Supongo que debemos repetir la actuación?"

"Subirte a mi espalda será más fácil de manejar esta vez."

"Suena bien," dije, mi voz firme. Quería mirarlo y nunca detenerme. Él era hermoso en tantas maneras. Lo amaba tanto que no podía respirar y no tuve más opción que admitirlo para mí misma, incluso si él nunca lo supiera.

"Escucha, no debí haber invitado a Jen y a Aaron. Debimos ser solo nosotros hoy."

Asentí y miré hacia abajo a mis manos y luego a él. "Está bien. Todavía somos nosotros. Siempre."

"Sí, supongo." El auto aún estaba encendido. "Qué harás luego de la graduación, Jul? Tú sabes que estoy aplicando a Harvard, pero qué hay de ti? Sé que quieres trabajar para una revista, pero dónde?"

Los MCAT's eran lo último que él necesitaba. Su GPA universitario era de 4.0, y tenía una carta de recomendación estelar. Su padre fue un alumno de la escuela de medicina de Harvard, lo cual ayudaría, también. Sería como ponerse un zapato, él lo lograría y luego se iría. En menos de un año él se iría de mí. Obviamente, Ryan también lo había pensado.

Levanté mi hombro. "Uno de los mercados más grandes, espero. Los Ángeles, Chicago, o Nueva York. Falta mucho para eso sin embargo." Traté de aligerar el gran peso que era eso para mí.

"No falta tanto. Mira lo rápido que ha pasado el tiempo. Voy a tomar los MCAT el próximo mes."

"Lo sé, Ryan" Cómo iba a pensar que olvidaría algún pequeño detalle de su vida? Quizá me estaba probando.

"Cuando llegué a Stanford, no podía esperar a que terminara para poder ir a la escuela de medicina."

"Creo que todo chico piensa de esa manera acerca de cuatro años más de escuela, pero mirando hacia atrás, ha sido la más grandiosa experiencia de mi vida. Mi papá dice que una vez que sales de la escuela, tu vida pasa volando, así que debemos disfrutar cada segundo. "

"Sí, es verdad."

"Yo siempre te recordaré, Ryan. Tú eres la más grande y mejor parte de mi experiencia universitaria."

Él frunció el ceño. "De qué estás hablando? Siempre vamos a saber de nosotros."

Mi corazón se apretó, y mi garganta se cerró. Tragué tratando de sacar el gran nudo en mi garganta. "La vida tiene una forma de suceder. Estarás ocupado con la escuela."

"Y? no estaré muy ocupado para ti. Hablaremos todos los domingos; lo prometo."

Parpadeé las lágrimas que me picaban mientras estaba sentada en su camioneta, con el motor encendido, en sus anchos pantalones, camiseta y calcetines. Aquí estaba mi mejor amigo, la persona más absolutamente importante de mi vida… probablemente para siempre, y el prospecto de futuro no se sentía tan grandioso.

Cuando yo no hablé, Ryan tomó mi mano y la llevó hasta su muslo. "Okey? Di okey, Jul."

Asentí, aun incapaz de mirarlo. Apretó mi mano, la suya envolviendo la mía encapsulándola por completo. Él la agitó para hacerme mirarlo. "Falta un año, Ryan. Tenemos que pensarlo ahora?"

"Dilo."

"Okey, Ryan."

Sonrió como solo él podía, levantó mi mano, y la besó. Era la primera vez que hacía eso y yo contuve mi sorpresa.

"Bien! Vamos! Solo tenemos veinte minutos para llegar a Stacks."

Sonreí entre mis lágrimas y gruñí en burla.

"Lo ves? Tú y tu habladera significan que estaré fea hoy. No tengo tiempo de arreglarme."

Después de apagar el motor, Ryan se bajó, corrió frente al auto y me abrió la puerta.

Me dio la espalda. "Sube, indefensa."

Envolví mis brazos a su alrededor, y sus brazos se deslizaron por debajo de mis piernas para bajarme del auto en un solo movimiento de su espalda. Él giró, y otra vez, cerré la puerta con mi pie. No pude evitar recostar mi cabeza a su espalda el camino entero hasta el edificio; agradeciendo a Dios el haberlo conocido. No era suficiente tiempo.

-12-

El Descubrimiento de Ryan

~Julian~

El lunes, miércoles y viernes mis clases desde el segundo hasta el último semestre eran de 8 AM a medio día. Me gustaban las tardes libres, además el horario hacía espacio para los exámenes finales. No tenía ninguna clase con Ryan este semestre, a pesar de mis intentos. Él tenía demasiadas clases de ciencias y matemáticas con las que necesitaba terminar y yo no tenía tiempo para electivas. Yo estaba en una buena posición para graduarme y a pesar que tenía clases de niveles superiores, no tenía que trabajar tan duro como Ryan lo hacía. Hicimos el hábito de encontrarnos una vez a la semana para almorzar; más si podíamos manejarlo. Él tenía Química Orgánica avanzada a las 2PM, y generalmente íbamos al comedor del centro de estudiantes los viernes. Ellie había pedido acompañarnos así que nos reuniríamos en la cafetería.

Busqué entre la multitud por la cabeza de cabello castaño dorado que yo amaba. Sí, yo *amaba* a Ryan. Lo admití ante mí misma oficialmente el semestre pasado cuando Jen, Aaron, Ryan y yo fuimos a San Francisco, pero realmente, pasó la segunda vez que puse mis ojos en él. Después de casi cuatro años Ryan aún era mi mejor amigo, mi calma en la tormenta, mi base. Éramos bastante inseparables, y a pesar de nuestras peleas y la inmensa atracción que a veces nos daba problemas, dependíamos el uno del otro incondicionalmente. No había un día en que no nos hubiéramos visto desde que nos conocimos, aparte de la tonta vez que dijo que no podía estar conmigo por sus obligaciones escolares y los recesos de vacaciones cuando cada uno iba a su casa a ver a nuestras familias. Sin embargo, después de ese primer año, pasamos la mayoría de esos juntos también. Él era hermosísimo, brillante, divertido y sensible. Nos decíamos todo, lo cual era una bendición y una maldición, ambas.

Había fácilmente unos 600 estudiantes mezclándose en el gran salón lleno de largas mesas, y el ruido era ensordecedor. Ansiaba nuestro usual cubículo en el comedor. A veces, yo llevaba mis libros para estudiar y el me buscaba allí después de sus clases. Alguien me empujó por el hombro mientras caminaban por ahí. Tambaleé y casi caigo al suelo, el impulso del tipo me estrelló contra el muro a mi derecha.

"Hey!" gruñí mientras en mi hombro reventaba el dolor, "Ten cuidado, quieres?" casi dejo caer mi bolso cuando mi mano izquierda se movió a mi lastimado apéndice.

El hombre era grande y lerdo; su atención obviamente estaba fija en la fila de la comida. Miró hacia atrás brevemente, pero no dijo nada, solo me miró por encima de su hombro y frenó en seco cuando chocó contra alguien más. Esta vez, fue él a quién derribaron al suelo cuando entró en contacto con el sólido muro que era Ryan. Un ceño fruncido estaba firmemente plantado en su perfecta cara mientras miraba hacia abajo al gran hombre tirado frente a él en el suelo.

"Mira por dónde vas imbécil! Di que lo sientes."

"Jódete. Tú me tropezaste a mí," murmuró el caído.

"No me refería a mí, cabrón. Ella!" gruñó Ryan mientras me apuntaba con la cabeza.

"La aplastaste contra el maldito muro! La pudiste herir seriamente solo para arrastrar tu gordo trasero al comedero!"

Casi me rio y me mordí el labio mientras miraba. Ryan bordeó al chico, quién se tambaleaba torpemente sobre sus pies al mismo tiempo. El brazo que rodeó mi cintura fue gentil, y la preocupación impregnaba la cara de Ryan. "Julia, estás bien?" Su mano recorrió ligeramente mi brazo herido.

"Sí. Fue un accidente," dije suavemente, los dedos de mi otra mano agarrando la tela de la parte de atrás de la camisa de Ryan.

"Pues no, demonios." Me emocioné ante la fuerza del tono en la voz de Ryan y su prisa por venir a ayudarme. Mi corazón se crecía a pesar de saber que él solo estaba siendo Ryan. "Dile que lo sientes. Ahora!" le exigió al acalorado chico.

A este punto, habíamos atraído las miradas de varios de los otros estudiantes, y comenzaba a formarse una pequeña multitud.

"Mira, realmente lo siento." El tipo estaba sonrojado y avergonzado. Estaba fuera de forma, y Ryan era magro, alto y fuerte. Aunque era de menor peso, lo superaba en altura y era de musculatura definida.

"Deja de ser un desconsiderado pedazo de mierda y presta atención por donde vas. Mira lo pequeña que ella es!" Ryan aún estaba enojado. Y yo quería poner esos últimos minutos detrás de nosotros. Mi hombro palpitaba, pero ya no me importaba. Halé la parte de atrás de la camiseta de mi mejor amigo. "Vamos. Encontremos a Ellie," rogué. Ryan finalmente volteó y tomó mi bolso de mi hombro.

"Estás segura que estás bien? Puedes mover tu hombro?"

Puse los ojos en blanco y rodee su antebrazo con mis dedos. Las mangas estaban dobladas sobre sus codos, el suave vello que lo cubría era como seda sobre los fuertes músculos de su antebrazo. Mis dedos no eran suficientemente largos como para alcanzar más que la mitad del antebrazo. Él colocó mi bolso sobre su hombro al lado del suyo.

"Estoy bien."

Noté los ojos —mayormente ojos femeninos- mientras caminábamos entre las mesas buscando a Ellie. Las mujeres me envidiaban, incluso me odiaban. Ya estaba acostumbrada, pero aún estaba consciente de cada mirada. Algunas pretendían ser mis amigas solo para acercarse a Ryan pero me estaba haciendo buena en descubrirlas ahora.

Ellas me envidiaban, pero yo estaba celosa de aquellas que sabían lo que era estar entre sus brazos, sentir los besos de su perfecta boca, hacerle el amor. Éramos unidos pero había vacíos que no podían ser llenados sin violar nuestra amistad; una amistad que yo no arriesgaría. Yo era tan inmadura, a veces no podía soportarlo, de hecho, se había convertido en un dolor constante.

Vimos a Ellie al final de uno de los lados, parada sobre una silla y sacudiendo los brazos salvajemente.

"Ahí está," apuntó Ryan. "Eso no es para nada raro." Puso los ojos en blanco.

Me reí ante su tontería. Ella era extrovertida, y le importaba una mierda lo que todos pensaran. No era como que yo tratara de encajar, pero ciertamente tampoco hacía un espectáculo de mí.

"Se tardaron bastante," gruñó Ellie mientras se volvía a sentar en su asiento. Ambos sacamos un par de sillas, y Ryan dejó los bolsos en la silla a su izquierda mientras yo tomé la que estaba entre Ellie y él. "Me desvié por un minuto, eso es todo, Ellie." Encogí mi nariz ante el tazón frente a ella. Queso Cottage, brócoli crudo y semillas de girasol. *Agh*.

Paró de comer y me miró. "Por qué?"

"Un idiota la empujó contra la pared."

"Ryan lo derribó," dije simplemente y comencé a trazar círculos imaginarios con mi índice en la mesa.

""No, no lo hice. Él no se fijaba por dónde iba. Yo solo no me moví del camino. Por ahí hay un poco de leyes de Newton. Cuerpo en movimiento, fuerza externa, *masa*," sus cejas se levantaron en énfasis, "velocidad, oposición e igual reacción. Ese soy yo. Fuerza externa. Quizá un poquito que igual reacción en su caso."

"Eres todo un mocoso científico," contesté.

Se rio. "Por eso me amas." Movió una mano hacia abajo por la parte frontal de su camisa, y se reclinó en su asiento sonriendo burlonamente. "Todo esto y, cerebro también." Ryan había tomado sus exámenes de MCAT y los había pasado de forma sobresaliente hace meses atrás. Su puntaje de treinta y ocho lo posicionó en el noventa y nueve por ciento. Ridículo.

"Sí. Y tu increíble humildad es lo que cierra el trato." Mi tono era seco, y traté de contener una risa pero no completé ese trabajo. Su sonrisa era brillante, e iba hasta sus ojos, haciéndolo solo más hipnótico. Absorbí cada una de las líneas de su rostro.

Ellie miró de uno al otro, sabiéndolo. "Y ustedes no van a comer, chicos?"

"Sip." Se levantó y se fue dejándonos a Ellie y a mí sentados en la mesa.

"Qué hay de ti?" Ellié me dio un suave empujón con su hombro.

"Ryan me traerá algo."

"Pero no le dijiste qué querías."

Me encogí de hombros. "Lo que él escoja estará bien."

"Ustedes parecen gemelos siameses. Deberíamos ir a The Mill esta noche. Un montón de gente estaba hablando de eso en mi clase de Mercadeo de moda. Suena divertido."

"Okey. Seguro." The Mill era un bar universitario de tamaño mediano con DJ y baile. Siempre estaba lleno al máximo.

"Hey, chiquilla." Miré hacia arriba para encontrar a Jason Milner parado sobre nosotras. "Terminaron la asignación para la clase de Jelinek?" *Chiquilla?* Tenía doce años?

Era una clase de mercadeo internacional en la que teníamos que investigar una cultura de otro país, y escribir un trabajo sobre ello, y luego en la segunda mitad del semestre escribir otro para comercializar un producto señalando las diferencias en el proceso debido a la cultura.

"Hmmf!" exhalé. "Sí, claro. Eso no es hasta dentro de dos semanas. Y tú?"

"Todavía no. Pensé que podríamos trabajar en eso juntos."

Me moví en mi silla ante sus obvios avances. "Am… tenemos diferente países, Jason, entonces eso sería imposible."

"Sí, pero, Julia…" comenzó Jason. Él era atractivo con cabello oscuro y brillantes ojos azules. Una impactante combinación a la que la mayoría de las mujeres estaría atraída, pero yo era inmune. Primero porque cuando abría la boca rompía el encanto y segundo, Ryan.

Ryan volvió con una bandeja llena de sándwiches, papas fritas, frutas y galletas. Él colocó una botella de té verde frente a mí y miró directamente a Jason.

"Permiso, hombre, estás ocupando mi lugar."

"Tu *lugar?*" Jason preguntó sarcásticamente. "Tu nombre no está escrito en ella Matthews. Además estamos hablando de estudios." Me sonrojé ante las implicaciones, pero sonreí ante lo que pasó después.

Ryan explotó en una exagerada carcajada sosteniendo su estómago y limpiando una imaginaria lágrima.

"Jajajaja! Eso es lo más gracioso que he escuchado en todo el día, amigo! En serio, fue buena!" Ryan se burló abiertamente de él y luego me miró para verificar si yo realmente quería hablar con Jason. Yo sacudí mi cabeza una fracción de pulgada. La mirada de miedo en mis ojos era todo lo que Ryan necesitaba. "Pero, *tu trasero sigue en mi lugar.*"

Con el ceño fruncido, Jason se levantó para irse, pero dudó mientras Ryan se sentó y comenzó a repartir la comida. Sostuvo unas fresas y me miró. Yo asentí, él las bajó frente a mí y tomó una y la metió a su boca. Tomó la mitad de un sándwich y la cambió con la mitad del otro para que cada uno tuviera una parte del sándwich del otro. Nada de eso pasó desapercibido por el hombre parado sobre nosotros.

"Supongo que te veré en clases, Julia."

"Okey," contesté casualmente, inmersa en lo que Ryan hacía.

Jason se movió a una mesa cercana a nosotros y se sentó con otro tipo. Podía sentir sus ojos clavados en mi espalda mientras comía el almuerzo que Ryan había depositado frente a mí.

"Entonces, The Mill esta noche?" preguntó Ellie otra vez. Asentí, tomando la mitad del sándwich. "Seguro. Tú te animas, Ryan?"

"Ah, no puedo esta noche, pero ustedes vayan y diviértanse."

Esperé por una razón, pero él no dijo nada, en vez de eso se concentró en su almuerzo. Noté como miraba a Jason ocasionalmente con su visión periférica quién continuaba mirando con interés mientras Ellie y yo hacíamos planes para la noche.

Tuve ese profundo sentimiento, que se había convertido en una percepción extrasensorial cada vez que Ryan tenía una cita. Mi corazón se hundió como una piedra hasta el fondo de mi estómago.

"¡Julia!" Ellie me sacó de mis pensamientos. "Entonces, iremos de compras en la tarde y encontraremos algo sexy para usar esta noche."

Traté de levantar las esquinas de mis labios en una sonrisa, pero no lo logré así que me conformé con asentir.

"Ryan, ¿Aaron va a ir contigo? si es así, podríamos llamar a Jen para que nos acompañe." Ellie era brillante. Ella sabía que yo necesitaba esa respuesta aun cuando no le había dicho cómo me sentía.

"Am, no. No sé qué va a hacer él. Quizá ambos quieran ir." Murmuró suavemente.

La comida en mi boca de repente se volvió cartón, y bajé el resto del sándwich al plato y giré hacia él. "¿Es un secreto o vas a decirnos en que andas esta noche?" Pregunté tratando de que mi voz sonara con una ligereza que yo no sentía.

"Tengo una cita con Samantha Cosen." Parecía incómodo, torciéndose en su asiento mientras sus ojos encontraban los míos. La recuerdo. Era bonita, y él había salido con ella antes una o dos veces. Me imaginé que había cerrado el trato con ella ya que no la persiguió más allá de eso. No pude evitar la forma en la que eso me dolió… exactamente como siempre que él pasaba su tiempo con alguien más.

"Oh." Tomé mi bebida y busqué en mi mente alguna forma de enterrar la forma en que mi corazón dolía dentro de mi pecho. Mi garganta se cerró, y quería salir de ahí antes de que mis emociones se apoderaran de mí. Alejé mi comida, y tomé mi bolso de libros.

"¿Te veré después de clases? ¿Te busco en el Centro de Estudiantes?" los ojos azules de Ryan hacían la pregunta también, sus cejas cayendo ligeramente sobre sus ojos. Él estaba perplejo ante mi repentino cambio de humor, la decepción era evidente en su rostro.

Que mal, su propia incomodidad al contar sus planes era reveladora. Él sabía que me molestaría, y yo odiaba no ser mejor escondiéndolo.

"Am, no lo creo. Tengo que estudiar un poco antes de salir con Ellie de compras." Me colgué el bolso en el hombro. "A qué hora Ellie?"

"Ya terminé. Estás segura que debes estudiar? Es viernes, Julia!" Ellie me animó.

Suspiré aliviada; agradecida de que ella se aseguró de limpiar mi escape de la cafetería.

"Sí. Tienes razón. Solo necesito dejar mis cosas en el departamento."

Ella sonrió ampliamente y se levantó. "Yo también. Nos vemos, Ryan."

Ella comenzó a devolver sus platos a la bandeja y yo temé unas sobras de mi plato y las puse dentro.

"Yo puedo encargarme de eso, Jul. No te preocupes," murmuró Ryan, sus ojos observando mi cara.

De alguna manera manejé sonreírle. "Lo tengo. Hablamos mañana." Empujé su hombro con el mío lesionado porque no pude evitarlo. Odiaba cuando había algún tipo de distancia entre nosotros y esta cruz era mía. No era su culpa que yo estuviese enamorada de él, así que no debería castigarlo por eso.

"Te llamo después?" preguntó esperanzado.

"Está bien. Concéntrate en tu cita. Mañana hablaremos."

Asintió lentamente mientras Ellie y yo depositábamos las bandejas y luego salíamos de la cafetería.

Ellie estaba decepcionada, incluso molesta porque yo cambié de opinión. Yo no sentía ganas de salir, aun cuando probablemente era lo mejor para mí salir del departamento y estar con mis amigos.

Me corazón sufría y no tenía ánimos para poner mi cara feliz. Ni siquiera por ella.

Vagué sin rumbo por el departamento cuando ella se fue, poniendo mis brazos alrededor de mí misma y tratando de no llorar. No quería ver TV, no quería estudiar. Traté de comer un sándwich, pero sabía a tierra y terminé tirando a la basura las tres cuartas partes de él. El reloj del decodificador se hizo borroso a mis ojos mientras lo miré por lo que parecieron horas. Mi garganta de apretó en protesta y el inmenso hueco en mi pecho se expandió. Me sentía enferma.

Ryan! Gritaba mi mente. *Por qué esto no se hacía más fácil?*

Cerré los ojos y presioné mi cabeza contra los cojines, tratando de no dejar que las lágrimas que me ahogaban se derramaran. Di una buena pelea, tragándome mi dolor una y otra vez hasta que ya no pude más. Mis labios comenzaron a temblar y las gruesas lágrimas se comenzaron a formar en mis ojos, cayeron dos gruesas gotas por mis mejillas y salió un suave sollozo desde mi pecho y llenó la habitación.

Me tumbé en el sofá y subí mis rodillas, y las abracé, esperando poder evitar que los sollozos se hicieran más pronunciados, de alguna manera pude controlar la miseria que sentía.

No debería haberme molestado. Mi corazón estaba roto. *Otra vez.*

Apreté mis ojos, forzando a las lágrimas a salir aún más rápido. Por qué me dolía jodidamente tanto? Sabía que cuando el sol saliera el llamaría o probablemente vendría. Lo vería y no pasaría nada con esa mujer. *Lo sabía.* Y aun así, cada vez yo pasaba literalmente por el infierno. Se ponía peor a medida que le tiempo pasaba. Llegaba hasta el punto en el que yo no podía respirar, apenas podía mantenerlo en secreto. Quería reclamarle y gritarle.

Quería que él estuviese *conmigo*. Quería que él me besara, tocara e hiciera el amor a *mí*. Los celos me quemaban con una desesperación y desilusión que me comían por dentro. Al final, me rendí al torrente de lágrimas y lloré a morir.

Ryan, por favor —no lo hagas! No hagas el amor con ella. Por favor, me matas. Soy yo quien te ama. Soy yo… aun cuando solo era sexo, yo ya no podía soportarlo.

Las palabras se repetían una y otra vez en mi cabeza mientras en silencio le rogaba al hombre que amaba que me viera por quién yo era.

Mi corazón sabía que nadie podía amarlo tanto como yo lo hacía. No era posible.

Segundos, minutos y horas pasaron. No estaba segura de cuánto tiempo estuve allí tirada llorando en la oscuridad. Finalmente, mis sollozos terminaron y mis lágrimas se volvieron de un lento fluido. Saliendo de las esquinas de mis ojos y dejando un sendero por mis mejillas, para juntarse en la almohada bajo mi cabeza.

Mis ojos se sentían cansados. Al menos el llanto me dejó exhausta y quizá podría dormir. Dormir era una verdadera soledad. Si tenía suficiente suerte como para no soñar.

Me empujé a una posición sentada y sacudí mi nariz. Estaba oscuro, y el reloj marcaba que solo pasaban de las once. Ni siquiera media noche todavía. Me levanté y fui a la cocina para buscar velas, agua y algunas toallitas de papel. Mis lastimados ojos no soportaban la luz, pero tenía el deseo de dibujar.

Mi secreto me salvaba en noches como estas. Con los años en la universidad, yo había dibujado su imagen una y otra vez. Un mundo que yo había creado donde él me pertenecía solamente a mí; mi hermoso, perfecto Ryan; impactante, sí, pero brillante y considerado, divertido y cálido. Lo necesitaba como necesitaba respirar. Sin importar cuantas veces mi cabeza tratara de negarlo, cuánto tratara de ignorarlo por el bien de nuestra amistad, la verdad me estremeció hasta el fondo.

Me moví por el cuarto encendiendo las velas y luego fui a la mesa de arte que Ryan me había regalado la última navidad. Saqué un pedazo del costoso papel de lino que yo reservaba para sus retratos y mis lápices de carboncillo. Me senté ahí por un momento, mirando la página en blanco, mis dedos recorrían la superficie, mientras la imagen que iba a dibujar se formaba en mi mente.

Cuando sus facciones comenzaron a materializarse en la página frente a mí, finalmente la calma me invadió. Inhalé tan profundamente que pensé que mis pulmones estallarían; mi mano derecha trazó el contorno de su cara, su fuerte mandíbula, y la sonrisa torcida en esos labios llenos que yo amaba.

Ryan era *mío*. Él *siempre* sería *mío*. Mi corazón no podía aceptar cualquier otra cosa.

~Ryan~

Era una agradable noche de primavera y yo estaba sentado al frente de una hermosa mujer en un sencillo restaurant italiano cercano al campus. Quizá, la luna estaba afuera, y la suave brisa movía las hojas de los árboles situados alrededor de donde estábamos sentados. Puede que hubiese una conversación, y una meseras puede haber pasado con aperitivos y bebidas frescas.

Quizá.

Mis ojos pasaron por la suave expansión de cremosa piel visible sobre el escote de la blusa roja de mi acompañante para la cena, pero yo realmente no estaba viéndola. Traté de obligarme a sacudir mis pensamientos y volver a la realidad y concentrarme en sus palabras.

"Ryan? Estás conmigo?" Mis ojos la encontraron brevemente y forcé a las esquinas de mi boca a formar una pequeña sonrisa. La conocí en química cuando la profesora Jannis asignó compañeros de laboratorio. Creo que fue en algún momento del primer semestre de mi primer año.

Desde entonces la había visto en fiestas, había tenido un par de clases más con ella, y puede que hayamos tirado alguna vez; no podía recordarlo. Hice una ligera mueca ante el vacío en mi memoria. Ella era una buena chica; inteligente, con un cuerpo firme y hermosas facciones. *Muy* hermosa, pero el problema era; nada de eso importaba en lo más mínimo. Ella no era la mujer con la que yo quería pasar esta noche… o alguna noche en realidad.

Me encontré anhelando los largos, fluidos mechones de cabello color avellana en lugar de cabello rubio hasta el hombro; cálidos ojos verdes y no estos helados ojos azules. Esos profundos ojos verdes veían directamente a mi interior, me dejaban ser yo y me estimulaban cuando dudaba de mí mismo. Traté de tragar, pero se sentía como si tuviera algo atorado en mi garganta. Lo que sea que fuera, dolía físicamente. Mis repetidos intentos por ignorarlo no tenían sentido y resistí la urgencia de poner mi mano en mi garganta. A medida que el tiempo en Stanford pasaba me hacía más y más alerta del cuchillo que se clavaba en mí corazón. Estaba más y más al tanto de que pronto la vida nos llevaría en diferentes direcciones. Este era el último año. Un semestre y medio era todo lo que nos quedaba. Me fue bien en los MCAT, y la aplicación para Harvard había sido enviada. Julia me había ayudado a llenarla, y ella se rehusó a dejarme a aplicar a otras escuelas de medicina… insistiendo en que Harvard era mi destino. Yo ya no estaba seguro de cuál era mi jodido destino. La visión de eso se había vuelto oscura.

Qué demonios estaba haciendo yo aquí?

Mi corazón golpeaba fuertemente mi pecho, una fina capa de sudor se formaba en mi frente, mientras mis dedos ardían por sacar mi teléfono y revisar si había llamadas. Debo haberlo hecho en algún punto ya que me encontré mirando a la pantalla en blanco del teléfono y parpadeando varias veces para tratar que la imagen cambiara. Mi corazón se hundió.

Pero qué coño? Qué esperabas gran imbécil? Me reñí a mí mismo. Julia sabía que yo tenía una cita esta noche, y Ellie había planeado una noche de chicas afuera. Ella era brillante y con una personalidad efervescente que atraía a la gente hacia ella. Era divertida y excitante y pensaba las mierdas como yo lo hacía. Tenía sus opiniones y eran sólidas. Donde sea que estuviera, estaba rodeada de gente que clamaba algo de su tiempo. Ella no era solo hermosa; sino increíble. Era *buena*. La gente acudía a ella. Los hombres no solo querían tirársela. Querían *conocerla*. Y ese hecho hacía que me fuera en mierda del susto. Lo había visto desde primer año cuando ese tipo que usaba a las mujeres, Dave Kessler, intentó enseriarse. Me aterraba que algún tipo cualquiera me barriera y tratara de reemplazarme en su vida.

Julia. Su nombre resonaba en mi cerebro y vibraba a través de mi alma.

A quién coño estaba engañando con esta mierda? Pasé una mano por mi cabello y me recliné en la silla, rezando para que la noche terminara y poder revisar cómo estaba ella.

Dónde estaba, y qué estaba haciendo? Estaría en casa? Estaría sola? No podía silenciar mi mente, y estaba atormentado por la falta de respuestas. El dolor en mi pecho empeoró y respiré profundamente en un desesperado intento por no sofocarme.

Mis pensamientos los consumía ella frecuentemente cada vez más y más últimamente, y aun así, yo trataba de decirme que ella era solo mi mejor amiga. *Solo mi mejor amiga?* Esas palabras daban forma a mi vida entera a este punto. Traté de ignorarlo otra vez, pero nada de lo que hiciera podría cambiar mis sentimientos. *Nada.* Mis ojos recorrieron el restaurant y anhelantes pasaron por la puerta de salida; el portal a mi escape.

Sabía que debía componer mi cabeza, pero mi corazón no estaba escuchando. Mi cuerpo no estaba escuchando. Me consumía; día y noche. Julia era todo en lo que yo pensaba. Cuando estaba lejos de ella, no podía esperar para volver a ella, y cuando estaba con ella moría por tocarla. Y su boca… Dios, quería probar esa boca. Moría de hambre por finalmente besarla. Era como estar en lo más profundo del infierno porque no podía actuar al respecto.

"Ryan!" esta vez la voz era irritada y era otra boca la que hablaba. Forcé mi borrosa vista a enfocarse en su cara. No importaba si yo quería salir corriendo por la puerta o si sentía que mi jodida piel se me despegaba del cuerpo. Yo estaba aquí, y le debía a Samantha atravesar esta noche.

"Ah, lo siento, Sam. Qué estabas diciendo?" me ruboricé por la culpa y traté de llevar la conversación más básica, esperando que ella quisiera terminar con esta noche tanto como yo lo hacía. Ella parloteó una y otra vez acerca de mierdas aburridas que yo no pude recordar cinco minutos luego.

De alguna forma, pasé las dos horas pero los últimos minutos fueron los peores. Me saqué de encima a la chica cuando la llevé a casa, diciéndole que la comida me había enfermado y así pude hacer una salida rápida. Ella estaba decepcionada; quería más, pero era imposible. No podía pasar. Yo solo ya no podía hacerlo más. Había pasado algo que me cambió. Ya no podía actuar por instinto y pura necesidad animal. *Alguien* me había pasado, y esa alguien estaba en mi corazón y en mí cabeza… debajo de mi jodida piel.

Había sido tan cobarde. *Di la jodida verdad, por el amor de Dios! Admítelo! Estás enamorado hasta-los-huesos de tu mejor amiga. Sé un hombre finalmente. Haz que te vea como algo más que su amigo.*

Lo había sabido por más de tres años, admitirlo ponía la relación que teníamos en riesgo, colgando del precipicio de la incertidumbre. No estaba dispuesto a arriesgarme a la caída. No estaba dispuesto a arriesgarme a la *pérdida*. Me estaba forzando a mí mismo a continuar con los asuntos normalmente, pero estaba precariamente cerca de resbalarme en tantas ocasiones; tan seguido, casi tocar su cara, presionarme a ella cuando nos abrazábamos de despedida, o vomitarlo todo a sus pies. Todo eso era peligroso.

Nos conocíamos el uno al otro por dentro y por fuera. Julia y yo no teníamos secretos… excepto por cuan locamente enamorado estaba yo de ella y cómo el deseo y los celos me comían vivo. De una cosa estaba seguro; no quería perderla. La necesitaba. Ella era todo, y yo… bueno, yo estaba seriamente jodido, trataba de no esperar que ella sintiera por mí lo mismo que yo por ella porque entonces estaría perdido. Había momentos, como hoy en el almuerzo, cuando sentía la forma en la que ella se alejaba de mí, la esperanza irrumpía en mi corazón al mismo tiempo que el dolor. Si fuéramos solo amigos, por qué me sentiría tan malditamente vacío cuando estaba con alguien más? Por qué me sentía culpable? Por qué ella se cerraba como lo hacía?

Suspiré profundamente mientras mis dedos se cerraban alrededor del volante del auto. Me di cuenta que estaba sentado al frente del edificio donde Julia compartía departamento con Ellie, pero sin ningún recuerdo de como mierda llegué aquí.

Miré a la ventana del segundo piso que era su sala y había una baja y titilante luz. *Velas.* Cerré mis ojos mientras mi corazón se

Me dio la copa y ambos fuimos a la sala. Algo andaba mal. Ella estaba nerviosa, lo cual no era propio de ella.

"Necesitas que vaya y te busque alguna medicina? No me importaría." Julia fue hasta la mesa de arte y comenzó a guardar sus cosas dándome la espalda.

"Estoy bien, Ryan, gracias. Es temprano. Qué le pasó a tu cita." Ella aun ponía sus dibujos en su porta folio negro, colocándolo en el suelo junto la pata de la mesa, cuando terminó. No pude ver su expresión pero el tono de su voz era inseguro.

"Nada." Me encogí de hombros. "Solo… no estaba interesado, supongo. Y.-" Me senté en el sofá y me quité los zapatos. No tenía que preguntar. Si me quería quedar aquí el resto de la noche, Julia lo permitiría.

"Y?"

"Y, quería asegurarme de que estuvieras bien. Me preocupaba que Milner te molestara esta noche. Prácticamente le lamió el brazo hoy, y yo sé qué tipo de hombre es él. Aaron me dijo que es de los que usa a las chicas. No confío en él y no quiero verte herida." Era la verdad pero había más. *No puedo soportar el pensamiento de él tocándote. Él es un hombre muy puto, mi cerebro protestó.* "No te quiero cerca de él, okey? Solo aléjate de él. Hay un montón de tipos con los que… salir."

Finalmente se sentó al otro extremo del sofá y puso sus rodillas debajo de ella. Sorbió de su copa, observándome sobre el borde, levantó sus cejas en interrogación.

"Estoy teniendo un Déjá Vu. No dijiste lo mismo sobre David Kessler?"

"Quizá. Ambos son unos babosos."

"Ahora me estás dando órdenes?" preguntó.

"Sí." Sonreí en grande, mientras en ella reventó una carcajada, y todo estaba bien en el mundo otra vez.

"Ahora vas a *aceptar* las órdenes?"

"Solo en esto porque estoy de acuerdo; él es un baboso. Solo que no te acostumbres," me riñó con tomo de broma.

Me reí mientras me relajaba. Era tan propio de Julia hacerme sentir bien. "No lo haré. Pero mantente jodidamente lejos de él." Dije otra vez.

Ambos nos enseriamos mientras nos miramos a los ojos y yo sufría. Ella se veía tan suave e provocativa. Su boca se abrió ligeramente y perdí el aire de los pulmones. Quería estirarme y tocarla, hundirme en su suavidad, besarla. Lo había deseado por tanto tiempo… lo deseaba tanto que me quemaba. Mis ojos cayeron hasta su boca, y no podía separarlos de esos dulces labios. Ella lamió el superior y luego sus dientes mordieron el inferior.

"¿Por qué?" me miró por unos pocos segundos más, sus ojos intensos en los míos y me pregunté si ella sentiría la misma atracción que yo sentía. Ella lanzó el reto y esperó. Retándome a decirle la verdad. Conociéndome como lo hacía, yo estaba seguro que ella sabía que yo estaba enamorado de ella. ¿Cómo podría no saberlo? Yo gravitaba por ella como la marea por la luna, pero tal como yo, ella nunca dijo una palabra al respecto.

"No lo quiero en ningún lugar cerca de ti." La admisión fue arracada de mi pecho antes de que pudiera evitarlo. Traté de recuperarme sentándome hacia atrás y luego estirándome para tomar mi copa de vino. Aclaré mi garganta. "Ah, él no es suficientemente bueno para ti."

"¿Quién lo es?" preguntó suavemente.

Si no decía algo rápido, iba a sucumbir ante la necesidad y aunque el pensamiento me emocionaba, me daba miedo lo que pasaría el día después. "Exactamente."

Miró hacia abajo, hacia su copa de vino y asintió casi imperceptiblemente. Ella entendía lo consumido que yo estaba, que yo no podía soportar que alguien estuviera con ella, excepto yo?

La piel de sus mejillas se enrojeció y un incómodo silencio colgaba entre nosotros como una tormenta. Ella era tan impresionantemente hermosa que me dejaba sin aliento.

"¿Tienes ganas de ver una película conmigo?"

"Por supuesto. ¿HBO o DVD?" preguntó suavemente.

"No importa. Lo que sea." Tomé el control remoto de la mesa de café mientras ella se acomodó junto a mí.

"Escoge tú."

No nos estábamos tocando, pero yo podía sentirla en el aire a mí alrededor, su esencia bañaba mi piel. La felicidad me cubría como una manta, el calor que irradiaba de nosotros dos, la electricidad vibrando y lista para estallar al más breve de los toques. Los dos juntos éramos como una bomba de tiempo a punto de estallar, pero mi cuerpo se relajó junto a ella, y pude respirar con facilidad por primera vez en toda la noche.

Era como yo necesitaba que fuera. Julia estaba justo aquí. *Conmigo* y nadie más.

Si has disfrutado este libro, por favor sigue la historia de
Ryan y Julia mientras continúa en

El Futuro De Nuestro Pasado.
La Trilogía Del Recuerdo.
Libro I

Acerca de la Autora

Kahlen Aymes es una autora de los mejores vendidos del USA Today quien escribe intensas novelas de romance cruzando los géneros entre Jóvenes Adultos, Adulto Contemporáneo y Erótica.

Kahlen ha estado en varias listas de los mejores vendidos incluyendo Barnes & Noble, Amazon, Smashwords, Publisher's Weekly, IBook y el USA Today! Comenzó su carrera de escritora sin siquiera planearlo con una sencilla publicación y ganó múltiples premios en lo que es la segunda comunidad de fanáticos de la ficción más grande del mundo, incluyendo MEJOR Autor, MEJOR RPF, MEJOR Ser humano capaz de barrerte sobre tus pies, y otros! Sus lectores la animan y apoyan solicitando sus próximas publicaciones.

Sus intereses incluyen leer, tanto como escribir, artes teatrales, cocinar, patinar y dar largas caminatas. Es la orgullosa madre de su hija adolescente y dos Golden Retrievers, quienes básicamente gobiernan su mundo.

Con su fuerte amor por escribir y el romance, puedes contar con que ella va a crear fuertes y verosímiles personajes, profundas y detalladas tramas, sexys escenas de amor y desbordantes de emoción!

CONECTA:

Facebook:

www.facebook.com/kahlen.aymes.author?fref=ts

Goodreads:

www.goodreads.com/author/show/5768062.Kahlen_Aymes

Twitter:

@Kahlen_Aymes

Pinterest:

www.pinterest.com/kahlenaymes/

Booktropolis Social:

booktropoloussocial.com/index.php?do=/

Visita la página web de Kahlen para mercancía, libros autografiados, las recetas de Julia, escenas escondidas, eventos, el Blog de Kahlen, y la lista de las canciones de la serie en: KahlenAymes.com

Noticias/Premios & Exclusivos Extractos/Discusiones Sobre El Libro.

Suscríbete a: Kahlen's Newsletter:

app.mailerlite.com/webforms/landing/v7t7k0

Únete a: Kahlen's Book Babes en

FB:

www.facebook.com/groups/252301134873105/

Solicita un eBook autografiado en:

www.authorgraph.com/authors/Kahlen_Aymes

Representación literaria e información sobre los derechos en:

McIntosh & Otis Literary, Inc.

353 Lexington Avenue • New York, NY 10016

Tel: 1-212-687-7400 • Fax: 1-212-687-6894 • Email:

info@mcintoshandotis.com

www.ingramcontent.com/pod-product-compliance
Lightning Source LLC
Chambersburg PA
CBHW070439120726

47910CB00003B/844